Une femme sans passé

MARGOT DALTON

Une femme sans passé

Jade

Titre original :
ANOTHER WOMAN

Traduction française de ALICE LOMBARD

Jade® est une marque déposée par le groupe Harlequin

Photos de couverture
Champ de coquelicots : © ANDREW MOUNTER / GETTY IMAGES
Champ de fleurs : © ANDRE GALLANT / GETTY IMAGES
Portrait de femme : © BEAUTY ARCHIVES / JUPITER IMAGES

83-85, boulevard Vincent-Auriol, 75646 PARIS CEDEX 13.
www.harlequin.fr
ISBN 978-2-2808-0913-9 — ISSN 1773-7192

1

Ce fut la sensation d'une chaleur qui l'éveilla, une douceur enveloppante, un bien-être qui étaient pur ravissement. Les yeux fermés, elle esquissa un sourire. Puis il lui sembla que, sur la mer calme où elle flottait, surgissait une menace aux contours imprécis. Une douleur, plutôt. Une douleur qui la déchirait.

Elle se figea, le front plissé, les paupières closes, à l'écoute de cette souffrance. Peu à peu, elle commença à comprendre que la blessure et elle ne faisaient qu'un, que la douleur était concentrée dans l'essence de son être, tandis que la chaleur, la douceur lui étaient extérieures.

Cela la déconcerta, l'effraya vaguement. La chaleur devint brûlure, se rétrécit pour prendre la forme de son corps, pesa sur elle de tout son poids, la poussant à rouvrir les yeux, malgré la peur qu'elle avait de le faire.

Elle finit cependant par s'y résigner. Craintivement, elle souleva les paupières, et elle regarda sans rien voir. La chaleur provenait d'une lumière, une lumière éblouissante qui lui éclaboussait le visage avec cruauté.

L'autre douleur, cependant, était toujours là, à l'intérieur, comme une gigantesque pulsation qui la faisait vibrer tout entière. La douceur, au contraire, l'enveloppait comme une gangue, tiède, blanche et ouatée.

Insensiblement, ses yeux s'étaient accoutumés à la lumière. Elle discernait à présent des lignes, des angles, des surfaces, des nuances changeantes de gris et de bleu pâle. Tout près, à côté d'elle, une forme reposait, inerte. Elle remua. La chose était lourde, très lourde. Elle fit un effort, la souleva pour la porter devant ses yeux, et découvrit avec stupéfaction que les pensées tapies dans le centre douloureux de son être pouvaient faire bouger cette chose, faire s'écarter ou se replier les différentes parties qui la composaient.

« Main », songea-t-elle.

Une satisfaction enfantine la submergea. Elle était capable de trouver le mot et de le relier à la chose.

— La main, murmura-t-elle d'une voix rauque qui résonna dans le silence cotonneux.

Une onde de souffrance la transperça, mais elle n'y prêta guère attention, trop fascinée qu'elle était par le lien mystérieux qui unissait le son, le mot et la chose qu'elle avait devant les yeux.

— Main, répéta-t-elle. Doigts.

De nouveau, un sourire s'aventura sur ses lèvres, accompagné aussitôt d'une sensation douloureuse. Lentement, de crainte de réveiller la douleur et la faire rayonner de nouveau, elle baissa le bras et tourna la tête.

Si elle fermait les paupières, la torture aussitôt disparaîtrait ; l'ombre fraîche et caressante remplacerait l'implacable lumière. Mais elle était beaucoup trop intéressée par ce que son regard découvrait, par les formes qui peuplaient le monde auquel elle s'éveillait.

Certains objets s'associaient d'eux-mêmes à des mots qu'elle trouvait sans peine : chaise, fenêtre, porte.

Les autres, aussi, devaient avoir des noms, mais elle ne parvenait pas à les saisir.

Elle essaya, s'acharna, convaincue que c'était très important, que les mots étaient la clé de l'univers déconcertant qui l'entourait. Mais elle était fatiguée, et la douleur empirait…

Au bout d'un moment, elle renonça et laissa ses yeux

se refermer, l'ombre s'emparer d'elle et la ramener vers la mer calme qui la berçait doucement.

Lorsqu'elle se réveilla pour la seconde fois, quelque chose bougeait devant elle, une forme imposante, étrangère, mais en même temps rassurante et familière.

« Quelqu'un », pensa-t-elle. Puis un mot affleura, surgi du fond obscur de sa mémoire : « femme ».

— Femme, murmura-t-elle, tout en observant avec curiosité ce nouvel être qui remplissait presque tout l'espace entre le lit et la fenêtre.

— Très bien..., dit la forme. Alors, on se réveille ! Comment vous sentez-vous, mon petit ?

Surprise par le son de cette voix qui venait de faire écho à sa propre voix, elle battit des paupières, dans un effort pour se concentrer.

La femme s'était encore rapprochée et lui souriait. D'un grand sourire radieux qui découvrait des dents d'autant plus blanches qu'elles brillaient dans un visage sombre. C'était curieux, cette forme entièrement noire et blanche, ces bras, ce visage noirs contrastant avec l'uniforme d'un blanc immaculé.

La femme semblait immense, énorme, et merveilleusement chaleureuse. Rassurée, elle tenta de lui rendre son sourire, heureuse de n'être pas la seule créature vivante de ce nouveau monde.

— Ne souriez pas trop, mon petit ! Vous avez une vilaine coupure à la lèvre. Elle risque de vous faire mal pendant encore quelques jours.

Tout en parlant, la femme s'affairait autour du lit, avec des gestes vifs et précis qui semblaient obéir à un cérémonial mystérieux.

— Alors, comment vous sentez-vous, Lisa ? demanda-t-elle enfin en lui prenant le poignet entre ses doigts fermes et habiles.

— Lisa ? répéta-t-elle d'une voix hachée qui lui parut étrangère.

— Oui. C'est bien votre nom, n'est-ce pas ? répondit la femme en consultant une sorte de tableau accroché au pied du lit. Lisa Temple, vingt-sept ans.

— Lisa… Nom.

Fronçant les sourcils, elle scruta le petit rectangle épinglé sur la blouse blanche de la dame noire.

— Doris, ajouta-t-elle, surprise et enchantée de pouvoir comprendre les caractères imprimés. Nom ?

— Oui, mon petit, c'est mon nom. Doris Abigail Amelia Walsh. Mais c'est plus simple de m'appeler Doris.

Lisa lui sourit de nouveau, oubliant sa lèvre coupée. La douleur la fit tressaillir.

— Doris, murmura-t-elle.

Elle aimait ce nom, comme elle aimait cette grosse femme à la peau si noire qui la regardait avec affection.

L'effort, cependant, l'avait épuisée. Elle redoutait de perdre Doris, mais elle n'avait plus la force de supporter la lumière et son éblouissante clarté. Elle sentit ses paupières se baisser de nouveau et l'ombre caressante l'envelopper tandis qu'elle glissait dans cet autre monde où la lumière n'existait plus, où il n'y avait plus de souffrance.

Doris Walsh, infirmière diplômée, demeura immobile, indifférente au soleil matinal qui nimbait ses solides épaules d'un lumineux manteau doré. Elle tenait le poignet délicat de Lisa Temple, et contemplait d'un air pensif la jeune femme allongée sur l'étroit lit d'hôpital.

Celle-ci, assurément, avait dû être une vraie beauté. Elle l'était toujours, du reste. Au goût de Doris, elle était même beaucoup plus jolie maintenant, sans le maquillage outrancier, le vernis à ongles cramoisi et le brushing impeccable qu'elle avait en arrivant à l'hôpital.

Doris avait dans l'idée que Lisa Temple ne sauterait

pas de joie quand elle découvrirait, en reprenant ses esprits, qu'on avait dû lui couper les cheveux. Mais elle souffrait d'une commotion cérébrale, peut-être même d'un traumatisme crânien. Dans cette situation, c'était inévitable.

Oui, oui, c'était beaucoup mieux ainsi. D'autant que, loin de l'enlaidir, les cheveux très courts mettaient en valeur les traits finement ciselés, le modelé voluptueux et doux des joues et du menton.

Une vraie beauté, répéta Doris, contemplant les cils épais et longs, qui ombraient délicatement les hautes pommettes, dissimulant les magnifiques yeux mordorés.

Avec précaution, elle repoussa les couvertures pour examiner sa patiente. Comme chaque fois, elle réprima une grimace en découvrant les bleus qui marbraient les seins ronds, l'épais bandage qui entourait le bas du thorax et le bras gauche. Des hématomes et de nombreuses écorchures marquaient encore les longues jambes, les cuisses fuselées ; mais on n'avait pas pansé les plaies, afin de les laisser cicatriser à l'air libre.

— Quelle honte ! marmonna Doris.

Tendrement, elle rajusta la chemise, remonta les couvertures, et caressa avec une douceur toute maternelle le front de la belle endormie, tout en songeant à la conversation qu'elle venait d'avoir et aux réactions de Lisa Temple.

Soucieuse, elle reprit ses instruments et sortit sans bruit de la chambre. Elle marchait d'un pas léger et gracieux, en dépit de sa corpulence.

Plongée dans ses pensées, indifférente à l'animation du matin, aux allées et venues du personnel de l'hôpital dans les larges couloirs, Doris pénétra dans la salle des infirmières et se dirigea droit vers le téléphone.

— Lisa ? Lisa, vous m'entendez ?

La voix était comme une corde tendue au-dessus d'un puits obscur, à laquelle Lisa s'accrocha avec une hâte douloureuse. Mais la surface, cette fois, n'était pas loin. Parvenue au sommet, elle ouvrit les yeux sur un décor qui lui était déjà familier et des objets qui possédaient des noms.

Porte, fenêtre, main, visage.

« Hommes », énonça-t-elle encore mentalement, en étudiant le visage penché sur elle. Un visage fort différent de celui de Doris.

Aussitôt, elle en éprouva du dépit. Elle avait besoin de Doris, de son grand sourire, de ses mains si douces.

Une vague de douleur l'envahit. Raidie, elle attendit que celle-ci reflue, tout en observant ce nouveau visage.

L'homme était aussi blanc que Doris était noire. Le petit plumet qui couronnait sa tête était blanc, et ses yeux, dénués eux aussi de toute couleur, n'étaient que des éclats de lumière derrière des carrés de verre.

Lisa le regardait, étonnée de constater que certains êtres avaient de la lumière à la place des yeux. Mais quand l'homme bougea, elle vit avec soulagement que la lumière se retirait, révélant des iris d'un gris métallique.

— Lisa, connaissez-vous mon nom ?

Elle fronça les sourcils, passant en revue les seuls noms qu'elle connaissait.

— Doris ? répondit-elle timidement. Lisa ?

L'homme la scruta intensément pendant quelques instants.

— Je suis le Dr Holcross, Lisa, mais vous m'avez toujours appelé Ken.

— Ken…

Elle tressaillit. Ce nom bref, d'une rudesse désagréable, venait lui faire l'effet d'une pointe s'enfonçant au milieu de son crâne, à l'endroit précis où la douleur palpitait le plus fort.

Silencieux, le médecin continuait à la dévisager, ses yeux gris pleins d'un intérêt passionné.

— Mal, dit-elle en soulevant son bras droit pour toucher le point douloureux, mais sa main retomba inerte sur le lit.

— Oui… Où avez-vous le plus mal, Lisa ?

La question était très compliquée et elle souhaitait y répondre correctement ; cependant, elle n'avait pas encore eu le temps de faire le tour de son propre corps.

Elle commençait seulement à comprendre à quoi ressemblait le corps des autres, comme Doris et Ken. Mais elle ignorait encore tout du sien. Elle se souvint toutefois de la sensation éprouvée en se réveillant la première fois, la sensation que la douleur et elle ne faisaient qu'un, que la douceur, la chaleur venaient d'ailleurs.

— Partout, dit-elle enfin, espérant que c'était la bonne réponse. Mal partout.

Le Dr Holcross acquiesça pensivement, puis sortit un étroit cylindre argenté de sa poche. Lisa fut fascinée par le rayon de lumière qui s'échappait du cylindre, et dont le médecin pouvait à sa guise régler la luminosité.

— Lumière ! dit-elle en lui souriant.

Il lui lança un regard surpris et braqua le faisceau lumineux vers son œil droit.

— Regardez droit devant vous, Lisa. Là. Derrière mon oreille. Bien… Et maintenant, à l'autre.

Quand il eut fini, il se recula et rangea le cylindre dans sa poche.

— Quel souvenir avez-vous de ce qui s'est passé hier ?

Elle fronça les sourcils, bataillant avec ces nouveaux mots : « hier », « souvenir »… Il lui semblait saisir vaguement de quoi parlait le médecin, mais il n'y avait que du vide dans sa tête, sauf…

— Réveillée…, murmura-t-elle enfin. Vu Doris.

Les doigts carrés de Ken Holcross tambourinaient doucement sur les accoudoirs du fauteuil.

— Parfait… Je suppose que vous ne vous rappelez rien de… l'accident. C'est sans doute aussi bien, ajouta-t-il d'un ton soudain plus brusque. Et avant, Lisa ?

— Avant ?

— Il y a une semaine, un mois. Vous souvenez-vous de la dernière fois que vous êtes venue me voir, Lisa ? Vous souvenez-vous de quoi nous avons discuté lors de votre dernière visite ?

Lisa contempla le visage pâle et rond. Elle ne comprenait rien à ce que cet homme racontait.

— Dernière visite ?

Le médecin la considéra longuement, en silence.

— Lisa…, reprit-il enfin. Vous a-t-on dit qu'on avait dû vous couper les cheveux ? Cela vous change. Mais cela vous va bien.

« Cheveux », pensa-t-elle, les yeux rivés sur le plumet blanc qui se dressait sur le crâne du médecin. Elle leva la main pour toucher sa propre tête.

— Cheveux ?

— Oui, Lisa. On vous a coupé les cheveux. Cela vous ennuie ?

Elle ne répondit pas. Doris, lui semblait-il, avait elle aussi des cheveux courts. Quant à Ken, il n'en avait presque plus. Lisa n'imaginait pas à quoi pouvaient ressembler ses propres cheveux.

Et de quelle couleur étaient-ils ? se demanda-t-elle soudain, tourmentée par ce nouveau problème. Noirs, comme les bouclettes brillantes et drues de Doris ? Ou blancs comme ceux de Ken ?

Elle avait envie de poser la question, mais ne parvenait pas à trouver les mots. Et puis, le médecin la scrutait toujours, examinant son visage de cet air étrangement pensif, et cela contribuait à lui embrouiller les idées un peu plus. Il se pencha, sortant de nouveau le cylindre de sa poche.

— Je veux que vous regardiez la lumière, d'accord ? Surtout, ne détournez pas les yeux. Regardez la lumière, Lisa. Vous voyez comme elle bouge ? Lentement, lentement... Voyez comme elle bouge...

Lisa obéit. Quelques secondes plus tard, cependant, le visage du médecin s'effaçait, ainsi que le petit cylindre argenté, et la lumière derrière lui. Lisa venait de basculer, la tête la première, et s'enfonçait, une fois de plus, dans l'ombre tiède et douce.

Lorsqu'elle se réveilla, un peu plus tard, elle se sentait reposée et tranquille, réconfortée par le soleil radieux qui mouchetait le plancher de taches dorées et jouait gaiement sur les barreaux chromés du lit.

Lisa sourit, puis fronça les sourcils en se rappelant l'homme qui lui avait dit s'appeler Ken, ses questions si déconcertantes, son petit cylindre argenté. Que signifiait donc tout cela ?

Existait-il un autre monde en dehors de celui-ci, un monde dont elle ignorait tout ? Combien d'hommes et de femmes y avait-il dans tous ces univers différents et à quoi ressemblaient-ils ? Y avait-il d'autres êtres vivants que Ken et Doris ?

Lisa, elle-même, avait-elle naguère habité un autre monde avant de se perdre dans celui-ci ? Un frisson d'appréhension la parcourut à cette idée, et une impression de décalage et d'isolement obscurcit son esprit, occultant la douceur apaisante de la journée.

Elle se mit à trembler, en proie à une soudaine panique, luttant pour repousser la peur et se préparer à ce qui n'allait pas manquer d'arriver.

Les yeux clos, les doigts crispés sur le bord de la couverture, elle entendit à ce moment la porte s'ouvrir et coula un regard effrayé entre ses cils.

La personne qui entrait dans la chambre n'était ni Doris ni Ken. Lisa en oublia sa frayeur et écarquilla les yeux, étonnée. Il y avait donc tant de gens différents ?

Il s'agissait cette fois d'une femme aux longs cheveux dorés et aux yeux bleus. Elle était vêtue d'une robe bleu pâle comme les murs et portait un plateau chargé de dômes en métal brillant.

Lisa la regarda, puis considéra le plateau et prit alors conscience d'une crampe diffuse dans son ventre. Ce n'était pas vraiment pénible, cependant elle ne pouvait plus penser à autre chose.

— Vous avez faim, Lisa ? demanda avec un sourire la fille aux cheveux dorés.

— Faim, répéta-t-elle. Oui…

C'était effectivement ça… La nouvelle venue avait identifié son besoin.

— Tant mieux, parce que voilà un bon repas pour vous. Vous aimez le thon en cocotte ?

— Je… je ne sais pas.

— On pense souvent du mal de la nourriture d'hôpital, mais, en réalité, c'est très bon. Moi-même, je mange toujours à la cafétéria. Vous allez voir… Vous voulez du lait dans votre thé ?

— Je ne sais pas, murmura Lisa, un peu affolée.

On lui posait sans arrêt des questions auxquelles elle ne savait pas répondre. Tous ces gens allaient être très déçus.

La femme lui jeta un coup d'œil nerveux. C'est alors que Doris entra en trombe dans la chambre et la femme blonde parut infiniment soulagée.

Lisa aussi. Elle eut un petit rire ravi en retrouvant le visage familier, si noir, si chaleureux, surmonté d'une coiffe blanche.

— Doris… J'ai faim !

— Bien sûr, mon cœur, répliqua l'infirmière en lui

prenant la main. Amy, vous n'avez qu'à aller déjeuner. Je m'occupe de Mme Temple.

La femme blonde accepta avec reconnaissance et se hâta de quitter la pièce, laissant Doris soulever les dômes métalliques et disposer le plateau devant Lisa.

— D'abord, il nous faut remonter un peu ce lit. Accrochez-vous, Lisa.

Doris s'affaira au pied du lit et, lentement, comme par magie, Lisa se retrouva en position assise.

Aussitôt, la chambre se décomposa en cercles irides-cents, tandis que Doris disparaissait dans un brouillard noir et blanc.

— Vous avez la tête qui tourne ? Ne bougez pas, fermez les yeux, ça ira mieux dans une seconde. Vous avez vraiment besoin de manger, mon petit. Voilà, maintenant, regardez-moi.

Lisa obéit, étonnée. Mais, une fois de plus, Doris avait raison. Le vertige s'était déjà dissipé. La pièce était claire et lumineuse et, vue sous ce nouvel angle, encore plus intéressante.

Comment Doris savait-elle tout ce qui se passait en elle, alors qu'elle-même ignorait tout de l'infirmière ? Elle eut envie de le lui demander, mais, une fois de plus, la question lui parut trop difficile à formuler.

Alors elle se concentra sur la chose métallique que Doris lui présentait d'un air interrogateur. Elle passa en revue tous les mots qu'elle connaissait, comme on fouille dans un tiroir à la recherche d'un objet perdu.

— Fourchette…

— Bravo ! Et ça ?

— Cuillère, répondit-elle, encouragée par l'approbation chaleureuse de l'infirmière. Couteau…, ajouta-t-elle avant même que Doris ait saisi le dernier ustensile.

— Excellent. Etes-vous droitière, Lisa ?

Perplexe, Lisa écarquilla les yeux, sa belle assurance envolée.

— Peu importe…, reprit Doris. De toute façon, vous serez obligée de vous servir de votre main droite pendant un moment puisque votre bras gauche est immobilisé. Vous vous rappelez comment on tient une fourchette, mon petit ?

Lisa prit l'objet avec méfiance, le tourna dans tous les sens puis jeta à l'infirmière un regard désemparé.

— Je regrette, murmura-t-elle. Je regrette…

— Vous n'avez pas à vous excuser, voyons ! répliqua Doris avec entrain. Voilà, comme ça… Ces deux doigts tiennent la fourchette et la guident. Vous comprenez ?

Lisa hocha la tête, s'appliquant à imiter les gestes de la grosse femme noire.

— Bravo ! s'exclama Doris avec une admiration qui remplit Lisa d'un bonheur absurde. Et maintenant, goûtez. C'est du thon en cocotte.

— Je sais.

— Ah bon ? Et comment le savez-vous ?

— Amy me l'a dit.

— Ah…

Doris se tut, observant Lisa qui plongeait maladroitement sa fourchette dans le plat.

— Vous savez ce que c'est que le thon ? s'enquit-elle soudain d'un ton anodin.

Lisa médita un instant, bataillant toujours pour saisir la nourriture avec son couvert.

— De l'eau ? Ça a un rapport avec l'eau ?

— Oui, c'est un peu ça. Attention, levez la main… Parfait !

La fourchette convenablement lestée était arrivée à bon port. Doris, radieuse, regarda Lisa mâcher et avaler.

— J'aime le thon en cocotte, dit finalement Lisa, avec la mine de quelqu'un qui vient de faire une importante découverte.

— Tant mieux. Et maintenant, voyons si vous appréciez les navets.

— C'est quoi ?

— Ces petites choses rondes, là… De quelle couleur sont-elles ?

— Blanches, répondit Lisa sans hésiter, les couleurs lui paraissant de loin les mots les plus faciles à trouver.

D'un geste plus assuré, elle planta sa fourchette dans la boule spongieuse, la porta à sa bouche et recracha aussitôt.

— Beurk…, dit-elle, tandis que Doris, hilare, lui essuyait les lèvres avec une serviette de coton. Horrible… C'est horrible.

— Maintenant, nous savons au moins que vous n'aimez pas les navets… Mais ne les recrachez pas, Lisa. Quand on mange quelque chose qu'on déteste, on l'avale, on se dépêche de boire un peu d'eau, et on n'y touche plus. D'accord ?

— Oui, murmura Lisa, honteuse. Ce n'est pas bien de cracher à table. Je sais…

Doris fixa d'un regard intense le visage malheureux et empourpré de sa jolie patiente.

— Oui, mon petit, c'est ça… Et vous vous sentez embarrassée, n'est-ce pas ? Voilà qui est très intéressant, ajouta-t-elle pour elle-même. Vous en savez encore assez pour éprouver de la gêne.

Mais Lisa ne l'écoutait plus. Elle était affamée, et l'odeur du plat fumant était si délicieuse qu'elle éprouvait une sensation proche de la souffrance.

Sous le regard bienveillant de Doris qui l'aidait et la conseillait, elle dévora tout son repas, à l'exception des navets. Elle adora la saveur des tomates, la consistance du pain grillé, décréta qu'elle préférait le café au thé et pouffa comme une petite fille en découvrant le dessert — une gelée aux groseilles.

— Ça tremblote..., dit-elle d'un air ravi. Regardez comme ça tremblote. Et c'est tout rouge, et c'est tellement bon ! conclut-elle en enfournant une bouchée, les paupières fermées pour mieux apprécier.

Doris la contemplait en silence. Lisa, étonnée, vit que la grosse femme s'essuyait les yeux.

— Doris ? murmura-t-elle, alarmée, oubliant l'exquis dessert.

— Ce n'est rien, mon petit, je pense seulement à tout ce qu'il vous reste à découvrir. J'espère que la vie ne vous réserve pas de trop mauvaises surprises.

Tout en prenant une cuillerée de gelée, Lisa dévisagea l'infirmière avec perplexité.

— Ne faites pas attention à moi… Continuez à déguster votre dessert. On en prépare de toutes les couleurs, vous savez. Vert, jaune, orange…

— Vraiment ? Et ils sont tous aussi bons que celui-là ?

— Absolument. Et maintenant je vous propose de passer avec moi dans la salle de bains. Il faut vous laver et vous coiffer parce que j'ai entendu dire que vous alliez avoir une visite… Figurez-vous que votre mari va venir vous voir tout à l'heure. Vous voulez être jolie pour votre mari, n'est-ce pas ?

Trop abasourdie par cette information, Lisa acquiesça machinalement. Doris l'aida alors à se lever et, la soutenant d'un bras ferme passé autour de sa taille, la guida jusqu'au cabinet de toilette.

Debout, loin de la tiède douceur du lit, Lisa eut une perception plus nette de son propre corps et découvrit qu'elle ne s'était pas trompée : chacune des parcelles qui le constituaient était le siège d'une douleur différente, depuis le sol jusqu'en haut, où se trouvait sa tête.

— Mal, dit-elle quand elles eurent terminé la toilette. Mal partout, Doris.

— Ça ne me surprend pas… Et rester étendue ne vous aide pas non plus, vous vous ankylosez. Quand votre mari viendra vous voir, vous devriez lui demander de vous emmener vous promener un peu, jusqu'au salon du rez-de-chaussée, par exemple.

— Mari, répéta Lisa avec une pointe d'appréhension.

Doris la ramena dans la chambre, la souleva sans effort et la recoucha dans le lit dont on avait changé les draps. Lisa se nicha avec un soupir d'aise dans la bienheureuse et familière douceur. La souffrance que tout ce mouvement avait fait naître s'apaisait de nouveau.

— Vous vous souvenez de votre mari, Lisa ? demanda Doris en lui caressant les cheveux.

— Mari…

Elle chercha de nouveau dans la cohorte de mots qui encombraient son cerveau, puis secoua la tête avec désarroi. Il lui semblait avoir une vague idée de ce qu'était un mari ; cependant, cela ne correspondait à rien qu'elle connût.

— Il s'appelle Paul…, dit Doris. Paul Temple. Il est venu, ce matin, dans le service, mais comme vous dormiez, il a dit qu'il repasserait plus tard. Les petites aides-infirmières étaient tout émoustillées, je vous prie de le croire…

— Pourquoi ?

— Parce que votre Paul est le plus bel homme qui se puisse imaginer.

Lisa écarquilla les yeux. Bel homme ? Elle ne voyait pas vraiment ce que cela signifiait.

— Ken aussi ?

— Ken ? De qui parlez-vous ?

— Le médecin. Celui qui a la petite lumière… C'est un bel homme ?

— Le Dr Holcross ?

Doris partit d'un grand rire en cascade, allègre et profond, qui réchauffa le cœur de Lisa, tout comme l'avaient fait le thon en cocotte et la gelée aux groseilles.

— Non, mon petit, dit-elle en reprenant son sérieux. Le Dr Holcross est un homme très gentil, mais il n'est pas précisément bel homme.

A cet instant, quelqu'un, dans le couloir, appela Doris.

— Il faut que j'y aille, Lisa… Je reviendrai un peu plus tard. Vous pouvez dormir, si vous voulez.

Lisa secoua la tête, mouvement qui propagea aussitôt une onde de choc dans son cerveau. Elle avait l'horrible sentiment que ce n'était pas bien de passer trop de temps dans l'ombre confortable du sommeil et de l'oubli. Il y avait tant à apprendre dans l'autre monde, celui où chaque chose avait un nom. Or, elle n'apprendrait qu'en restant éveillée et concentrée.

Comme si elle avait encore deviné ses pensées, Doris posa sur le lit une pile de papiers aux vives couleurs qu'elle avait prise quelque part, près du lit.

— Voilà quelques magazines. Vous savez lire puisque vous avez déchiffré mon nom ce matin, n'est-ce pas ?

Quand Doris eut franchi le seuil, Lisa feuilleta les magazines, sidérée par ce qu'elle découvrait.

Doris avait raison, comme toujours. Elle savait lire les mots imprimés et trouvait parfois dans son esprit des images qui s'y associaient. Mais ils paraissaient tellement étranges, comme des lambeaux de rêves perdus, si étranges et si difficiles à comprendre que bientôt ses yeux papillotèrent et qu'une horrible migraine lui enserra les tempes.

Elle lutta encore un moment puis reposa les magazines sur la couverture et s'abandonna au merveilleux oubli.

Quand elle reprit conscience, elle aperçut une haute silhouette, entre le lit et la fenêtre, qui lui fit d'abord penser à celle de Doris, telle qu'elle lui était apparue pour la première fois.

Mais ce n'était pas une femme qui se tenait là. Elle plissa les paupières pour distinguer les traits de l'homme debout dans le contre-jour. Peu à peu, l'image se précisa, et elle se rendit compte que le nouveau venu ne ressemblait à personne qu'elle connût.

Au lieu de la blouse d'hôpital, l'inconnu portait une veste marron et un jean bleu. Il était beaucoup plus grand que Ken ou que Doris, et si large d'épaules qu'il masquait presque entièrement la fenêtre. Mais son corps n'avait pas les rondeurs rassurantes de celui de Doris ; au contraire, il était mince et musclé, et semblait dur comme de la pierre.

Son visage aussi était dur, avec ses traits ciselés par la lumière décroissante. Echappée de son épaisse chevelure, une mèche dorée lui retombait sur le front. Ses cheveux étaient du même blond que ceux de la femme aux yeux bleus qui avait apporté la nourriture, un instant plus tôt. Lui, toutefois, n'avait pas les yeux bleus. Ses yeux à lui étaient d'une couleur que Lisa ne parvenait pas à nommer : un mélange insolite de bleu et de brun, avec des paillettes étincelantes d'or et de mousse. Des yeux pareils à des pierres précieuses, et si beaux, si brillants dans l'écrin des cils sombres, que Lisa en avait le souffle coupé.

Fascinée, elle l'observait, assaillie par un sentiment nouveau, une impression indéfinissable, pareille à ce qu'elle éprouvait pour Doris, quoique en beaucoup plus intense.

Et pourtant, non, ce n'était pas tout à fait la même chose. Chaque fois qu'elle voyait Doris, elle se sentait heureuse et en sécurité alors que cet homme en veste de cuir la rendait nerveuse. D'étranges sensations s'éveillaient dans son corps. Elle avait le souffle court, éprouvait une sorte de faim ou de vague désir qu'elle n'identifiait pas.

Tremblante sous les couvertures, elle chercha un mot à lui dire. Elle aurait aimé savoir qui il était et ce qu'il faisait là, près de son lit.

Mais à ce moment-là, il s'aperçut qu'elle était réveillée et il se pencha pour l'examiner, si près que Lisa vit le grain parfait de sa peau, le fin duvet doré sur le menton viril. Il la regardait avec tant d'intensité qu'elle frémit. D'appréhension, d'abord, puis de terreur. Les yeux de l'homme, en effet, étaient pleins de froideur et d'amertume. Pire encore, il y avait de la haine dans ce regard.

Dans quel cauchemar se retrouvait-elle plongée maintenant ?

2

— A-t-elle été violée, Ken ?

Le Dr Kenneth Holcross considéra l'homme grand et blond assis en face de lui. Il hésita. Comment un être pouvait-il s'exprimer avec tant de froideur et d'indifférence ?

Surtout quand il parlait de sa propre femme…

Puis le médecin regarda Paul Temple dans les yeux et comprit qu'il n'était pas indifférent. Il menait un combat sans merci contre lui-même pour dissimuler ses émotions.

— Pourquoi posez-vous cette question, Paul ? Qu'est-ce qui vous fait croire qu'elle a pu être violée ?

Son interlocuteur haussa les épaules. Il crispait si fort ses doigts sur les accoudoirs du fauteuil que les jointures blanchissaient sous la peau tannée par le soleil.

— Les policiers m'ont expliqué qu'ils l'avaient trouvée inconsciente dans une allée, à une heure du matin. On l'avait rouée de coups. Etant donné le quartier où elle se trouvait et vu qu'on ne lui avait même pas volé son sac, il n'est pas absurde de penser qu'il s'agissait d'une agression sexuelle…

Ken Holcross, muet, jouait avec son stylo, le regard fixé sur le beau visage de Paul Temple, à l'expression pourtant tellement amère.

— D'autant qu'elle était habillée d'une telle façon…, poursuivait son interlocuteur d'une voix plus sourde, comme s'il prononçait ces mots à contrecœur.

— Comment était-elle habillée ?

— Comme d'habitude… Allons, Ken, vous le savez très bien ! Elle portait une minijupe de cuir rouge, un corsage noir complètement transparent, pas de soutien-gorge bien sûr, des bas noirs à couture et des sandales à talons hauts.

— Et alors ?

— Alors, rétorqua Paul Temple avec colère, quand on décide de se promener dans le quartier chaud de la ville, après minuit, vêtue comme une traînée… A quoi peut-on s'attendre ?

— Paul, ce n'est pas digne de vous. Vous êtes plus intelligent que ça et surtout plus sensible. Je ne peux croire que vous pensez qu'une femme qui s'habille de manière provocante mérite d'être violée.

Paul Temple secoua la tête d'un air las.

— Je ne discute pas de ce que Lisa mérite ou non, Ken. Bien que ce ne soit pas une question dénuée d'intérêt..., ajouta-t-il avec ironie. Je vous demande simplement si, d'après le rapport médical, il y a eu viol.

— Non. Il est probable que l'arrivée de la police a interrompu ses agresseurs avant qu'ils en aient fini avec elle. Elle a eu la chance de s'en sortir avec un passage à tabac.

— C'est une chance, oui..., répéta Paul d'un ton neutre.

— Les blessures sont nombreuses, mais superficielles dans l'ensemble. Des contusions, des plaies peu profondes aux jambes et à la poitrine. Le radius gauche est fêlé, il faudra immobiliser le bras pendant une quinzaine de jours, et bander le thorax jusqu'à ce que les côtes soient ressoudées. A part ça, on ne peut pas faire grand-chose pour elle.

Les traits crispés par la colère, Paul considéra le psychiatre un instant en silence.

— Et quelle est cette nouvelle comédie qu'elle nous joue ? s'enquit-il enfin, rageur.

— Quelle comédie ?

Paul Temple s'agita nerveusement dans son fauteuil, tout son corps tendu et contracté.

— Allons, Ken ! Je suis passé la voir hier et elle a fait semblant de ne pas me connaître. Elle s'exprimait comme une débile.

— Elle n'est pas débile, Paul, je vous l'assure.

— Oh, Seigneur, je suis bien placé pour le savoir ! rétorqua-t-il d'un air sombre. Croyez-moi, je n'ignore pas combien elle est intelligente. En réalité, cette femme est un vrai serpent. Elle est rusée, diabolique, et elle s'imagine qu'elle peut se sortir de toutes les situations. Mais ça… c'est trop !

— D'après vous, elle feint l'amnésie ?

— Amnésie ! Moi, j'appelle ça du cinéma. Si ce que vous affirmez est vrai, et si elle n'a pas été victime d'une agression sexuelle, alors je suis sûr que c'est encore l'une de ces machinations dont elle a le secret pour se défendre et se protéger.

— Pour l'instant, objecta le médecin avec douceur, Lisa Temple n'a pas l'air d'une femme qui se défend particulièrement bien. Vous n'êtes pas d'accord ?

— C'est à voir, rétorqua Paul, buté. Je doute qu'elle vous l'ait annoncé, Ken, mais je suis décidé à la jeter dehors. En fait, la demande de divorce lui a été notifiée la semaine dernière, et il ne lui reste que trois jours pour y répondre. Vous ne pensez pas qu'elle a trouvé là un moyen habile d'esquiver le problème ?

Ken Holcross demeura un moment silencieux.

— Si je vous suis bien, vous insinuez qu'elle serait allée jusqu'à engager quelqu'un pour la molester ? Elle se serait fait briser les os dans le seul but de retarder une procédure de divorce ?

— Cela me paraît plausible, connaissant Lisa... Peut-être a-t-elle seulement demandé qu'on lui assène quelques coups, et puis les choses auront dégénéré. Avec le genre de personnes qu'elle fréquente, tout finit toujours par dégénérer.

— Mais quelle aurait été sa motivation ?

— C'est pourtant évident ! Elle a compris que je souhaitais me séparer d'elle, et c'est la dernière chose qu'elle souhaite. Non qu'elle tienne à moi, précisa Paul avec un sourire sans joie, seulement elle n'a aucune envie de se retrouver seule dans le vaste monde sans un sou en poche. Elle aime beaucoup mon argent.

— Est-ce que Lisa ne retirerait pas des avantages non négligeables d'un divorce ?

— D'après mes avocats, non. La majeure partie de

ma fortune me vient de ma famille. J'en avais déjà hérité avant mon mariage, et Lisa n'a aucun droit sur elle. Quant au reste, à ce que j'ai acquis durant les cinq années que nous avons vécues ensemble, les affaires ont été bonnes mais pas miraculeuses, et Lisa a dépensé sans compter. Vu son train de vie, l'argent retiré du divorce représenterait à peine l'équivalent de son argent de poche pour un an ou deux…

Ken Holcross hocha la tête d'un air circonspect.

— Il est vrai qu'elle a commis quelques folies.

— Des folies ! répéta Paul avec hargne. Mon Dieu, Ken…

Il se tut. Après un long moment de silence, le psychiatre releva les yeux.

— Alors quelle est votre opinion, Paul ? Vous pensez qu'elle a saisi cette opportunité de feindre l'amnésie pour vous empêcher de poursuivre la procédure de divorce ?

— Oui, c'est ce que je pense. Réfléchissez, Ken… Rappelez-vous la fois où elle a simulé une tentative de suicide et tout ce qu'elle a pu inventer au cours de ces dernières années… Vous ne rencontrerez jamais une femme aussi manipulatrice. Elle ne recule devant rien.

Cette amnésie n'est pas autre chose que la dernière élucubration en date.

— Je ne suis pas d'accord avec vous. J'ai la conviction qu'il ne s'agit pas d'une comédie.

— Vous plaisantez ! rétorqua Paul, stupéfait.

— Je crains que non. Je connais bien Lisa, je la reçois régulièrement dans mon cabinet depuis longtemps. Je sais comment elle réagit, surtout sous hypnose.

— Vous l'avez mise sous hypnose depuis l'accident ?

— Deux fois, et j'ai demandé l'avis d'un autre praticien. Ses souvenirs personnels fondamentaux sont fragmentés et incohérents, même sous hypnose, ce qui définit l'amnésie psychogénique. Certains événements particulièrement traumatisants de son enfance, que nous avions ramenés à la conscience il y a peu de temps, semblent s'être effacés de sa mémoire. Une telle amnésie est rare. Elle est quasiment totale…

— Foutaises ! Elle a dû écouter des enregistrements de vos séances et elle est assez maligne pour étudier à fond les symptômes de l'amnésie. Ne pourrait-elle pas simuler l'état hypnotique et vous servir un petit discours de son cru ?

— Je ne crois pas qu'elle…

— Je ne vous demande pas ce que vous croyez, Ken. Je vous demande si c'est possible ou non.

— Oui, répondit posément le médecin, c'est possible. Néanmoins, je ne crois pas qu'elle simule et c'est ce que je mentionnerai dans le rapport psychiatrique.

— Ne me dites pas que vous concluez à un authentique cas d'amnésie ?

— Si, Paul.

— Oh, bon sang !

Paul Temple se redressa d'un bond et se mit à arpenter le bureau comme un tigre en cage.

Ken Holcross ne broncha pas, les mains posées à plat sur sa table encombrée de papiers. Son visage pâle et rond demeurait impénétrable, et ses yeux gris clair derrière les épaisses lunettes fixaient le vide.

— Et moi dans tout ça, Ken ? lança Paul Temple, se tournant vers le psychiatre, le regard voilé par l'angoisse. Si vous déclarez dans votre rapport qu'il ne s'agit pas d'une simulation, je vais devoir la ramener à la maison et m'occuper d'elle, n'est-ce pas ? A moins que je me résigne à... l'abandonner dans quelque hôpital ? Je vous parais sans doute cruel, vu l'état dans lequel elle se trouve, mais vous n'imaginez pas à quel point sa présence m'est devenue insupportable.

— La garder à l'hôpital ne se justifie pas, Paul. Et je suis convaincu qu'un environnement familier lui permettrait de recouvrer plus vite la mémoire. La plupart des malades retrouvent très vite leur identité, même si, pour l'instant, l'amnésie de Lisa est d'une exceptionnelle gravité. Il serait généreux de votre part de la prendre chez vous durant quelques semaines et de la laisser regagner des forces avant d'arrêter une décision.

— Quelques semaines…, murmura Paul d'un ton morne.

— Ce ne sera pas si terrible. Vous pouvez quand même supporter de l'avoir près de vous pendant un moment, jusqu'à ce qu'elle ait les moyens de se débrouiller toute seule… Dans l'immédiat, elle a tant de choses à apprendre.

— Cela signifie-t-il qu'elle a besoin de quelqu'un en permanence ? Dois-je engager une infirmière ?

— Non, rétorqua le psychiatre après un instant de réflexion. Cela ne me semble pas nécessaire. Vous avez toujours ce couple qui travaille pour vous ?

— Bob et Anna, oui. Ils ont une maison dans la propriété, et Anna entretient ma demeure. Lisa n'a jamais été une femme d'intérieur…

— Eh bien, puisque Lisa ne sera pas complètement seule, ça devrait aller. Il lui faut surtout quelqu'un qui lui parle, qui lui explique les choses. Au fait… Bob et Anna ont deux enfants, n'est-ce pas ?

— Deux petites filles. Enfin, pas si petites… Allie a près de dix ans et Bonnie une douzaine d'années. C'est presque une adolescente, en réalité.

— Alors, c'est l'idéal. Si elles ont la patience de parler un peu avec Lisa, ce sera la meilleure thérapie possible.

— Voyez-vous, elles ne sont pas vraiment folles de Lisa qui ne s'est jamais montrée franchement maternelle, pour parler par euphémismes. A vrai dire, même, elle s'est toujours montrée assez féroce avec elles, et ces gamines la détestent.

— Les enfants pardonnent vite. Ils ont plus de compassion qu'on ne l'imagine. Ces fillettes comprendront vite que Lisa est malade et qu'elle a besoin d'aide.

Paul Temple dévisagea le médecin d'un air incrédule.

— Bon Dieu, vous n'avez vraiment aucun doute… Elle vous a eu, Ken, jusqu'à l'os.

— Je suis convaincu qu'elle souffre d'une amnésie

totale. Et je fonde mon diagnostic sur une longue expérience professionnelle.

Paul Temple se rassit, puis se pencha vers le psychiatre, les mains ouvertes.

— D'accord... Admettons que ce soit vrai, qu'elle ait réellement perdu la mémoire. Quelles seront les conséquences ? Que va-t-il se passer ? Ses souvenirs reviendront-ils par miracle, dans un flash aveuglant, un beau matin ?

— C'est ce qui arrive dans les films et les romans mais, dans la vie, je crains que ce soit plus rare. En principe, la mémoire se recompose par bribes, de façon sporadique. Parfois, mais très rarement, l'amnésie est irréversible. Dans un cas comme celui de Lisa, il est très difficile d'établir un pronostic réaliste.

— Pourquoi ?

— Parce que nous ne sommes pas encore sûrs de la cause du mal. Elle a été commotionnée et souffre d'un léger traumatisme crânien que nous surveillons avec beaucoup d'attention. Mais elle est depuis longtemps soumise à une énorme pression émotionnelle, et vous me dites que s'y ajoute à présent le stress d'un divorce imminent. Son amnésie pourrait donc avoir plusieurs raisons, à la fois physiologiques et psychologiques. La situation est par conséquent très complexe, et il y a tant d'anomalies qu'il est extrêmement délicat d'en tirer un avis clinique précis.

— Si je vous comprends bien, il peut se produire n'importe quoi ?

— Exactement.

— Je ne parviens pas à y croire… Lisa prétend avoir perdu la mémoire, mais elle sait parler, se nourrir… L'infirmière dit même qu'elle sait lire ! Cela ne vous surprend pas ? Vous ne trouvez pas ça suspect ?

— Pas du tout.

Le psychiatre marqua une pause, l'air pensif.

— Comment vous expliquer ? reprit-il. Imaginez un être qui aurait vécu durant des années sur une autre planète et aurait passé tout son temps à nous étudier, nous les Terriens. Il aurait engrangé une foule de connaissances sur le langage, les mœurs, les coutumes, l'histoire et la géographie, mais sans jamais les expérimenter personnellement. Si vous demandez à un amnésique ce qu'est la neige, il sera sans doute capable de chercher dans ses réserves mentales et de vous dire que c'est blanc, que c'est de l'eau congelée et qu'on en voit en hiver. Mais il ne se rappellera pas ce qu'on ressent quand on marche sur de la neige fraîche ou la sensation qu'on éprouve quand les flocons vous tombent sur le visage.

— C'est difficile à saisir, Ken… Comment peut-on avoir certains souvenirs et pas d'autres ?

— Parce que, en principe, c'est la mémoire affective qui est perdue, et non la mémoire générique. On connaît encore mal le fonctionnement du cerveau ; cependant il semble exister plusieurs mécanismes de conservation et de rappel pour les différents types de mémoire. Compte tenu de mes observations, je dirais que Lisa est atteinte d'une amnésie sélective classique.

— Oh, je suis bien d'accord ! rétorqua Paul avec ironie. Essayez une fois d'obtenir d'elle la vérité, et vous verrez comme elle est douée pour oublier tout ce qui la dérange.

— Je ne vous parle pas de ça, objecta doucement le psychiatre, et vous le savez très bien.

— Bien sûr… Simplement, je ne parviens toujours pas à y croire. Je pense que c'est encore une de ces petites manœuvres dont elle est spécialiste, et je ne supporte pas que ça fonctionne encore une fois. L'idée qu'elle est sans doute en train de se moquer de nous, tout en ouvrant de grands yeux innocents, me hérisse.

Le médecin reprit le stylo qu'il avait posé sur la table et le contempla.

— A propos d'innocence, dit-il, songeur, il y a autre chose dont j'aimerais vous entretenir.

— Quoi donc ?

— Je suis convaincu que Lisa n'a plus de mémoire affective d'aucune sorte. Elle est comme un petit enfant à qui tout arrive pour la première fois. Il est important que son entourage veille à ce qu'elle ne vive pas d'expériences traumatisantes.

Paul fixa sur le psychiatre un regard intense, alerté par quelque chose dans sa voix.

— Qu'essayez-vous de me dire, au juste ?

— Je vous préviens, c'est tout. Vous ne croyez pas ce que je vous ai expliqué sur l'état mental de Lisa, et je comprends votre colère et votre amertume. Mais si mon diagnostic est correct, et je pense qu'il l'est, vous devrez être… prudent avec elle, conclut le médecin avec un certain embarras. Comme avec une toute jeune fille.

Paul secoua lentement la tête.

— J'y suis… Vous prétendez que… mon Dieu ! s'exclama-t-il avec un rire bref. Vous prétendez qu'elle est vierge. N'est-ce pas ?

— En quelque sorte. Pas physiquement, bien sûr,

mais mentalement et émotionnellement. Elle n'a pas le moindre souvenir d'un quelconque vécu sexuel. Si on la traitait… sans ménagement, cela pourrait être très dommageable.

— Elle est couverte de bandages. Je ne suis pas un monstre, figurez-vous.

— Ses blessures seront vite cicatrisées, mais il faudra beaucoup plus de temps pour que sa mémoire guérisse, si cela se produit un jour. Sur le plan affectif, elle sera extrêmement vulnérable.

— Seigneur…, marmonna Paul. Tout cela est tellement bizarre. Lisa Temple, une vierge ! Seigneur…

Il se tut, son beau visage déformé par un rictus de souffrance.

— Je ne parle pas seulement de sexualité, reprit le psychiatre. Vous devrez veiller à ce qu'elle ne subisse aucun autre traumatisme. Elle a *vraiment* besoin de protection.

Paul Temple se leva.

— Elle ne craint rien avec moi, Ken. Je n'ai pas touché ma femme depuis plus d'un an, et je vous assure que je n'ai pas l'intention de recommencer. En fait, rien ne saurait m'inciter à poser la main sur elle. Donc, inutile de vous inquiéter…

Saluant le médecin d'un hochement de tête, il tourna les talons et sortit du bureau.

Ken Holcross entendit ses pas résonner sur le carrelage du couloir. Il demeura immobile, le regard rivé sur le fauteuil qu'occupait Paul quelques instants plus tôt, et une expression soucieuse se peignit sur son visage lunaire qui respirait la bonté.

Paul Temple arrêta sa voiture de sport sur le bord de la route. Il en sortit, remonta le col de sa veste et enfonça les poings dans ses poches. Le vent de printemps était sec et mordant.

Il descendit le talus où l'herbe poussait dru et marcha jusqu'au ruisseau qui serpentait dans la prairie, contemplant les volutes de glace accrochées aux rochers comme autant de fines dentelles.

Les nuages s'amassaient dans le ciel, galions chargés de perles voguant paisiblement dans une mer de saphir. Le ruisseau soufflait son haleine fraîche et piquante dont l'odeur se mêlait aux senteurs de la terre humide, de l'herbe printanière et des fleurs encore à naître. La promesse de l'été vibrait dans cette matinée d'avril qui embaumait l'espoir et le renouveau.

Mais Paul ne voyait rien de cette beauté. Anxieux,

malheureux, il songeait à son entretien avec Ken Holcross, et son grand corps semblait ployer sous le désespoir.

Il n'était pas très fier de la façon dont il s'était conduit, de ce qu'il avait dit, des émotions qu'il avait trahies. Voûtant un peu plus les épaules, il suivit des yeux un faucon qui planait dans le ciel.

C'était bien là le pire, dans son mariage avec Lisa, songea-t-il, secoué par le dégoût. Vivre avec cette femme avait fait de lui un être indifférent, qu'il méprisait souvent. Il n'avait pas toujours été ainsi, si froidement implacable.

Mais les forces d'un homme n'étaient pas illimitées. Il supportait l'humiliation, la douleur durant des mois et des mois puis, un jour, il se réfugiait dans l'indifférence.

Il pensa au diagnostic du psychiatre, à Lisa qui paraissait si pâle et si fragile dans son lit d'hôpital, avec ses cheveux courts et ses grands yeux au regard si doux, qui cachaient pourtant l'âme d'un monstre.

C'était ce regard qui l'avait séduit, des années plus tôt, un soir qu'il avait emmené deux clients prendre un verre dans un bar. Lisa leur avait servi leurs cocktails, et Paul s'était senti envoûté par sa beauté. Jamais il n'avait vu des yeux pareils — immenses, mordorés, frangés de longs cils bruns.

Il était si jeune alors, à peine vingt-cinq ans, et il ne lui avait pas fallu longtemps pour remarquer que ces yeux merveilleux allaient de pair avec un visage et une silhouette tout aussi attirants. Il y avait en elle quelque chose qui le subjuguait irrésistiblement ; à chaque mouvement, son corps semblait chuchoter un secret à lui seul destiné, une promesse étourdissante.

Il était revenu plusieurs fois dans le bar. Elle l'obsédait, peuplait ses rêves et ses pensées. Plus rien n'existait, hormis le désir de la posséder. Il n'avait ni parents ni famille pour le mettre en garde, quoique quelques-uns de ses amis s'y fussent essayés.

— Paul, qui est-elle, au fond ? Tu envisages d'épouser cette femme, d'en faire l'héritière d'une fortune considérable, alors que c'est une inconnue pour toi. Tu es fou, mon vieux !

De fait, quand ils s'étaient mariés, il ne savait presque rien de Lisa. Et bizarrement, après cinq ans de mariage, il n'en savait pas davantage.

Il la connaissait certainement beaucoup moins bien que Ken Holcross. Le psychiatre avait fait plusieurs fois allusion à un traumatisme vécu dans son enfance, à de terribles expériences que Lisa s'évertuait à refouler dans son subconscient. Mais elle ne lui avait jamais parlé de son passé.

— Moi non plus, je n'ai pas de famille, lui disait-elle gaiement. Si tu ne l'acceptes pas, tant pis. Tu me prends toute seule, ou tu passes ton chemin.

Il l'aimait alors, il était subjugué par son courage et sa fierté. Fils unique, adoré par des parents qui l'avaient eu sur le tard, il avait toujours mené une existence facile, privilégiée. Il ignorait ce qu'était le manque et n'avait jamais éprouvé de vrai chagrin avant sa vingtième année, lorsque ses parents étaient morts d'un cancer à six mois d'intervalle, le laissant immensément riche mais aussi très solitaire.

Il n'imaginait pas ce qu'avait pu être la vie de Lisa avant leur rencontre. Mais il admirait le courage de la jeune femme qui avait dû déployer une énergie considérable pour se débrouiller seule dans la grande ville, servir des cocktails et empocher les pourboires, rester gaie et séduisante, suivre des cours à l'université pendant la journée et travailler le soir.

Plus tard, bien sûr, il avait appris que les cours à l'université étaient une invention. Elle n'avait jamais étudié. Cette fable était destinée à l'impressionner.

Car Lisa Temple était une vraie mythomane. Elle imaginait des histoires très compliquées pour le seul plaisir de mentir. Elle adorait le danger, les intrigues ; rien ne l'excitait plus que de marcher sur le fil du rasoir au-dessus d'un abîme grouillant de monstres venimeux.

L'existence avec Paul Temple n'avait pas tardé à l'ennuyer. L'argent l'avait amusée un moment, mais pas assez pour apaiser son esprit toujours avide de sensations fortes. Paul était un homme casanier, qui avait envie d'une épouse douce et aimante, qui aimait les plaisirs simples de la nature et les soirées autour du feu.

Il s'était marié avec l'espoir bien naïf que sa femme partagerait ses goûts et ses rêves, qu'ils bâtiraient ensemble un foyer chaleureux, un cocon douillet où leurs enfants grandiraient heureux.

Mais il n'y avait pas eu de bébé, et son mariage avec Lisa était bientôt devenu un tourbillon cauchemardesque, une succession de drames et de désastres, de démêlés embarrassants avec la justice, d'accès de rage et de colère, suivis de scènes échevelées qui laissaient Paul bouleversé et honteux.

Il aurait divorcé très vite s'il n'y avait eu parfois d'étranges et bienheureuses périodes où apparaissait une Lisa différente, charmante, enjouée, une petite fille irrésistible qui l'envoûtait de nouveau.

Paul ne savait jamais quand allaient se produire ces intermèdes. Il était toujours pris par surprise, ce qui le rendait deux fois plus malheureux quand Lisa redevenait la femme cynique et manipulatrice qu'il détestait.

Mais le plus douloureux, c'était que, malgré l'horreur de cette union, il désirait toujours Lisa. En effet, bien que leur couple se fût depuis longtemps détérioré, il ne parvenait pas à se guérir du seul corps de femme qui l'eût jamais aussi profondément satisfait.

Paul se haïssait pour cette faiblesse et s'obligeait à fuir la présence physique de son épouse. En disant au psychiatre qu'il ne l'avait pas touchée depuis un an, il n'exagérait pas. Mais nul ne savait ce que cette abstinence lui avait coûté, combien il brûlait parfois de s'introduire dans la chambre de Lisa pour la prendre de force.

Il savait, du reste, qu'il aurait été inutile d'employer la force. Bien sûr, elle aurait résisté un peu, au début, pour le plaisir de l'exciter davantage, mais elle aurait vite cédé, pour enfin sortir ses griffes, riant avec un ravissement cruel de sa brutalité, sa gorge blanche baignée par le clair de lune, ses yeux mordorés luisant dans l'ombre…

Paul se secoua pour dissiper le douloureux fantasme. Il se sentait sali, malheureux. Et dire que le Dr Holcross prétendait que Lisa était maintenant, au moins sur le plan émotionnel, une vierge.

— Une vierge ! marmonna-t-il, et il lui sembla que la brise légère du printemps emportait le rire ironique de Lisa.

Immobile, il contemplait sans le voir le ruisseau coulant à ses pieds. Il avait une envie folle de sauter dans sa voiture et de retourner annoncer au Dr Holcross qu'il lui était impossible de prendre de nouveau cette femme sous son toit.

Durant ce dernier mois, après s'être résolu à divorcer, il avait éprouvé un réel bien-être. Pour la première fois depuis des années, il avait eu une impression de retrouver la dignité et la liberté perdues. L'espoir que le cauchemar se terminerait bientôt, qu'il aurait désormais une vie décente, lui donnait du courage.

Maintenant, la perspective de retomber dans sa misère coutumière lui était insupportable.

Accablé, il se remémora sa conversation avec Ken

Holcross, la conviction du psychiatre que Lisa ne simulait pas.

Et si elle était vraiment amnésique, ignorante d'elle-même, de sa place dans le monde, aussi désarmée et vulnérable que le médecin le prétendait ? Ne serait-il pas monstrueux pour un mari, dans de telles circonstances, de renier son épouse ?

« Mais elle aussi est monstrueuse, songea-t-il. Si c'était l'inverse, et si cela l'arrangeait, elle ferait la même chose avec moi, sans hésiter un instant. »

Mais il ne pouvait pas se montrer aussi impitoyable. S'il se mettait à calquer son comportement sur celui de Lisa, cela signifierait qu'elle avait réussi à le corrompre jusqu'à la moelle des os. Sa vie alors n'aurait plus aucun sens.

Les traits de Paul Temple se crispèrent.

Eh bien, les dés étaient jetés : il la ramènerait chez lui. Il lui donnait un mois. Un mois pendant lequel elle serait forcée de jouer cette comédie sans relâche, car à l'instant où elle baisserait sa garde, il la jetterait dehors. En attendant, ce serait sans doute assez amusant de la regarder s'évertuer à feindre le désarroi et l'innocence.

Un sourire sans joie aux lèvres, il se détourna et

remonta le talus herbeux, toujours indifférent à la suave beauté de la prairie endormie sous le clair soleil.

— La ville où nous vivons s'appelle Calgary, énonça Doris d'un ton détaché, comme si elle délivrait un bulletin d'information. Dans quelle province se trouve-t-elle ?

— Alberta, répondit docilement Lisa. Au Canada, précisa-t-elle, assise en tailleur sur le lit, tandis que l'infirmière rangeait ses affaires de toilette dans un grand sac de cuir pourvu de nombreuses poches.

— C'est exact… Ce sac de voyage est magnifique. La malle et la valise correspondantes doivent coûter des milliers de dollars. Vous avez d'autres bagages comme celui-là ?

— Je l'ignore, rétorqua Lisa en se penchant pour examiner avec curiosité le sac de voyage. D'où vient-il ?

— Votre mari l'a apporté avec quelques affaires et des vêtements. Regardez, vos initiales sont gravées près de la poignée.

— Ah…, murmura Lisa, l'air dérouté.

— Vous ne vous en souvenez pas ? s'enquit Doris en lui lançant un coup d'œil inquiet. Rappelez-vous, je vous l'ai dit. Il est passé hier, quand vous dormiez, et il a laissé cet ensemble que vous portez, des chaussures, vos produits de maquillage et…

Mais Lisa ne l'écoutait plus. Assise au milieu du lit, tendue, elle contemplait les mains noires de Doris qui s'affairaient, prestes et habiles.

— Je ne veux pas aller là-bas, dit-elle soudain.

— Où donc ?

— Là où il habite… Je ne veux pas y aller. Je veux rester à l'hôpital.

— Mais, mon petit, il s'agit de votre maison à vous aussi. Et, à ce qu'il paraît, c'est un endroit magnifique.

— Ça ressemble à quoi ?

— Eh bien, c'est une grande demeure dans la campagne, à quinze kilomètres de la ville.

— Il est fermier ?

— Votre mari ? s'exclama Doris avec un petit rire. Non, pas vraiment… Disons que c'est un gentleman farmer. Il vit dans cette propriété pour le plaisir. En fait, il possède et dirige une compagnie qui fabrique des équipements spéciaux pour l'extraction du pétrole. A ce qu'on raconte, c'est l'un des hommes les plus riches de la région.

Lisa réfléchit un instant à ce terme, « riche », puis renonça.

— J'aimerais que vous veniez avec moi, dit-elle timidement. Je me sentirais tellement mieux si vous étiez avec moi.

Souriante, Doris lui pinça gentiment la joue.

— Vous allez me manquer aussi, mon petit, mais vous serez très bien chez vous. Il y a une dame qui vit là-bas à plein temps, et deux gamines qui ont à peu près l'âge des miens.

Le visage de Lisa s'éclaira.

— Vous avez des enfants, Doris ?

— Oui, bien sûr. Un garçon et une fille. Ils arrivent à l'âge ingrat.

— Ce doit être magnifique d'avoir des enfants. Je… je ne crois pas que… Doris, est-ce que j'ai des enfants ?

L'infirmière hésita, considérant avec compassion la femme si belle qui l'implorait du regard. Que lui répondre ?

Le dossier médical indiquait que Lisa Temple n'avait jamais été mère. D'après le Dr Holcross, elle prenait la pilule depuis le début de son mariage, ce que son mari ignorait. Apparemment, Paul Temple souhaitait des enfants, un désir que ne partageait pas son épouse.

C'était encore une chose qu'il fallait qu'elle rappelle au psychiatre, songea Doris. Quelqu'un devrait expliquer à Lisa Temple à quoi étaient destinés les divers médicaments qu'elle prenait.

— Non, mon petit, répondit-elle enfin, la mine impassible. Non, vous n'avez jamais eu de bébé.

— Je me demande bien pourquoi… Ce doit être merveilleux d'avoir un petit être à câliner. C'est merveilleux, n'est-ce pas ?

— Oui, répondit Doris avec un sourire attendri. Bon…, enchaîna-t-elle, changeant de sujet, nous allons répéter une dernière fois… Vous avez lu la liste que je vous ai préparée ?

Lisa hocha la tête.

— Parfait… Et vous savez ce que je vous ai dit sur les soins quotidiens à apporter à votre corps ?

Lisa acquiesça une nouvelle fois.

— Excellent… Vous êtes intelligente, Lisa, et vous apprenez si vite que je ne suis pas du tout inquiète pour vous. Mais au cas où vous auriez besoin de quelque chose, je vous ai inscrit mon numéro de téléphone à l'hôpital, et mes jours de garde. Si vous aviez le moindre problème et que vous ne parveniez pas à me joindre, vous n'aurez qu'à demander à la dame qui vit chez vous… Je suis sûre qu'elle sera heureuse de vous aider.

— Anna, murmura Lisa d'un ton morne. Elle s'appelle Anna McBride.

— C'est ça. Et son mari ?

— Bob…

— Et leurs filles ?

— Euh… Bonnie, c'est l'aînée. Et… Allie ?

— Exactement, c'est bien ce que le Dr Holcross a noté sur sa liste. Et votre mari, comment s'appelle-t-il ?

— Paul Temple.

— Mais pourquoi cet air triste, tout à coup ? s'enquit l'infirmière, scrutant l'adorable visage de sa patiente, d'où les hématomes commençaient à disparaître.

— Oh, Doris…, balbutia Lisa dans un sanglot, ses yeux mordorés soudain pleins de larmes.

Doris s'assit près d'elle et, attirant la jeune femme contre son ample poitrine, la berça comme une enfant.

— Qu'y a-t-il, mon petit ?

Lisa s'écarta, mordillant ses lèvres pulpeuses dans un effort visible pour se ressaisir.

— C'est à cause de lui… Paul, mon… mon mari.

— Eh bien ?

Une infinie détresse se lisait dans le regard assombri de Lisa.

— Il me déteste, Doris !

— Bien sûr que non ! Où êtes-vous allée pêcher une idée aussi stupide ?

— Je le sais, il ne peut pas me supporter. Il pense que je suis une personne abominable.

— Mais c'est idiot, voyons..., rétorqua Doris avec véhémence. Il semblerait que vous ayez eu quelques difficultés, tous les deux, mais ça ne signifie pas qu'il vous hait. Beaucoup de couples se disputent et se bagarrent, et puis ils surmontent leurs problèmes et tout redevient comme avant. Avec mon mari, ça nous arrive tout le temps.

— Vous devriez voir comme il me regarde, murmura Lisa avec une expression d'enfant désespérée. Il est venu ici deux fois et, chaque fois, j'ai eu envie qu'il s'en aille parce qu'il me... il me...

— Il faut oublier tout ça, coupa Doris d'un ton ferme. La seule chose qui compte, c'est votre guérison. Votre mari n'éprouve aucune haine envers vous, j'en suis sûre ; simplement il ne comprend sans doute pas très bien votre état et cela le perturbe. Ne songez plus à rien. Vous allez rentrer chez vous, cesser de vous tourmenter et vous occuper de retrouver la mémoire… Et tout ira bien, vous m'entendez ?

— Oui, mais s'il…

— Chut… Plus un mot là-dessus, Lisa. C'est l'heure de la sieste.

Sur quoi, Doris retapa vigoureusement les oreillers, aida sa malade à s'étendre et lui couvrit les pieds avec une couverture. Puis, après un dernier sourire, elle sortit.

Une fois dans le couloir, une expression inquiète se peignit sur ses traits. Il lui faudrait s'entretenir encore avec le psychiatre de Lisa Temple et de son mari avant que cette pauvre enfant rentre chez elle, le lendemain.

3

— Il la ramène aujourd'hui… cet après-midi, après le déjeuner.

Hochant la tête, Bonnie McBride mordit dans son beignet au chocolat, enfourna avidement le reste dans sa bouche et saisit un autre gâteau. Il s'agissait d'en manger le plus possible avant que sa mère ne reparaisse et la prenne en flagrant délit de goinfrerie.

— Je le sais bien, bécasse ! dit-elle, la bouche pleine, à sa cadette. Maman en a parlé hier.

— Ah oui ? Eh ben, je parie que tu ne sais pas la suite, grosse maligne !

Allie McBride, âgée de dix ans, posa son tournevis et, s'appuyant sur ses coudes, dévisagea Bonnie d'un air de défi.

— Quelle suite ?

— Elle est folle, répondit Allie avec suffisance. Piquée, complètement cinglée.

— Mme Temple ? s'exclama Bonnie, ahurie.

— Tout juste…, répondit Allie, les sourcils froncés, tout en tripotant la paire de roulettes fixées à l'avant de son skate-board. A mon avis, c'est l'essieu qui ne fonctionne plus… Je ferais mieux de demander à papa d'y jeter un coup d'œil, ajouta-t-elle, pensive.

Bonnie, sidérée, son beignet au chocolat oublié dans sa main potelée, contemplait toujours fixement sa sœur.

Mince, la figure parsemée de taches de son et couronnée d'une tignasse rousse, Allie McBride avait tout du garçon manqué. Sans doute serait-elle très jolie un jour mais, dans l'immédiat, avec son T-shirt noir en loques, son jean rapiécé, ses baskets avachies et son nez en trompette maculé de cambouis, elle ne faisait guère impression.

Surtout quand elle arborait cet air prétentieux, songea Bonnie avec écœurement.

— Je ne te crois pas, dit-elle tranquillement en tendant la main pour prendre un nouveau beignet. Tu inventes… De toute façon, tu mens tout le temps.

— Ah oui ? rétorqua Allie d'un ton agressif. Si tu n'arrêtes pas de t'empiffrer de gâteaux, maman va te tuer, ajouta-t-elle avec indifférence, de nouveau concentrée sur son skate-board.

— La ferme ! riposta machinalement Bonnie.

Elle s'interrompit pour avaler, tout en couvant des yeux les gâteaux restant dans le sac.

— Qui te l'a dit, d'abord ?

— Qu'elle est folle ? J'ai entendu maman parler au téléphone avec quelqu'un de l'hôpital. On lui a expliqué comment il fallait s'occuper de Mme Temple et tout ça... Moi, je pense qu'on lui a tapé trop fort sur la tête et que ça l'a rendue complètement toquée.

— Je ne te crois pas, répéta Bonnie.

Elle affichait un calme parfait, mais elle était sous le choc. Lisa Temple, si belle, si fascinante, avec ses yeux magnifiques, ses cheveux superbes, ses vêtements qui embaumaient le parfum, son sourire moqueur, son petit rire cristallin et froid...

— Mais au fait, reprit soudain Allie en regardant sa sœur de plus près, où as-tu eu ce maquillage ? Tu t'es mis de l'ombre à paupières, du mascara et tout !

Le visage grassouillet de Bonnie s'empourpra d'un coup.

— Boucle-la ! chuchota-t-elle en jetant un coup d'œil nerveux vers la pièce voisine où ronflait un aspirateur.

— Tu es entrée dans sa chambre pendant son absence,

hein ? poursuivit Allie que la mine courroucée de son aînée n'impressionnait guère. Tu as volé tout ce bazar dans la chambre de Mme Temple. Attends que maman s'en aperçoive. Tu as intérêt à numéroter tes abattis.

— Je n'ai rien volé ! murmura Bonnie d'un ton farouche, sa figure ronde, tout en fossettes, déformée par l'émotion. C'était dans sa poubelle ! Elle jette toujours des choses dont elle s'est à peine servie, et moi je les récupère avant que maman fasse le ménage.

— Heureusement qu'elle est folle, répliqua benoîtement Allie, sinon elle verrait tout de suite que tu as farfouillé dans ses affaires, et je crois que tu le regretterais.

— Qui est folle ? demanda Anna McBride en entrant dans la pièce, armée d'un chiffon et d'un pot de cire.

Ses deux filles échangèrent un regard gêné, puis une lueur de triomphe dansa dans les yeux de Bonnie.

— Mme Temple, répondit-elle d'une voix flûtée. Allie t'a entendue parler au téléphone. D'après elle, on t'a dit que Mme Temple était folle.

Elle jeta un nouveau coup d'œil à sa sœur qui la fusillait du regard tout en se tortillant, mal à l'aise, sur sa chaise. Alors, Bonnie baissa la tête, l'air modeste, et attendit patiemment que l'orage éclate.

La colère fit rosir le charmant visage d'Anna McBride.

Les poings sur les hanches, elle considéra sa fille cadette qui avait hérité ses taches de rousseur, sa crinière rousse et sa svelte silhouette.

— Alicia ! Tu as encore espionné mes conversations téléphoniques ! Réponds !

— Je n'ai pas espionné, protesta Allie, maussade. J'ai juste décroché l'autre appareil pour appeler Robbie, et tu étais déjà en ligne, et voilà… L'infirmière disait que Mme Temple avait perdu la tête.

— Pas du tout ! Mme Temple souffre simplement d'amnésie et nous devrons tous être très gentils avec elle pour l'aider à guérir.

— Amnésie ? répéta Allie. Qu'est-ce que c'est ?

— Cela signifie qu'elle a perdu la mémoire. Elle ne se rappelle presque rien, mais les médecins sont persuadés que ça va s'arranger.

— Est-ce qu'elle a oublié son nom ? demanda Allie. Et tu crois qu'elle se souvient de nous ?

— Je n'en sais rien. Il nous faudra attendre que M. Temple la ramène à la maison pour voir ce qu'il en est.

— C'est une enquiquineuse, décréta Allie calmement. M. Temple est gentil, mais pas elle. Je la déteste.

— Allie ! protesta Anna McBride, mais elle se dirigeait déjà vers le salon et l'aspirateur.

Bonnie jeta à sa mère un coup d'œil furtif, déçue qu'Allie s'en tire aussi bien.

— Ça ne t'agace pas qu'Allie écoute les conversations téléphoniques des autres ? dit-elle, ignorant un autre regard meurtrier de sa sœur. Moi, j'aimerais bien qu'elle arrête de faire ça.

Anna, distraite et pressée, considéra sa fille aînée. Soudain, elle s'approcha et se pencha pour la regarder de plus près.

— Bonita ! Quelle est cette peinture que tu t'es mise sur la figure ? Va l'enlever immédiatement ! Et tu as mangé tous ces beignets ? Oh, Bonnie..., dit-elle avec un soupir, sa colère cédant la place à la tristesse.

Bonnie considéra d'un air de souverain mépris sa sœur qui souriait d'une oreille à l'autre.

— Dépêche-toi de te laver, Bonnie, répéta Anna. Ensuite, tu iras chercher le courrier. Un peu d'exercice ne te fera pas de mal après toutes ces calories.

A pas lents, submergée par la honte et le désespoir, Bonnie se dirigea vers la salle de bains donnant dans le vestibule et retira tout son maquillage. Puis elle se traîna jusqu'à l'allée menant à la boîte aux lettres.

Bonnie McBride était à cet âge difficile où les petites filles s'impatientent de ne pas être considérées comme des femmes à part entière. Elle allait fêter ses treize ans dans deux mois. Plutôt grande pour son âge, elle avait le corps vigoureux de son père, ses cheveux blonds et ses yeux bleus, et un visage si ravissant qu'il en paraissait angélique. Hélas, sa joliesse était irrémédiablement gâtée par la graisse qui empâtait ses joues, sa taille et ses cuisses.

Elle s'éloigna à contrecœur de la maison, sa magnifique chevelure chatoyant au soleil, sa silhouette rondelette se dandinant gauchement.

Tout en marchant, elle songeait à la stupéfiante nouvelle : Lisa Temple n'avait plus toute sa tête.

La maîtresse du domaine où vivaient les McBride avait toujours occupé le premier plan dans l'esprit de Bonnie — c'était pour elle une figure mythique, pareille aux déesses cruelles de l'Antiquité. Tout ce que faisait Lisa Temple était fascinant, spectaculaire et plus ou moins maléfique.

Car, Bonnie le savait, cette femme était mauvaise, même si le démon qui l'habitait était majestueux, époustouflant de beauté et d'audace.

Il lui était impossible d'imaginer Lisa Temple malade

ou désarmée, et encore moins dépendante de ses semblables.

Elle se frotta les yeux, que sa toilette de chat n'avait pas complètement débarrassés du fard et du mascara. Elle n'éprouvait presque plus de colère contre sa sœur, tant ce qu'Allie lui avait appris la soulageait. La perspective du retour de Mme Temple l'avait en effet beaucoup inquiétée. Elle avait eu tellement peur que celle-ci ne découvre qu'on était entré dans sa chambre en son absence…

C'est que Bonnie ne s'était pas contentée de prélever sa dîme sur le contenu de la poubelle. Elle avait aussi dérobé quelques babioles qui encombraient la corbeille d'or et de cristal posée sur la coiffeuse.

Le cœur battant à toute allure, elle avait même fouillé dans les tiroirs de la commode, admirant avec un émerveillement douloureux les minuscules sous-vêtements en dentelle mousseuse.

Allie avait raison, songea-t-elle. Si Mme Temple apprenait un jour que Bonnie avait mis le nez dans ses affaires, elle serait furieuse. Non qu'elle y fût particulièrement attachée. Elle était négligente et gaspilleuse, et se débarrassait souvent de vrais trésors par pur caprice, simplement parce qu'elle en était fatiguée.

Quand elle était plus petite, Bonnie avait l'habitude de traîner dans la grande maison quand sa mère y faisait le ménage, espérant que Lisa lui donnerait un colifichet, une jolie écharpe de soie ou un flacon de parfum.

Ces derniers temps cependant, juste avant l'accident qui l'avait conduite à l'hôpital, Lisa n'avait guère été prodigue. En réalité, chaque fois qu'elle avait croisé Bonnie, elle s'était montrée délibérément méchante, lui demandant quand elle se déciderait à devenir plus haute que large, ou combien de temps encore elle comptait se promener avec toute cette graisse sur les os.

— Les bourrelets, c'est bon pour les bébés..., lui avait-elle dit un jour, ses lèvres pulpeuses étirées en un sourire sarcastique. Mais sur un corps de fille ou de femme, c'est hideux. Tu devrais faire quelque chose, ma petite, tu as vraiment l'air d'un tonneau.

A ce souvenir, le cœur de Bonnie manqua un battement. La cruauté de cette remarque la blessait encore ; chaque fois qu'elle y pensait, elle en était glacée.

Le plus drôle, c'était que, quand Lisa Temple lui avait lancé cette flèche empoisonnée, elle n'était pas si grosse. A l'époque, quelques mois plus tôt, Bonnie n'avait que quatre ou cinq kilos de trop.

Chaque fois qu'elle se remémorait les paroles de

Lisa, Bonnie éprouvait une souffrance insupportable et, étrangement, elle ne connaissait qu'un moyen pour se consoler : la nourriture.

Dès qu'elle se mettait quelque chose dans la bouche, elle se sentait mieux ; elle trouvait dans le fait de manger un réconfort qui tenait à distance le rire moqueur de Lisa et son regard si cruel.

Et voilà, songea-t-elle avec tristesse, maintenant elle avait une bonne quinzaine de kilos en trop et elle grossissait sans arrêt, mais elle ne pouvait plus rien y faire.

Aveuglée par les larmes, elle tâta les bourrelets qui épaississaient sa taille. Elle se détestait, elle haïssait toute cette chair qui l'emprisonnait, elle haïssait sa sœur, et Lisa Temple, et tous ceux qui disaient des choses blessantes.

Elle prit les lettres dans la boîte et les compulsa distraitement pour voir s'il y en avait une pour elle, bien que cela n'arrivât presque jamais.

Allie, en revanche, recevait toujours du courrier, car elle passait son temps à demander l'envoi de brochures gratuites sur tous les sujets imaginables, depuis l'environnement jusqu'aux feutres magiques capables de fonctionner sous l'eau.

« Chers messieurs, écrivait-elle laborieusement, assise à la table de la cuisine, ses doigts sales crispés sur son stylo, je vous serais reconnaissante de m'envoyer… »

— Quelle idiote ! marmonna Bonnie, brûlante de honte à cause de cette histoire de maquillage et des commentaires de sa mère à propos des beignets qu'elle avait mangés.

Elle accéléra le pas, pensant soudain à la grosse barre de chocolat qu'elle avait cachée la veille dans sa table de nuit, imaginant déjà avec délice l'onctuosité du chocolat, son goût divin et si rassurant.

Elle était tellement absorbée dans ses pensées, tellement occupée à imaginer un moyen de sortir la friandise de la maison sans se faire prendre, qu'elle n'entendit pas la camionnette arriver à sa hauteur.

— Salut ! lança une voix familière.

Le cœur de Bonnie se mit à battre la chamade. Rougissante, elle se retourna, l'air faussement nonchalant.

— Bonjour, Jody, dit-elle d'un ton qu'elle espérait aussi hautain que celui des dames que l'on voyait à la télévision.

Jody Muller, le coude appuyé à la portière, lui sourit. Trois autres adolescents s'entassaient dans la cabine

— un garçon et deux filles — mais Bonnie était trop terrifiée pour pouvoir les reconnaître. Elle distingua vaguement des crinières en broussaille, des jeans fanés, perçut la voix forte de l'autre garçon et le rire strident des filles.

— C'est une belle journée, hein ? dit Jody.

Il roulait maintenant au pas, près de Bonny qui se dirigeait à pas rapides et lourds vers la maison.

— Oui, répondit-elle, priant le ciel pour qu'il s'en aille.

Elle aimait Jody Muller, elle l'adorait de toutes les fibres de son corps. Durant des heures entières, elle songeait à ses cheveux noirs qui bouclaient si joliment sur ses oreilles, à ses sourcils en accent circonflexe qui lui donnaient un air perpétuellement interrogateur. Dans la pénombre de sa chambre, elle rêvait de ce jeune homme, de quatre ans son aîné, qui habitait à quelques kilomètres de chez elle.

Elle s'imaginait avec lui, main dans la main, marchant dans un endroit féerique, plein d'arbres et de fleurs. Elle portait une robe de dentelle blanche qui ondoyait autour de ses jambes et tenait un grand chapeau blanc à la main. Ses cheveux flottaient au vent, et elle riait dans la lumière dorée, gracieuse, belle et mince.

Dans ses rêves, Bonnie était toujours mince, elle avait de l'esprit et disait une foule de choses pertinentes, et Jody la contemplait avec adoration. Mais quand elle le rencontrait dans la réalité, quand elle se retrouvait nez à nez avec lui, en ville, au lycée ou sur une route comme celle-ci, elle était toujours abominablement embarrassée, incapable d'articuler un mot, surtout quand il n'était pas seul.

— Hé, tu sais où tu vas ? lui demanda-t-il.

— Bien sûr, marmonna-t-elle. Je rentre à la maison.

— Là-bas ? C'est là que tu habites ?

Bonnie lui jeta un coup d'œil furtif, puis se hâta de détourner la tête. Quelle mouche le piquait ? Il savait pertinemment où elle habitait, ils étaient voisins depuis toujours.

— Hé, je t'ai posé une question… C'est là que tu vis ? insista-t-il.

— Oui, répondit-elle avec désespoir, rouge comme une pivoine.

— Ah… Je vérifiais, tu comprends. Tu sais pourquoi ?

Bonnie demeura muette, saisie d'une brusque angoisse.

— Hé, tu sais pourquoi ?

— Non, murmura-t-elle.

— Il paraît qu'un éléphant s'est échappé du cirque la nuit dernière, alors j'ai pensé que c'était peut-être toi.

Le moteur rugit et la camionnette s'élança dans un tourbillon de poussière et de rires gras. Bonnie la regarda s'éloigner, tremblante d'humiliation, si choquée qu'elle ne pouvait même plus pleurer.

Lisa, assise très droite à l'avant du bolide de Paul Temple, contemplait avec stupeur le paysage qui défilait devant ses yeux. Après la tranquillité grisâtre de l'hôpital, le monde lui apparaissait comme une sorte de toupie emballée, lumineuse et colorée.

Il y avait tant à voir qu'elle ne savait plus où donner de la tête. La foule se pressait dans les rues, les voitures s'enchevêtraient et paraissaient sans cesse sur le point de se tamponner, les enseignes au néon clignotaient et jetaient mille feux, même en plein après-midi. Dans cet univers dangereux, il ne semblait pas y avoir de place pour Lisa.

Elle se taisait, pelotonnée contre la portière, les doigts crispés sur sa ceinture de sécurité.

De temps à autre, elle sentait les yeux de Paul se poser

sur elle, l'étudier froidement, mais elle ne se décidait pas à lui rendre son regard. Elle était trop effrayée et trop triste.

Que n'eût-elle pas donné pour revenir à l'hôpital, le seul environnement qui lui fût familier, pour se glisser dans la pénombre bienfaisante de sa chambre et se réfugier sous ses couvertures. Doris et les autres infirmières s'affaireraient sans bruit dans la pièce, s'occuperaient d'elle et la tiendraient éloignée des périls de ce monde.

Son malaise se dissipa quelque peu lorsque la voiture quitta la ville pour s'engager sur une sinueuse route de campagne. Le décor était moins étourdissant, plus paisible. Quand les haies d'arbres s'éclaircissaient, Lisa apercevait des champs dorés sous le soleil, des prairies où paissait du bétail et, au loin, une imposante chaîne de montagnes coiffées de blanc.

Ils montèrent une côte, franchirent un portail grand ouvert et plongèrent dans une large vallée au milieu de laquelle coulait un ruisseau. Deux maisons se dressaient dans la propriété : une petite bâtisse carrée soigneusement entretenue et entourée par une palissade blanche ; plus loin, au bout d'une immense pelouse semée de bouquets d'arbres, une superbe demeure tout en pierre, bois de cèdre et verre fumé.

Lisa contempla la maison un moment sans que cela suscite le moindre tressaillement dans sa mémoire, puis elle regarda les prairies voisines où broutaient des chevaux.

L'homme blond conduisait vite, les mâchoires crispées, le visage tendu et impénétrable. Depuis leur départ de l'hôpital, ils n'avaient pas échangé un mot, mais Lisa avait une question qui lui brûlait les lèvres.

— Doris a dit que... que vous n'étiez pas fermier, dit-elle d'une petite voix, pourtant vous avez des chevaux et des... vaches...

Paul Temple arrêta la voiture au bout de l'allée, devant la maison, et se tourna vers Lisa. Il y avait de la colère dans ses yeux.

— Ecoute, Lisa..., dit-il d'un ton rude. Faisons une pause, d'accord ? Nous sommes seuls, toi et moi, inutile de poursuivre cette comédie. Ce n'est vraiment plus supportable. Tu ne vois donc pas à quel point c'est dégradant ?

Elle demeura silencieuse, essayant de comprendre ce qu'il voulait dire. Elle cherchait seulement à savoir pourquoi, s'il était dans les affaires ainsi que l'affirmait

Doris, il possédait du bétail. Mais peut-être cela n'avait-il rien d'étonnant. Peut-être ces bêtes étaient-elles là comme de simples animaux de compagnie.

— Dépêchons-nous…, marmonna Paul avec impatience. Bob attend pour rentrer la voiture.

Lisa sortit et sourit timidement à l'homme robuste, aux cheveux très clairs coiffés d'une casquette. S'inclinant avec une tranquille politesse, il prit les bagages dans le coffre.

— Bonjour, madame Temple. Ça fait plaisir de vous revoir ici.

— Merci. Vous êtes Bob, n'est-ce pas ?

L'homme jeta un bref coup d'œil à Paul, puis hocha la tête.

— Oui, madame. Je suis Bob McBride.

— Et Anna ? C'est bien votre femme ?

Nouveau coup d'œil mais, cette fois, Paul ne put contenir son irritation. Agrippant Lisa par le coude, il l'entraîna vers la demeure.

Une fois à l'intérieur, Lisa fut assaillie par un tel maelström d'impressions et d'images qu'elle en fut tout étourdie. Elle eut une vague sensation d'espace et de beauté, de vert vaporeux, d'or et de bleu argenté

— comme si l'on avait voulu recréer la campagne environnante.

Tout paraissait voluptueux et doux — les tapis moelleux, les étoffes chatoyantes, les objets élégants, les camaïeux suaves comme des arcs-en-ciel.

Paul s'immobilisa au milieu d'une pièce aux immenses fenêtres et posa le sac de cuir aux pieds de Lisa.

— Je pense que tu dois avoir envie d'aller te reposer dans ta chambre. Nous nous reverrons au dîner.

Lisa acquiesça, soucieuse de ne pas l'importuner davantage. Il se détournait déjà lorsqu'elle se risqua à prononcer son nom pour la première fois.

— Paul, je suis désolée, mais je… je ne sais pas où aller. Je ne sais pas non plus où je dois mettre mes affaires.

Il lui décocha un long regard, et une lueur d'incertitude vacilla un instant dans ses yeux.

— Viens, dit-il d'un ton sec, puis il la précéda dans un long couloir au sol moquetté, jusqu'à une double porte qu'il ouvrit.

Lisa poussa une exclamation. L'appartement était tellement luxueux qu'il ressemblait à un écrin. Un écrin somptueux. Il lui semblait pénétrer dans un écrin débordant de pierres fines, où cornaline, ambre et ivoire se mêlaient dans une riche et splendide harmonie.

Un grand lit à baldaquin tendu de soie verte trônait près des portes-fenêtres ouvrant sur une terrasse ombragée. Lisa distingua aussi un bureau en bois de rose marqueté, un sofa recouvert de velours orangé, une coiffeuse chargée de cristaux, des miroirs immenses, des peintures à l'huile dans des cadres dorés superbement ouvragés, et, derrière une porte entrouverte, une salle de bains ivoire et or.

— Oh, Paul, c'est magnifique ! dit-elle, oubliant sa timidité.

Il eut un rire bref, grinçant.

— N'est-ce pas étrange ? La dernière fois que nous avons parlé de cette pièce, tu envisageais de tout démolir pour la refaire en style art déco.

Elle le dévisagea, bouche bée, sans comprendre. Il inclina brièvement la tête et regagna le couloir. Pétrifiée, Lisa écouta le bruit de ses pas se perdre dans les profondeurs de la maison.

De nouveau seule, elle se sentit mieux, enfin à son aise, en sécurité, quoique la proie d'un vague regret, comme si la présence de cet homme si séduisant comblait en elle une sorte de vide, un besoin plus pressant que la faim ou le sommeil.

Elle fit le tour de l'appartement, effleurant les objets au passage, les prenant et les reposant avec précaution. Il y avait là une foule de bibelots adorables, des petits pots et des flacons délicats dans des corbeilles de cristal, des livres superbement reliés au-dessus du bureau.

Hésitante, elle ouvrit une porte ornée d'un grand miroir et poussa une nouvelle exclamation. Cette penderie n'avait aucun rapport avec celle de l'hôpital. Il s'agissait en fait d'une vraie pièce où l'on avait installé un fauteuil et une chaîne hi-fi. Les murs disparaissaient sous les vêtements, robes, manteaux de fourrure, chapeaux extravagants, soieries et chaussures de toutes sortes.

— On dirait un magasin…, murmura Lisa, éberluée. Mais qui peut porter tout ça ?

Elle se débarrassa de sa veste et la suspendit à côté des autres. Ce dressing commençait à l'oppresser. La douleur irradiait de nouveau dans son corps meurtri et elle se sentait accablée par l'étrangeté de la situation. Frissonnante, elle referma la porte sur toute cette opulence et alla s'asseoir devant la fenêtre à meneau.

La terrasse et le jardin débordaient de tulipes et de

jacinthes bleu azur, mais les arbres étaient encore en bourgeons.

Deux très jeunes filles s'affairaient près de la petite maison, ramassant les feuilles et le bois mort qui encombraient les parterres et entassant le tout près de la palissade.

L'une était grassouillette comme Doris, l'autre mince comme un fil. La plus ronde avait des cheveux blonds, presque blancs, qui lui tombaient dans le dos, l'autre des boucles rousses fourrées à la diable sous une casquette de base-ball.

Elles semblaient se disputer tout en travaillant et ne montraient guère de cœur à l'ouvrage. Elles s'arrêtaient de temps en temps pour se lancer au visage quelque parole cinglante, avant de retourner chacune à sa tâche.

Une femme apparut au coin de la maison, grande, aussi svelte et rousse que la fille à la casquette. Les poings sur les hanches, elle dit quelque chose que Lisa ne put entendre. Les deux gamines l'écoutèrent, le nez baissé, opinant sans enthousiasme. Puis elles relevèrent la tête et regardèrent avec intérêt la femme fouiller dans ses poches et s'approcher du tas de feuilles mortes.

Des flammes s'élevèrent bientôt, miroitant dans la

lumière de l'après-midi. Les deux filles éclatèrent de rire, puis se mirent à cabrioler autour du feu, leur colère soudain envolée. Quand la femme rousse fut partie, la corvée se transforma en jeu. Criant à tue-tête, elles reprirent leurs râteaux pour jeter des pleines brassées de feuilles dans les flammes rouges qui les dévoraient allègrement.

La gorge nouée, Lisa contemplait la scène. Elle avait envie de les rejoindre, de leur proposer son aide. Cela serait sans doute agréable d'être dehors, au soleil, à danser autour du brasier avec ces enfants si gaies.

Elle s'approcha un peu plus de la fenêtre, tirant le rideau pour mieux voir. A cet instant, la petite rousse l'aperçut et dit quelque chose à sa compagne. Toutes deux jetèrent un coup d'œil à Lisa puis reprirent leur travail en silence. La fête était terminée.

Glacée, Lisa alla s'asseoir sur le grand lit, les mains nouées contre son ventre. Elle se sentait effroyablement seule à présent. Inquiète, elle se demandait pêle-mêle comment se déroulerait le repas, si elle réussirait à trouver la salle à manger dans cette vaste demeure et qui assisterait au dîner.

Elle balaya la chambre d'un regard morne. Que faire ?

Comment occuper le temps dans cet endroit luxueux et si désespérément étranger ?

Soudain, une poignante nostalgie la submergea : Doris, le Dr Holcross, la paisible routine de l'hôpital lui manquaient tellement !

Elle ne comprenait pas la froideur qu'elle lisait dans les yeux des gens quand ils la regardaient : Paul, Bob, et maintenant ces deux petites filles.

Le chagrin la secoua comme un vent violent. Des larmes brûlantes roulèrent sur ses joues, tombant une à une sur ses mains tremblantes.

— Il l'a ramenée chez eux après le déjeuner.

— Ah bon ? Et comment tu le sais ?

— J'ai mes sources.

L'homme corpulent et mal rasé qui venait de prononcer ces mots planta sa fourchette dans les frites graisseuses, les plongea dans un mélange peu ragoûtant de ketchup et de jus de viande, et enfourna le tout tandis qu'un mince filet brunâtre lui coulait sur le menton.

— Et alors ? reprit son compagnon qui contemplait, fasciné, le menton dégoulinant.

— Alors quoi ?

— Ben, où elle en est ? Elle va bien ? Est-ce qu'elle compte continuer, Joe ?

Le dénommé Joe avala une autre dizaine de frites, but une lampée d'eau et s'essuya la bouche avec sa serviette de papier. Puis il s'adossa à la banquette et étendit ses jambes, observant ses pieds chaussés de santiags.

— Elle a pris un sacré coup sur la caboche, Tim. En fait, on lui a donné une bonne correction, à ce qu'il paraît. J'ai une cousine qui travaille à l'hôpital comme femme de salle… Elle entend tout et, quand j'en ai besoin, elle me refile des tuyaux.

Tim était plus jeune et plus svelte que Joe, avec un visage grêlé et un regard bleu de petit garçon qui, quand il parlait, fuyait toujours celui de son interlocuteur.

— A quoi elle ressemble ?

— Ma cousine ? Elle est assez grosse avec…

— Non, Lisa Temple.

— Oh, c'est une beauté, je te prie de le croire… Mais elle est pas commode. Je l'avais jamais vue avant qu'un ami commun nous organise cette petite affaire.

— Tu l'as rencontrée ce soir-là, n'est-ce pas ? Le soir où elle a été attaquée…

— Oui, juste avant. Elle est venue me rejoindre ici, pendant que ses copains l'attendaient dans une voiture, quelques rues plus loin. Tu parles de copains ! ajouta Joe, ses grosses lèvres tordues en une moue de mépris.

— Ils l'ont laissée tomber ?

— Faut croire. Je suis sorti d'ici quelques minutes après et je l'ai entendue crier. Alors j'ai appelé les flics d'une cabine téléphonique et je me suis tiré. Je sais pas qui lui a sauté dessus, mais j'avais pas envie d'être mêlé à ça.

— C'est drôle que tu aies appelé la police. Je n'aurais pas cru que tu étais en bons termes avec ces gens-là.

Joe considéra son compagnon d'un air écœuré.

— Bon Dieu, que tu es bête, mon pauvre Tim… On te l'a jamais dit ?

Offensé, Tim se concentra sur sa tasse de café.

— Si j'ai appelé les flics, reprit Joe sur le ton d'un instituteur s'adressant à un enfant arriéré, c'est parce que je voulais pas qu'on la tue. Elle vaut un demi-million de dollars, figure-toi.

— Si on finit le travail.

— Comment ça, « on » ? C'est moi le chef, Timmy. C'est moi qui organise, qui ai les contacts, qui prends les risques. Toi, tu conduis la voiture, point à la ligne. Mélange pas tout, s'il te plaît.

— D'accord, rétorqua l'autre, capitulant humblement,

effrayé par la soudaine violence de son aîné. Mais tu dis qu'elle ne se souvient de rien. Elle est amnésique ?

— Oui, quelque chose comme ça. D'après les médecins, ça durera pas longtemps.

— Mais… tu penses vraiment qu'elle ira jusqu'au bout ?

— Et comment ! Cette poulette veut voir son mari raide mort. Elle y tient vraiment. Et ce sera pour bientôt, je t'en donne mon billet.

— Ah bon ?

— Oui, à mon avis, avant l'été. Il veut divorcer, tu comprends. La demande lui a été notifiée quelques jours avant qu'elle me fixe rendez-vous.

Tim fronça les sourcils, le visage crispé par l'effort.

— Mais s'il divorce…, dit-il lentement.

— Eh bien ? dit Joe d'un ton pressant, tout en aspirant bruyamment une gorgée de café.

— Tu crois qu'il ne l'a pas déjà rayée de son testament ? Qu'est-ce qu'elle gagnera à le tuer ?

— Quelques millions de dollars, si je me dépêche de faire le travail.

— Mais comment ? Comment elle aura cet argent s'il est mort ?

— Grâce à des actions qu'il aura pas eu le temps

de transférer. Les riches, tu vois, ils arrêtent pas de jouer avec leurs sous pour échapper aux impôts. Apparemment, Temple a mis des titres au nom de sa femme. Elle a découvert qu'il comptait les refaire passer dans sa compagnie. Seulement, il lui faudra quelques mois et, si elle réussit à le refroidir avant, elle raflera la mise. Ça lui rapportera beaucoup plus qu'une pension alimentaire.

Tim émit un sifflement respectueux.

— C'est quand même drôle, marmonna Joe en se curant les dents d'un air pensif.

— Quoi donc ?

— Eh ben, elle s'intéresse évidemment à l'argent, mais j'ai dans l'idée que c'est pas sa seule motivation. Peut-être même que c'est pas la principale. Elle déteste vraiment ce type, je sais pas pourquoi.

— Peut-être qu'elle ne le sait pas non plus, dit Tim d'un air pénétré. Les femmes sont comme ça, quelquefois.

— Sûr ! rétorqua Joe avec une lourde ironie. Mesdames et messieurs, le grand expert ès femmes, de réputation internationale, a parlé !

A ce moment, un couple nanti d'un bébé en pleurs s'assit à la table voisine.

— Alors, quand vas-tu le faire ? demanda Tim.

Joe, les sourcils froncés, montra la petite famille et mit un doigt sur sa bouche.

— Dans quelques semaines, murmura-t-il. Il faut que je la contacte pour prendre les dernières dispositions. Ne t'inquiète pas... Je te préviendrai quand j'aurai besoin de toi.

— Et si elle a vraiment tout oublié ?

— Je lui rafraîchirai la mémoire.

— Mais s'il l'a ramenée à la maison...

Tim s'interrompit, écarquillant les yeux.

— Peut-être qu'ils se sont réconciliés, Joe. S'il a changé d'avis à propos du divorce et qu'elle renonce à le tuer ?

— Eh bien ?

— Elle t'a vu, Joe. Elle sait qui tu es.

— Elle ne s'amusera certainement pas à parler de moi et de notre petite affaire.

— Mais si elle prend peur et qu'elle renonce à aller jusqu'au bout ? insista Tim.

— Alors elle mourra. Je suis pas du genre à me laisser marcher sur les pieds, dit Joe avec une méchanceté si tranquille que son compagnon en fut transi jusqu'à la moelle.

— Comment tu sauras si elle compte se rétracter ou pas ?

— C'est toi qui me le diras, répondit Joe d'un ton doucereux.

— Moi ?

— Eh oui… L'enjeu est important pour nous ; alors tu vas mettre la main à la pâte. Figure-toi que tu as décroché un boulot pour l'été dans la propriété de Paul Temple. T'es content, non ? Tu t'occuperas des bêtes et tu garderas un œil sur Mme Temple. Si on s'aperçoit qu'elle recouvre la mémoire et qu'elle envisage de renoncer à notre affaire, elle récoltera une balle dans la tête à la place de son mari. Mais je suis sûr qu'il n'y aura pas de problème… Pas avec cette donzelle.

— Tu as confiance en elle ? Tu es certain qu'elle paiera quand le travail sera fini ?

— Oh oui, j'en suis certain ! répondit Joe avec un sourire sinistre, ses yeux délavés brillant d'un feu mauvais. Cette petite dame ne sait pas encore ce que souffrir veut dire. Si elle essaie de me rouler, elle ne tardera pas à le découvrir, crois-moi.

Tim, secoué par un nouveau frisson, jeta un regard nerveux aux jeunes parents à côté d'eux, toujours aux prises avec leur bébé grincheux.

— Bon…, marmonna-t-il en se levant. Tu peux me déposer au centre ? J'ai un type à voir.

Laissant quelques billets sur la table, ils sortirent et se dirigèrent vers un vieux van gris garé au coin de la rue. La carrosserie, rouillée et cabossée, portait sur un côté l'inscription : « AAA, Nettoyage de Moquettes ».

Tim se hissa sur la banquette défoncée.

— Donc, tu prends contact avec elle, on fait le travail, elle te paye…

— Et elle devient une femme libre, acheva Joe d'un air triomphant. Et toi et moi, Timmy, on vit comme des nababs à Puerto Valarta.

Le visage de Tim s'illumina à cette perspective.

— Ça marchera comme sur des roulettes, Joe. Mme Temple deviendra une riche veuve avant même de s'en apercevoir…

4

Assis seul au bout de la grande table ovale, Paul Temple gardait les yeux fixés sur la porte en arceau de la salle à manger. Il était en proie au doute, et plein d'une colère et d'une frustration qui le rendaient littéralement malade.

D'une main lasse, il saisit son verre de vin, songeant à l'étrange créature qu'il avait ramenée chez lui, quelques heures plus tôt.

Il se remémorait ses grands yeux effrayés et ses mains tremblantes, son air émerveillé quand elle avait découvert la maison, et les questions timides qu'elle avait posées à Bob McBride.

Lisa était-elle vraiment une actrice aussi accomplie ?

Sa femme avait toujours été une menteuse éhontée, dotée d'une impudence et d'une audace inouïes, même quand il lui arrivait de se trahir. Mais la comédie qu'elle jouait à présent était nouvelle. Paul ne l'avait jamais vue aussi naïve, anxieuse et incertaine. En fait, il ne l'aurait jamais crue capable d'éprouver pareilles émotions.

Même dans ses meilleurs — et très rares — moments, quand elle était d'humeur aimable et enjouée, elle conservait un fond d'arrogance, une assurance inébranlable qui faisaient d'elle un être à la fois redoutable et dangereusement attirant.

Machinalement, Paul émietta un bout de pain entre ses doigts, songeant à l'irrésistible beauté de son épouse. Il se rendait compte avec désespoir qu'il y était toujours terriblement sensible, même s'il luttait de toutes ses forces pour s'en guérir.

Malgré le mépris qu'il éprouvait à présent pour elle, il demeurait fasciné par le corps de cette femme et les promesses de volupté et de douceur qu'il ne tiendrait jamais, qui n'étaient qu'illusions.

Pourtant, il désirait obstinément cet être qui se cachait en elle, qu'il devinait, cette amante enivrante et toujours fuyante qui ne lui était jamais apparue et ne lui apparaîtrait jamais…

Irrité, il marmonna un juron entre ses dents et jeta un coup d'œil à sa montre puis de nouveau à la porte.

Lisa avait gagné cette manche.

Elle avait encore eu raison de lui, pensa-t-il avec amertume. Il lui avait notifié sa demande de divorce, avec l'espoir d'être enfin délivré d'elle.

Ce soir, elle aurait dû quitter cette maison avec tous ses vêtements faits pour séduire les gens vulgaires qui se prétendaient ses amis. Et lui aurait été enfin libéré de sa cruauté, de son ironie, de ses frasques et de ses caprices qui avaient dévasté sa vie durant cinq longues années.

Plus que tout, Paul Temple souhaitait la paix et la sérénité. Et voilà qu'il était de nouveau plongé dans l'un de ces affreux mélodrames dont Lisa avait le secret, jouant le rôle qu'elle avait imaginé pour lui, passant docilement à travers les cerceaux enflammés qu'elle lui tendait, comme un fauve bien dressé obéit à son dompteur. Une fois de plus, se dit-il, les beaux yeux mordorés se moquaient de lui, triomphaient…

Soudain, une ombre légère se glissa dans la pièce. Paul releva la tête et se figea, stupéfait.

Lisa se tenait sur le seuil, hésitante, intimidée.

— Je… Je suis désolée, balbutia-t-elle d'une voix sourde. Suis-je très en retard ? Je… je ne trouvais pas la salle à manger, et il n'y avait personne pour m'indiquer le chemin…

Elle ne trouvait pas la salle à manger…

Une onde de colère le traversa pour refluer aussitôt. Lisa avait brossé sa courte chevelure blonde et n'arborait aucun maquillage, hormis une légère touche de fard rose sur les lèvres. Si l'on exceptait les récentes visites qu'il lui avait rendues à l'hôpital, il ne l'avait jamais vue le visage à nu.

Sa sveltesse, son attitude un peu gauche et la pâleur de ses joues d'où les hématomes disparaissaient peu à peu, lui donnaient un air de touchante vulnérabilité.

Paul, les yeux fixés sur la fine silhouette à demi cachée par la gerbe de fleurs printanières qui ornait la table, sentit sa gorge se nouer.

Elle portait une longue et simple robe de coton blanc à l'ourlet et à l'encolure brodés de petites fleurs blanches. Une ceinture dorée, assortie à des sandales plates, enserrait sa taille fine. Son bras bandé, que le vêtement dénudait, semblait d'une fragilité presque enfantine.

Paul se passa une main sur le front. Il était désemparé, profondément troublé.

Cette robe blanche était un cadeau qu'il lui avait rapporté quelques années plus tôt, au retour d'un de ses fréquents voyages au Moyen-Orient. Il l'avait choisie avec le soin d'un homme amoureux dans une boutique élégante du Caire. C'étaient alors les premiers temps de leur mariage, et il essayait encore de l'apprivoiser avec des présents.

— Seigneur... Mais pour qui me prends-tu ? avait-elle raillé en déballant le paquet. Heidi ? Blanche Neige ? Tu ne connais pas très bien ta femme, mon cher Paul.

— C'est probable, avait-il rudement répliqué, blessé par son ironie. Mais j'apprends vite, Lisa.

Ce souvenir déplaisant se dissipa. Il la regarda s'asseoir en face de lui, considérer avec inquiétude les verres alignés devant son assiette et les différents couverts.

— Je ne t'avais jamais vue porter cette robe, dit-il d'un ton abrupt.

Un flot de sang monta aux joues de Lisa.

— Est-ce... est-ce que ça ne va pas ? balbutia-t-elle. Je ne savais pas quoi mettre pour le dîner, mais Doris m'a dit...

— C'est très bien, coupa-t-il, de plus en plus fâché contre lui-même, car la nouvelle attitude de Lisa mettait en péril un équilibre très chèrement acquis. Simplement, je ne croyais pas que tu l'aimais. Tu as toujours répété que cette robe n'était pas ton style.

De plus en plus gênée, Lisa but une gorgée d'eau.

— Les… les autres vêtements ne me plaisent pas beaucoup, murmura-t-elle.

— Quels vêtements ?

— Ceux qui sont dans le grand placard. Ils ne me plaisent pas. Ils ont l'air tellement…

Elle se tut, cherchant ses mots.

Paul l'observa en silence, un sourire sarcastique aux lèvres. La garde-robe de Lisa Temple, en effet, ne convenait guère à son nouveau rôle de vierge innocente. Son épouse achetait systématiquement des vêtements moulants et voyants pour attirer l'attention des hommes et éveiller leur convoitise.

Toujours des promesses de plaisir qu'elle n'était pas en mesure de tenir. Elle était si provocante, si attirante, que tous les mâles qui croisaient sa route en devenaient fous de désir. Mais dans l'intimité, elle restait indifférente ou délibérément froide. Il n'y avait pas de sensualité ni de tendresse chez Lisa, rien qu'une terrible ironie qui rendait son partenaire maladroit et ridicule…

Il secoua la tête, chassant le souvenir perturbant de cette femme dans ses bras.

— Tu as dépensé une fortune pour les vêtements qui sont dans ton dressing, Lisa. Et maintenant tu m'annonces que tu ne les aimes pas ? Tu vas sans doute me dire aussi que tu désires te rendre à Paris ce printemps pour t'acheter une nouvelle garde-robe ?

Très pâle soudain, elle baissa le nez et se mit à faire tourner sa fourchette entre ses doigts.

A ce moment, le chef, Heinz, entra dans la pièce, chaloupant sur ses jambes trapues et dissipant heureusement le malaise ambiant par sa bonne humeur.

— Madame Temple, vous voilà enfin de retour ! Très heureux de vous revoir. Très, très heureux…

Lisa tourna vers Paul un regard implorant de petite fille perdue.

« Oh, bien sûr… Elle ne sait pas qui il est, et moi, je suis censé lui présenter un homme qui était déjà dans cette maison dix ans avant qu'elle y arrive ! »

Une fois de plus, la colère le submergea. Il en voulait terriblement à sa femme de s'obstiner à jouer cette ridicule comédie et de le mettre ainsi dans l'embarras.

Heinz attendait placidement, son tablier à bavette bien tendu sur sa panse rebondie, sa tête chauve penchée sur le côté.

— Mme Temple ne vous reconnaît pas, Heinz, dit Paul d'un air impassible. Il semblerait qu'elle souffre d'une perte de mémoire, heureusement temporaire…

Aimable et compatissant, Heinz inclina son crâne

rose et luisant en direction de Lisa, comme si leurs relations avaient toujours été parfaitement cordiales, mais Paul avait été le témoin des retentissantes disputes qui les avaient souvent opposés dans le passé. Heinz détestait qu'on vienne fouiner dans sa cuisine, et Lisa ne pouvait pas souffrir les êtres qui refusaient de se plier à ses quatre volontés. Les affrontements entre ces deux-là étaient donc fatals.

— Je suis vraiment navré de l'apprendre, madame Temple. J'espère que vous serez bientôt remise.

— Merci, murmura-t-elle, les yeux rivés sur le tablier immaculé du chef. C'est vous qui faites la cuisine ?

— Absolument, répondit Heinz, imperturbable. Et pour ce soir, ajouta-t-il en frottant ses mains potelées et rougies par la chaleur des fourneaux, j'ai une délicieuse vichyssoise à vous offrir, suivie d'un petit rôti d'agneau à la menthe servi avec des pommes de terre persillées. Cela vous convient-il ?

Lisa le regarda puis jeta un coup d'œil anxieux en direction de Paul.

— Parfaitement, Heinz, intervint celui-ci, surpris de se sentir apitoyé. Tout cela paraît excellent, et je suis sûr qu'après une semaine de diète forcée à l'hôpital, Mme Temple appréciera ce dîner.

Le cuisinier regagna en hâte son royaume, les laissant seuls de nouveau. Lisa, le front plissé, tripotait toujours sa fourchette.

— Qu'est-ce qu'une vichyssoise ? demanda-t-elle enfin.

Paul ébauchait un geste d'impatience quand il s'arrêta, saisi : Lisa le dévisageait avec une expression qu'il ne lui avait jamais vue, si candide, si sincère qu'il en fut bouleversé. Ses lèvres n'avaient plus cette expression narquoise qu'il ne connaissait que trop bien. On ne lisait ni mépris ni provocation dans ses prunelles. Elle voulait seulement savoir ce que signifiait le mot « vichyssoise ».

— C'est une sorte de potage, répondit-il avec une certaine gentillesse. Un velouté de pommes de terre et de poireaux que Heinz sert généralement glacé.

— Un potage glacé ! s'exclama-t-elle, incrédule. A l'hôpital, les malades se fâchaient quand leur soupe était froide.

— Les gens critiquent toujours la nourriture des hôpitaux, répliqua-t-il en souriant. Mais le propre de la vichyssoise, c'est de se manger froid. En réalité, c'est un de tes mets favoris, ajouta-t-il en braquant sur elle un regard scrutateur. Voilà sans doute pourquoi Heinz l'a inscrit au menu de ce soir.

— Je ne me rappelle pas, murmura-t-elle avec désespoir, pressant ses doigts sur ses tempes meurtries, comme si ce geste pouvait réveiller sa mémoire endormie. Je ne me rappelle pas ce que j'aime et ce que je n'aime pas. Je sais seulement que je déteste les navets, ajouta-t-elle avec un petit sourire.

C'était la première fois qu'il la voyait sourire depuis l'accident.

Malgré lui, il en fut touché.

— Et comment le sais-tu, Lisa ?

— Je les ai recrachés… Quand on m'a apporté mon premier repas, j'avais tellement faim que j'ai voulu tout dévorer. J'ai mis une grosse cuillerée de navets dans ma bouche et j'ai tout recraché dans l'assiette. C'était horrible…

Machinalement, Paul lui retourna son sourire, plus perturbé par cette anecdote qu'il ne le laissait paraître.

Douloureusement consciente de son manque d'éducation, sa femme s'était toujours sentie mal à l'aise dans certaines circonstances de leur vie sociale. Elle évitait soigneusement tout ce qui risquait de la placer en position d'infériorité.

Au fil des ans, Paul avait deviné les trésors d'intelligence et de volonté qu'elle déployait pour s'adapter au milieu qu'il fréquentait, et paraître aussi gracieuse et mondaine que les autres femmes.

L'ancienne Lisa Temple n'aurait jamais raconté semblable histoire. Elle n'aurait jamais avoué de son plein gré s'être trouvée dans une situation où elle avait manqué d'élégance. Elle aurait soigneusement dissimulé sa gaffe et conçu une animosité farouche, quoique tout à fait irrationnelle, à l'encontre des éventuels témoins de son faux pas.

Pour la première fois, Paul commençait — bien qu'à contrecœur — à se dire que l'amnésie de son épouse n'était peut-être pas feinte. Il en fut accablé, se demandant jusqu'où, dans ce cas, allaient ses responsabilités.

Etait-il obligé de prendre soin d'elle en attendant qu'elle recouvre ses facultés, malgré le mépris qu'elle lui inspirait ? Et combien de temps cela durerait-il ?

Heinz apporta le velouté et regarda Lisa le goûter. Son visage rubicond s'illumina lorsqu'elle poussa une exclamation de ravissement.

Radieux, le chef regagna la cuisine, tandis que Paul,

muet, continuait à observer sa femme. Elle mangeait avec un appétit et un plaisir évidents, levant vers lui, de temps à autre, des yeux où brillait une flamme douce qui lui serrait le cœur.

« Non, non », se dit-il. Il ne fallait pas... Il ne devait pas se laisser aussi facilement manipuler. La procédure de divorce était entamée, les avocats achevaient de régler la question financière. C'était le moment ou jamais de se débarrasser d'elle, d'être libre. Il n'allait tout de même pas renoncer, si près du but, sous prétexte qu'elle était désarmée et qu'il y avait dans ses yeux cette flamme inconnue...

— Et l'agneau ? J'aime vraiment l'agneau ? demanda-t-elle d'une petite voix, en reposant précautionneusement sa cuillère dans son assiette à potage.

— Pardon ?

— Est-ce que j'aime... manger de l'agneau ?

Il garda le silence, la détaillant avec froideur.

— Il me semble que..., reprit-elle, les joues roses, en s'agitant nerveusement sur sa chaise à haut dossier. Enfin, les agneaux sont des bébés, n'est-ce pas ? Ils sont tout petits comme des peluches, ils gambadent partout, et l'idée de les manger paraît...

Elle se tut, manifestement affolée par le regard qu'il fixait sur elle, et se mit à tortiller sa serviette.

Le silence s'éternisait, lourd et menaçant.

— Oui, Lisa..., répondit-il enfin. Tu as toujours aimé l'agneau, et à vrai dire tu le préfères au bœuf. C'est plus tendre, selon toi.

— Je... je vois, murmura-t-elle en détournant la tête.

L'ombre s'épaississait derrière les hautes fenêtres. Perchée sur un arbre près du ruisseau, une chouette poussa un long hululement.

La pluie tambourinait sur le toit des écuries, giflait les vieux murs, et ce crépitement sourd et régulier rendait l'intérieur du bâtiment encore plus douillet, plus sécurisant. Pelotonnée sur la paille fraîche, dans la pénombre, Lisa humait avec délice les senteurs mêlées du foin et des chevaux. Elle se sentait bien dans ce lieu, à l'abri.

Elle avait découvert qu'elle était beaucoup plus à son aise dans l'écurie que dans la grande maison, dont elle appréciait pourtant la splendeur. Mais les pièces étaient peuplées de fantômes moqueurs, ceux d'un passé perdu et de la femme qu'elle était naguère. Et Lisa en avait peur.

Nouant les bras autour de ses jambes, elle posa le menton sur ses genoux pour contempler le vide d'un air morne, songeant à cette femme qui occupait, voici peu, l'appartement où elle dormait et qui, d'une mystérieuse façon, n'était autre qu'elle-même.

A quoi ressemblait-elle, cette créature nommée Lisa Temple ? Le miroir se bornait à lui montrer un visage triste, un corps svelte et souple qui lui étaient étrangers.

Les yeux de ceux qui l'entouraient étaient des miroirs bien plus objectifs. Or, elle n'y lisait qu'animosité, suspicion, ironie ou froide politesse.

Depuis Heinz le cuisinier jusqu'à la petite Allie, en passant par Bob McBride, chacun avait sa manière de la regarder, mais aucun ne l'aimait. Pas même la douce Anna qui ne parvenait pas à mettre de la chaleur dans sa voix quand elle lui parlait.

La Lisa d'avant avait dû être odieuse, méchante et cruelle envers tous, y compris envers les deux charmantes petites filles. Machinalement, elle se corrigea et se força à dire : « *J'ai* dû être odieuse. »

Car la femme qui avait vécu durant toutes ces années

dans son corps et son esprit, c'était elle, Lisa, et nulle autre, même si elle n'avait plus aucun souvenir de cette existence-là. Elle n'en était pas moins responsable de ce qu'elle avait fait, des blessures qu'elle avait infligées aux autres. Cette pensée la rendait malade d'angoisse.

D'une main tremblante, elle ouvrit le petit livre abandonné à côté d'elle et le tint dans le rai de lumière filtrant par la fenêtre, où flottaient des particules de poussière. L'écriture était aiguë et vigoureuse.

« Je déteste ce salaud ! lut-elle. Je le hais chaque jour davantage. Pour qui se prend-il, à jouer les grands seigneurs comme si je n'étais pas digne qu'il me touche ? J'ai quelquefois envie de le tuer… »

Frissonnante, Lisa referma hâtivement le livre et le fourra dans la poche de sa veste, comme s'il lui brûlait les doigts.

Elle avait trouvé ce carnet relié de cuir, caché au milieu de ses sous-vêtements, et avait peu à peu compris de quoi il s'agissait.

Ces pages lui transmettaient un message de la femme qu'elle était vraiment, mais elle avait un mal fou à les lire. Elles débordaient de rage et de souffrance, regorgeaient de jugements implacables. Tous ceux qui vivaient dans le domaine y étaient nommés, ainsi que des inconnus dont Lisa n'avait aucun souvenir. Ils étaient tous ridiculisés, vilipendés à grand renfort de mots cinglants griffonnés à l'encre noire, jusqu'à « l'affreuse petite Allie et sa baleine de sœur ».

Mais les mots les plus terribles étaient réservés à Paul Temple. Ils se chargeaient alors d'une colère venimeuse que Lisa ne comprenait pas. Pourquoi le haïssait-elle ainsi ?

De nouveau, elle rectifia : « Pourquoi ai-je tant de haine contre lui ? Que m'a-t-il donc fait ? »

Le journal n'apportait aucune réponse à cette question, et Lisa n'en trouvait l'explication ni dans sa mémoire ni dans les relations quotidiennes qu'elle entretenait avec Paul Temple. Celui-ci était généralement froid et distant avec elle. Cependant, il demeurait d'une courtoisie sans faille et se montrait toujours très serviable quand elle lui demandait des informations.

Parfois, lorsqu'il sortait de sa réserve pour rire à l'une de ses reparties, ou bien quand il lui lançait un regard agréablement surpris, Lisa sentait son cœur s'emballer et battre à une vitesse alarmante.

Dans ces moments-là, elle s'apercevait avec désarroi qu'elle avait envie de le toucher, de poser la main sur son torse puissant, d'effleurer du doigt son visage tanné par le soleil, ses lèvres si bien modelées…

Elle frissonna de nouveau, pensant à l'amour et au désir physique. Dès le premier jour de son arrivée, elle avait découvert la bibliothèque croulant sous les livres, et s'était mise à lire avec frénésie pour tenter d'apprendre ce que les humains ressentaient et comment ils considéraient la vie.

Les livres lui étaient d'un grand secours. Elle puisait dans le récit des expériences d'autrui les connaissances qui lui manquaient. La plupart des histoires, cependant, tournaient autour de l'amour physique entre les hommes et les femmes.

Apparemment, cette intimité entre deux êtres, qui excluait le reste du monde, était une merveilleuse sensation. Les personnages semblaient prêts à tout pour vivre de telles passions, voire à voler ou tuer pour conquérir et garder celui ou celle qu'ils aimaient.

Les romans d'amour se terminaient généralement bien et les amants enfin réunis souriaient à l'avenir merveilleux qui s'ouvrait devant eux.

Dans la vraie vie, hélas, il en allait tout autrement. Les gens étaient séparés par des abîmes qui paraissaient infranchissables, par la haine, la rancœur et l'incompréhension.

Chaque soir, ils se retrouvaient, Paul et elle, chacun à un bout de la grande table. Ils échangeaient quelques paroles aimables pour meubler les longs et pesants silences, mais la tension et la méfiance qui régnaient entre eux étaient presque palpables. Lisa se faisait toute petite sur sa chaise, la tête pleine de questions qu'elle n'osait formuler, sachant que ses interrogations irritaient son mari.

Elle avait compris à présent que Paul pensait qu'elle simulait l'amnésie. Pour une raison mystérieuse, il la croyait manifestement tout à fait capable d'une telle tromperie.

Mais quel intérêt quelqu'un pouvait-il trouver à avoir perdu la mémoire ? Sans passé, on se sentait si désarmé, si pitoyable ! Lisa voulait tant retrouver ses souvenirs qu'elle aurait fait n'importe quoi pour renouer avec sa vie d'avant.

Même si c'était une existence vraiment horrible, songea Lisa. Car, au moins, elle saurait… Elle pourrait affronter la réalité, réfléchir aux actes qu'elle avait commis, tenter de s'analyser et peut-être de s'amender.

Au lieu de cela, elle avançait à tâtons dans un paysage

vide peuplé d'échos sinistres, une vaste plaine désolée où elle ne voyait aucun signe, aucun chemin, mais où d'innombrables et mystérieux périls la guettaient. Il n'y avait personne dans ce désert, personne pour l'aider, la réconforter et la guider ; il n'y avait pas au monde de femme plus solitaire qu'elle.

La conscience aiguë de cette solitude lui fit de nouveau monter les larmes aux yeux. Alors, elle serra les dents, refusant de s'abandonner au chagrin. Elle en était là de ses réflexions, quand, soudain, un bruit l'alerta. Relevant la tête, elle tendit l'oreille.

Quelqu'un, tout près de là, sanglotait à fendre l'âme. Retenant son souffle, Lisa quitta son nid de paille, brossa d'un revers de main sa veste et son jean, et se dirigea vers la source du bruit.

Les pleurs venaient de derrière la porte close de la sellerie, faite de grosses planches en pin, avec un fer à cheval en guise de poignée. Lisa se figea, pâle et nerveuse, le regard rivé sur la poignée. Elle hésita un instant, puis la tourna et poussa le lourd battant.

Elle eut un sursaut d'affolement en découvrant Bonnie McBride, affalée sur une pile de sacs de jute. Les cheveux emmêlés, elle avait le visage barbouillé de mascara, d'ombre à paupières et de fard rouge dilués par les pleurs.

Gémissant, elle froissait de ses doigts boudinés les papiers épars autour d'elle : enveloppes argentées de bouchées au chocolat, sachets de gâteaux ou de beignets.

Parmi les vestiges du festin secret de Bonnie, Lisa aperçut aussi des tubes de rouge à lèvres, des petits flacons de parfum en cristal, des boîtes à poudre ravissantes, des minuscules brosses à cils.

Toutes ces babioles ressemblaient aux objets rangés sur la coiffeuse de sa chambre, songea Lisa avec étonnement. En fait, elle reconnaissait même les motifs gravés sur les couvercles des petites boîtes. Un miroir gisait sur le sol, à moitié dissimulé sous les sacs de jute.

De toute évidence, Bonnie était occupée à manger des friandises et à se maquiller lorsque le chagrin l'avait engloutie.

Lisa ne bougeait pas, se demandant que faire. Le désespoir de la petite Bonnie lui serrait le cœur, mais elle ne comprenait pas son problème et ne savait quoi lui dire pour la consoler.

Tout à coup, Bonnie tourna vers elle son visage tuméfié, pareil à un pauvre masque de clown. Ses yeux rougis s'écarquillèrent et des sanglots plus violents la secouèrent.

— N'en… N'en parlez pas à maman ! dit-elle entre deux hoquets. Je vous en prie, n'en parlez pas à maman ! Je vous les paierai, ajouta-t-elle d'une voix sourde, je vous paierai tout avec mon argent de poche. Si vous pouvez attendre jusqu'à vendredi, s'il vous plaît, et ne rien dire à mes parents…

— Leur dire quoi ? rétorqua Lisa, sincèrement surprise. Ils ne te permettent pas de te maquiller ?

Bonnie la dévisagea, muette. Puis, comme emportée par une émotion dévastatrice, elle se redressa lourdement et s'avança vers Lisa, l'air farouche.

— Vous vous croyez tellement maligne ! cria-t-elle avec une rage douloureuse. Faire semblant de ne rien vous rappeler et vous moquer de tout le monde ! Juste parce que vous êtes jolie et… et mince, et que vous avez plein de belles choses. Vous pensez que ça vous donne le droit d'être méchante avec les autres… Je vous déteste ! Je vous déteste !

Lisa ne broncha pas, sidérée, se demandant ce qu'elle avait bien pu faire pour que Bonnie lui en veuille tellement.

— Vous ne savez pas où j'ai eu tous ces trucs-là,

hein ? continua l'adolescente, incapable maintenant de s'arrêter. Vous jouez avec moi, comme Ginger s'amuse avec les souris quand il en attrape une. Vous êtes mauvaise, vous adorez voir les gens malheureux ! Vous allez tout raconter à mes parents pour que j'aie des ennuis, et ça vous fera bien rire, hein ?

— Bonnie, je…

— Eh ben, je m'en fiche ! Vous m'entendez ? Je me moque de ce que vous direz, espèce de vilaine sorcière ! Parce que, peut-être, bientôt, plus personne ne pourra me faire du mal ! Vous le regretterez, tous autant que vous êtes. Vous verrez !

Des frissons glacés parcouraient le corps de Lisa. Une barre de fer semblait peser sur sa nuque. Muette, elle contemplait le visage gonflé de Bonnie, d'où la colère se retirait déjà, relayée par un désespoir tel que les traits enfantins avaient soudain fait place à ceux d'une adulte brisée par la vie.

— Bonnie…, murmura Lisa, effrayée par les paroles et l'attitude de la jeune fille.

— Attendez et vous verrez ! répéta cette dernière d'une voix rauque, en dispersant les cosmétiques à coups de pied.

Lisa tendit la main vers elle, mais Bonnie s'écarta

d'un bond et sortit en courant comme une folle, ses pas résonnant dans le silence des écuries. Dehors, la pluie tombait toujours.

Lisa demeura immobile, bouleversée, puis se pencha et ramassa avec des gestes lents les débris qui jonchaient le sol. Elle les déposa dans une poubelle près de la porte et resta là un moment à contempler les bouts de papier brillants. Les derniers mots de Bonnie résonnaient encore dans sa tête.

Fallait-il en parler à quelqu'un ? Bonnie l'avait accusée de vouloir avertir ses parents afin de lui causer des ennuis, et Lisa repoussait l'idée de rapporter l'incident aux McBride, car cela prouverait à Bonnie que sa mauvaise opinion était justifiée.

Cependant, elle était terrifiée par le désespoir qu'elle avait lu dans les yeux de la jeune fille et par ses menaces voilées.

« Bientôt, plus personne ne pourra me faire du mal… »

Les sourcils froncés, Lisa se mordillait les lèvres. Comment les gens étaient-ils censés se comporter dans de pareilles circonstances ? Elle n'en savait rien, c'était bien là le problème. Elle n'avait aucune expérience personnelle à laquelle se raccrocher.

Il lui fallait se fier à son propre jugement, qui, hélas, se révélait souvent erroné.

— Bonjour, madame Temple ! lança, à cet instant, une voix doucereuse qui la fit sursauter.

— Bonjour, murmura-t-elle.

Un jeune homme se tenait près des stalles, une scie dans une main et un rouleau de câble électrique dans l'autre. De taille moyenne, il était blond et mince, et avait le visage grêlé. Ses yeux bleus et ronds, comme ceux d'un petit garçon, étaient sans cesse en mouvement.

— Il pleut, hein ? C'est bon pour la campagne, tout va devenir bien vert.

— Oui…

Mal à l'aise, Lisa regardait le sol fait de planches poussiéreuses. Ce genre de situation lui était désormais familier : elle n'avait pas la moindre idée du nom de ce jeune homme, ni de son rôle dans le domaine. Elle ignorait complètement ce qui s'était produit entre eux dans le passé, ce que leur relation actuelle était censée être, et elle ne savait que lui dire.

Elle fut soulagée néanmoins de constater qu'il ne semblait pas hostile. Contrairement à la plupart des gens du domaine, il fixait sur elle un regard reflétant de la simple curiosité.

Son expression lui rappelait l'attitude amicale et tolérante des gens de l'hôpital, qui n'avaient pas sur elle d'opinion préconçue.

— Je ne vous avais pas encore rencontrée, dit-il, comme s'il avait suivi le cours de ses pensées. Je n'ai commencé à travailler qu'il y a quelques jours. Je m'appelle Tim Connor.

— Bonjour, Tim, répliqua-t-elle en lui souriant, envahie par une absurde satisfaction.

C'était si agréable de rencontrer quelqu'un qui, comme elle, se trouvait ici en étranger. D'une certaine façon, elle se sentait plus proche de ce jeune homme que de quiconque vivant dans la propriété.

— Je suis ravie de vous connaître, reprit-elle en lui serrant la main. Votre travail vous plaît ?

Il haussa les épaules.

— Ça va. C'est quand même mieux que d'être au chômage.

Elle remarqua, malgré la pénombre, qu'il l'observait avec une extrême attention.

— Il paraît que vous avez été malade ? poursuivit-il, l'air gêné. Vous avez eu un accident ?

Elle acquiesça, esquissant un sourire vague.

— Oui. Mais je suis presque complètement remise.

Les hématomes disparaissent et on enlève les bandages de mon bras demain.

— Tant mieux…

Il hésita, se dandinant d'un pied sur l'autre, puis s'éclaircit la gorge.

— Bob dit que vous avez un problème à la tête. Vous avez perdu la mémoire, c'est ça ?

Lisa se crispa. Elle n'aimait pas qu'on lui parle de son amnésie et supportait mal que tous ceux qu'elle rencontrait connussent son désarroi et le combat continuel qu'elle menait pour retrouver son passé.

— Oh, ça va beaucoup mieux, répondit-elle dans un sursaut puéril de dignité. Je me rappelle beaucoup de choses maintenant. Je suis de nouveau presque normale.

— Ah bon ? dit le jeune homme avec un bizarre intérêt. C'est vrai ?

— Mais oui…

Sur quoi, de peur qu'il poursuive cette conversation, elle murmura un vague au revoir et se dirigea hâtivement vers la porte.

Parvenue sur le seuil des écuries, elle remonta son capuchon et s'élança sous la pluie, consciente que Tim Connor la suivait d'un regard pensif…

5

Ken Holcross s'appuya au dossier de son fauteuil pivotant, étudiant le beau visage de sa patiente.

Elle était allongée sur le divan de cuir, les mains sagement croisées sur le ventre, son corps svelte vêtu d'un tailleur crème et d'un corsage de soie bleue. Les cils qui frangeaient ses paupières closes dessinaient un éventail sur ses joues pâles. Ses lèvres pulpeuses avaient le modelé d'une bouche d'enfant.

— Lisa…, murmura-t-il. Vous m'entendez ?

— Oui, répondit-elle d'une voix que la torpeur empâtait.

— Bon… Vous êtes revenue en arrière, Lisa, n'est-ce pas ? Loin, très loin en arrière.

— Oui…

— C'est très bien… Quel âge avez-vous maintenant, Lisa ?

— Quatre ans, répliqua-t-elle, et sa voix à présent rendait un son cristallin.

Elle leva une main où brillait une alliance, le pouce replié contre la paume.

— J'ai juste quatre ans.

Les yeux du psychiatre brillèrent d'intérêt derrière les verres épais. Lisa ne s'était jamais autorisée à remonter aussi loin dans le passé, et il ne savait trop à quoi s'attendre.

— Où es-tu, Lisa ? Dans un joli endroit ?

Elle secoua violemment la tête.

— Non, dit-elle d'un ton plaintif. C'est pas joli, j'ai peur.

— Où es-tu, Lisa ? répéta-t-il avec patience.

— Je sais pas. Dans un endroit… C'est la dame qui m'a amenée là.

— Quelle dame ?

— Celle qui est venue chez nous. Parce que maman, elle est pas rentrée à la maison, et alors moi je pleurais, et la dame est venue me chercher.

— Pourquoi ta maman n'est-elle pas rentrée ?

— La dame a dit que maman, elle était partie. Elle a dit que maman, elle voulait plus de moi. C'est pour ça que je suis dans cet endroit.

Ken Holcross jeta hâtivement quelques notes sur son carnet et considéra un moment sa patiente dont les traits étaient altérés par le chagrin.

— Tu es toute seule, Lisa ?

— Non, répondit-elle avec un bref et lumineux sourire. J'ai ma poupée.

— Tu aimes ta poupée, Lisa ?

La femme élégante étendue sur le divan s'agita, sourit et se mit à bercer un objet invisible.

— J'aime ma poupée, chantonna-t-elle d'une voix de petite fille. J'aime ma poupée, ma poupée…

Tout à coup, son beau visage se décomposa, des larmes roulèrent sur ses joues.

— Lisa ? Que se passe-t-il ?

— On m'a pris ma poupée ! gémit-elle en se redressant, vibrante. On m'a pris ma poupée !

— Qui te l'a prise ?

— La dame et une autre dame. Elles ont dit que ma poupée, elle était trop sale. Et elles l'ont emmenée. Je veux ma poupée, dit-elle, la voix pleine de sanglots, en se pelotonnant en chien de fusil sur le divan. Je veux ma poupée, je veux ma poupée…

Malgré ses années d'expérience, durant lesquelles il avait été témoin d'horreurs difficiles à concevoir, Ken

Holcross fut révolté. Il ne connaissait que trop les gens de cette sorte, ces fonctionnaires insensibles, capables d'ôter à une enfant abandonnée sa seule source de réconfort sous prétexte que son jouet préféré ne correspondait pas aux normes d'hygiène.

Mais, pour l'instant, ce n'était ni de compassion ni d'indignation que Lisa Temple avait besoin. Se ressaisissant, il murmura d'un ton apaisant :

— Quittons cet endroit, Lisa… Allons-nous-en et continuons à avancer.

Ravalant ses pleurs, elle obéit docilement.

— Oui, on s'en va maintenant, répéta-t-elle, toujours comme une petite fille.

— Voilà… Tu continues à avancer et tu t'arrêtes quand tu le souhaites.

Habilement, il la guida à travers les méandres d'une histoire qu'il connaissait déjà en partie, faite de foyers inhospitaliers où on l'avait placée, de terreurs et d'espoirs détruits, de traumatismes et d'aliénation. Les souvenirs semblaient en majeure partie intacts, aussi chaotiques et désordonnés qu'ils l'étaient avant l'accident.

Tout à coup, elle se redressa, crispée, agrippant les bords du divan, le visage empreint de méfiance.

Le psychiatre se raidit aussi, sachant qu'ils abordaient

un terrain dangereux. Mais il avait la conviction que sa patiente était prête.

— Lisa ? Quel âge as-tu ?

— Onze ans, répondit-elle, et sa voix était à présent mieux timbrée, plus mûre. J'ai eu onze ans à l'automne, mais maintenant, c'est le printemps et on m'a mise dans une nouvelle famille.

— Tu t'y plais, Lisa ?

Elle haussa les épaules.

— Ça va... Il y a d'autres enfants et un petit bébé qui s'appelle Tommy. Il est adorable.

— Et qui d'autre ?

— La mère et le père, moi et le bébé, une petite fille retardée et Allan.

De nouveau, ses doigts fuselés se crispèrent puis se détendirent.

— Qui est Allan, Lisa ?

— C'est leur fils, enfin le seul qui soit vraiment à eux. Moi, le bébé et la petite fille, on est placés chez eux, mais pas Allan. Il a seize ans.

— Tu l'aimes bien, Lisa ?

— Il est drôlement mignon, répondit-elle avec un sourire qui serra le cœur du psychiatre. Il est grand et il a des cheveux tout noirs, et il joue au basket. Et il a une veste avec des manches en cuir et son nom imprimé dessus.

Soudain, elle pâlit et se mit à trembler.

— Lisa ? Que se passe-t-il ?

— On est tout seuls, murmura-t-elle. Moi et Allan. Ils ont emmené les petits à la clinique, alors on est seuls dans la maison.

— Pourquoi es-tu effrayée ?

— Allan est… bizarre. Il me fait peur. Il arrête pas de me…

Le corps de Lisa se cabra, se tordit. Elle poussait des hurlements déchirants, d'angoisse et de souffrance. Le psychiatre, impassible, l'observait.

— Oh…, gémit-elle, ça fait mal ! Oh, c'est horrible, horrible…

Elle s'apaisa enfin, se recroquevilla sur le divan, pleurant sans bruit. Elle avait l'air d'une poupée cassée.

— Tout va bien, Lisa. Tout va bien. Tu peux continuer à avancer si tu le souhaites. Ainsi, tu n'auras plus mal.

Le visage de Lisa s'éclaira un instant, puis un masque glacé s'abattit sur ses traits. Ses lèvres pulpeuses se retroussèrent dans une moue ironique. Elle releva la tête avec une nonchalance calculée.

— Lisa..., murmura le médecin qui ne la quittait pas des yeux. Où es-tu à présent ?

— Dans la rue, oui je suis dans la rue. Je me suis enfuie... Comme ça, ce salaud ne me touchera plus jamais. Il n'a pas arrêté de me torturer pendant des mois, mais maintenant, c'est fini. Sûr, c'est fini.

— As-tu dit à ses parents ce qu'il avait fait ?

— Comment j'aurais pu leur dire ? rétorqua-t-elle d'un ton amer et froid. Ils pensent que c'est la huitième merveille du monde. Ils n'auraient jamais cru que leur petit chéri était capable de se conduire comme ça. Si j'avais parlé, c'est moi qui aurais été punie, pas lui. Alors, je lui ai enfoncé son précieux couteau de poche dans la jambe et je suis partie. J'aurais aimé le tuer.

— Que fais-tu dans la rue ? Comment vis-tu ?

— Je me débrouille.

— Comment ? Tu n'as que onze ans et tu es toute seule.

— J'en ai douze et je suis futée. Je fais les courses pour les gens, je porte leurs paquets, ce genre de choses... Je me débrouille.

— Tu te prostitues ?

— Non ! s'écria-t-elle avec une violence passionnée. Jamais plus personne ne m'infligera ça ! Jamais !

Sous le coup de l'émotion, ses mains, ses lèvres tremblaient.

— J'aurais aimé le tuer, répéta-t-elle dans un souffle. Il méritait de mourir pour m'avoir traitée de cette façon alors qu'il se moquait complètement de moi. Je veux le tuer, je veux qu'il meure.

Le Dr Holcross tressaillit, alarmé par le rictus de sa patiente, alors que le son de sa voix était redevenu celui d'une femme adulte.

— Qui, Lisa ? demanda-t-il en se penchant vers elle. Qui voulez-vous tuer ?

— Lui..., répondit-elle, amère. Ce salaud qui me traite comme de la boue, qui... qui me fait ça, et puis qui m'abandonne. Je le hais ! Je le hais tellement...

— Lisa..., intervint le psychiatre avec douceur. Qui haïssez-vous ? Allan ? Le garçon qui vous a violée ?

— Oui, murmura-t-elle en se renversant de nouveau sur les coussins. Et l'autre aussi, ajouta-t-elle tout à coup. L'autre aussi. Je voudrais qu'ils soient morts, tous les deux.

Ken Holcross frissonna, comme si un vent glacé s'abattait subitement sur sa nuque.

Il était le thérapeute de Lisa Temple depuis longtemps et savait que, malgré l'attitude hardie et provocante qu'elle affichait avant l'accident, il n'y avait eu, dans toute sa vie, que deux hommes avec lesquels elle avait eu des relations sexuelles. L'un était l'adolescent brutal qui avait abusé d'elle durant des mois.

L'autre était son mari, Paul Temple.

— Comment vous sentez-vous à présent, Lisa ?

De nouveau pleinement consciente, elle avait quitté le divan pour se rasseoir face au médecin dans l'un des fauteuils rembourrés disposés devant le grand bureau de teck.

— Merveilleusement bien, répondit-elle avec un sourire. Je suis légère comme une plume et il me semble n'avoir plus le moindre souci. Est-ce toujours ainsi ?

— Vous parlez de l'état posthypnotique ?

Comme elle hochait la tête, il réfléchit un instant.

— Non, pas toujours, répondit-il enfin. C'était notre première vraie séance depuis votre accident — depuis un mois donc — et elle a été très fructueuse. Dans le passé, il est arrivé que l'expérience vous perturbe et que vous en restiez un moment déstabilisée.

Il songeait notamment à certaines séances récentes. Quelques semaines avant l'accident, Lisa avait décidé d'interrompre la thérapie.

— Ecoutez, tout ça ne me mène nulle part, lui avait-elle déclaré avec rudesse. Ça suffit, d'accord ? Vous avez suffisamment fouillé dans ma petite tête, et je ne pense pas que vous m'aidiez. D'ailleurs, pour vous dire la vérité, je n'ai pas besoin d'aide. Je vais très bien.

Sur quoi, redressant le menton, de ce geste familier de la tête qu'elle avait quand elle était sur la défensive, Lisa Temple était sortie de son bureau et de son existence. Il ne l'avait revue qu'au début du mois d'avril, quand il avait retrouvé à l'hôpital une femme meurtrie et désemparée, privée de son identité.

A l'époque, Ken Holcross s'était demandé — et il se posait toujours la question — pour quelle raison Lisa avait si soudainement choisi de mettre un terme au traitement. On eût dit qu'elle avait quelque chose à cacher et redoutait l'hypnose qui la mettait à nu, ainsi que ses pensées les plus secrètes…

— Et aujourd'hui ? s'enquit-elle d'un ton anxieux. Je me suis rappelé certaines choses de mon passé ?

— En effet, vous avez revécu des épisodes que vous n'aviez jamais évoqués auparavant.

— Quels épisodes ?

Il la considéra en silence, touché par l'ardeur mêlée de timidité qui brillait dans ses grands yeux mordorés.

— Eh bien, par exemple, vous avez parlé d'une poupée

que vous aviez à l'âge de quatre ans. Apparemment, vous l'aimiez beaucoup.

— Vraiment ? Je voudrais tant m'en souvenir. Je donnerais n'importe quoi pour être capable de me rappeler un détail de ce genre, quelque chose...

Elle s'interrompit, plongée dans ses réflexions, ses doigts effilés dessinant d'invisibles dessins sur sa jupe de lin crème.

— Docteur Holcross, pourquoi puis-je me remémorer certains événements sous hypnose, mais pas quand je suis consciente ?

— Il existe différents types de mémoire. Imaginez un grand placard avec des tas de portes fermées et des clés qui ouvrent chacune une serrure. Apparemment, vous avez la clé de la mémoire générale, mais pas celle de la mémoire affective. Quand vous êtes sous hypnose, vous devenez capable de trouver cette porte.

— Et de regarder par le trou de la serrure ? rétorqua-t-elle, tandis qu'un sourire mutin étirait fugitivement ses lèvres.

— En quelque sorte...

Depuis son amnésie, la personnalité de sa patiente avait changé de façon surprenante. Lisa Temple semblait une autre femme, à l'opposé de la créature audacieuse et combative qu'il connaissait. L'être humain demeurait un mystère fascinant et tellement déconcertant…

— Lisa…, reprit-il après un silence. Je constate que vous portez de nouveau vos bijoux.

— Deux seulement, répondit-elle en levant ses mains fines où étincelaient deux gros anneaux d'or ornés de diamants et de saphirs. Ils vous plaisent ?

— Ils sont très beaux. Vous avez des mains superbes… Ces bagues vous vont bien.

Elle rougit et esquissa un petit sourire qui, malgré le détachement professionnel qu'il avait acquis au fil des ans, le toucha au cœur.

— Il y a tant de bagues dans le coffret à bijoux… C'est dommage de ne pas les porter. J'adore les toucher, les regarder réfléchir la lumière et choisir celles qui s'harmonisent avec ma toilette.

— Mais vous ne portez toujours pas votre bague de fiançailles.

Lisa se crispa.

— Comment est-elle ?

— Je crois qu'il s'agit d'une grosse émeraude carrée entourée de brillants.

— Il n'y a pas de bague de ce genre dans le coffret,

répliqua-t-elle après réflexion. Je me demande bien où elle est.

— Peut-être l'avez-vous rangée quelque part. Elle doit avoir beaucoup de valeur et peut-être est-elle à l'abri dans un coffre-fort.

— Il faudra que je pose la question à Paul. Il serait peut-être content…

— Pourquoi serait-il content, Lisa ?

— Que je mette ma bague de fiançailles, murmura-t-elle, tête basse, d'une voix presque inaudible. Ça lui montrerait qu'elle me plaît.

— Vous vous entendez mieux, Paul et vous ?

— Un peu mieux… Nous parlons davantage, et quelquefois même nous rions ensemble. Hier, au dîner, il a dit que je n'avais jamais été aussi jolie…

Elle détourna les yeux, les joues roses. Avec sa coiffure sage et ses doigts tremblants noués sur ses genoux, elle avait l'air d'une enfant.

Le médecin s'apprêtait à poursuivre la conversation, quand on frappa à la porte qui s'ouvrit aussitôt.

— Excusez-moi, dit Paul Temple en entrant dans la pièce. Est-ce que je vous dérange ? Mary m'a assuré que vous aviez terminé.

Lisa releva vivement la tête pour regarder son mari, retenant son souffle et les yeux brillants.

Se détournant de sa patiente qu'il contemplait pensivement, Ken Holcross sourit avec aménité au nouveau venu dont la stature semblait remplir l'espace. Paul était en tenue d'homme d'affaires, pantalon de flanelle et veste de tweed admirablement coupée. Il était élégant et plein d'une grâce virile qui devait lui valoir l'admiration des femmes. Ses cheveux blonds et lisses brillaient sous les néons dissimulés dans les moulures du plafond.

— Alors, Lisa ? lança-t-il en souriant à son épouse qui le considérait toujours bouche bée. Comment cela s'est-il passé, aujourd'hui ?

— Ken affirme que… que tout va bien, répondit-elle, gênée. Je me suis souvenue de choses nouvelles.

— Vraiment ? rétorqua Paul en se tournant vers le psychiatre.

Celui-ci opina, souriant, tout en dévisageant son interlocuteur. Que pouvait bien penser Paul Temple, au fond de lui ? Croyait-il encore que sa femme simulait l'amnésie ? Ou bien le désarroi de Lisa, sa vulnérabilité avaient-ils finalement réussi à éveiller sa compassion ?

— Oui, Lisa est remontée très loin dans le passé,

jusqu'à l'âge de quatre ans. Elle a revécu un épisode important de cette période de sa vie.

— Mais elle n'a toujours pas de souvenirs conscients ?

— Je crains que non. Cependant, se hâta d'ajouter le médecin, remarquant l'ombre qui voilait le regard de Lisa, ce n'est qu'une question de temps… Je suis convaincu que son état n'a plus de fondement physiologique. Il ne peut donc que s'améliorer. En fait, certains détails ne tarderont plus à lui revenir.

— C'est vrai ? murmura Lisa avec espoir.

— Oui, bien sûr.

— Tu entends, Paul ? poursuivit-elle, car elle le tutoyait à présent. Ken pense que je serai bientôt remise !

Paul Temple regarda sa femme en silence. Le Dr Holcross, qui étudiait le couple de son œil exercé, vit toute une palette d'émotions glisser sur le séduisant visage de son visiteur : inquiétude, peur, tension, sympathie…

Et pour finir, bien que contenue, une étrange tendresse…

Le psychiatre hocha la tête. Il avait la réponse à sa question : Paul Temple avait admis que sa femme était bel et bien amnésique. Et avec cette assurance, apparemment, grandissait en lui un autre sentiment que Ken Holcross jugeait beaucoup plus ennuyeux.

— Oui, Lisa, j'ai entendu… Allons, viens, sinon nous serons en retard. Je te rappelle que nous avons réservé une table pour 6 heures.

— Nous dînons au restaurant chinois, dit-elle au médecin avec un sourire lumineux. J'adore cette cuisine. J'y ai goûté pour la première fois la semaine dernière et, depuis, je supplie Paul de m'emmener de nouveau chez les Chinois.

— Elle n'a pas arrêté de m'embêter avec ça ! renchérit celui-ci gaiement en la prenant par le bras. On croirait que les beignets de crevette et le canard laqué sont le summum de la gastronomie, conclut-il, avec une vraie douceur dans le sourire et la voix.

Ken Holcross se leva et les regarda disparaître tous deux dans le couloir, puis il regagna son fauteuil et feuilleta machinalement son carnet de rendez-vous.

Au bout d'un moment, il se renversa en arrière, la tête posée sur le dossier. Les yeux braqués vers le plafond, il songeait au sourire de Lisa Temple, et à sa voix coupante tandis qu'elle prononçait ces mots terribles : « Je le hais ! Je voudrais qu'il soit mort ! » Décidément, la personnalité humaine était un insondable mystère.

Le cas de Lisa Temple démontrait de manière saisissante l'impact des expériences vécues dans l'enfance sur la formation du caractère. Libérée par cet accès d'amnésie du fardeau handicapant des souvenirs, Lisa était devenue une autre femme.

Mais l'être confiant et enjoué qui venait juste de quitter son bureau était-il la véritable Lisa Temple, celle qu'elle eût été naturellement, si les traumatismes de l'enfance ne l'avaient obligée à se forger une dure carapace ?

A moins que cette nouvelle Lisa ne soit elle-même qu'une nouvelle aberration, une chimère comme en créaient parfois les malades à personnalités multiples. Il n'aurait la réponse à ces questions qu'au moment où la jeune femme commencerait à recouvrer ses souvenirs.

Malgré toutes ses années de pratique, Ken Holcross était forcé d'admettre qu'il ignorait ce qui se passerait alors.

Lisa pouvait fort bien retrouver ses anciennes pulsions destructrices et se bâtir une nouvelle forteresse plus inexpugnable encore que la précédente, car son désespoir, en lui revenant, n'en serait que plus violent. Sans doute continuerait-elle, dans ce cas, à mettre en parallèle son intimité avec son mari et sa première et atroce expérience sexuelle ; de même s'obstinerait-elle à mépriser Paul pour la simple raison qu'il était un homme et qu'il la désirait.

Le Dr Holcross avait toujours redouté cette éventualité. Cependant, un nouveau facteur, ô combien perturbant, entrait désormais dans l'équation.

Car le psychiatre se demandait à présent si Paul Temple ne risquait pas de s'éprendre sérieusement de sa propre épouse…

— Tu en veux, Lisa ?

La jeune femme considéra d'un œil suspicieux les morceaux de chair blanchâtre dans l'assiette de son mari.

— Qu'est-ce que c'est ?

— Du calmar frit. Goûte…

— Du calmar ? répéta-t-elle, effarée. Tu veux dire… du poulpe ?

— A peu près, répondit-il avec un sourire.

— Les gens mangent ça ?

— Et comment ! C'est même un mets très apprécié.

Les lèvres pincées, elle continuait à fixer le mollusque d'un air hésitant. Paul, lui, la regardait. Il aimait voir le jeu de l'ombre et de la lumière sur son visage, l'expression de candeur et de plaisir qui éclairait ses traits délicats.

C'était si merveilleux de regarder Lisa découvrir le monde.

Il avait finalement admis la thèse de l'amnésie. Même l'actrice la plus douée n'aurait pu tenir ce rôle, vingt-quatre heures par jour, de façon aussi convaincante. Et la femme blasée et nerveuse qu'il connaissait n'aurait jamais réussi à simuler cette profonde douceur, cette fraîcheur et cet enthousiasme de petite fille.

— Quel goût ça a ? s'enquit-elle au bout d'un moment.

— Eh bien… ça n'a pas beaucoup de goût et c'est un peu caoutchouteux.

— Oh… Je crois que je n'ai pas envie d'essayer, Paul. Mais si tu n'en veux plus, je prendrais bien ce beignet de crevette, ajouta-t-elle timidement.

— Je n'en veux plus.

— Tu es sûr ? Je crois que j'ai déjà eu plus que ma part.

— Je n'en veux plus, répéta-t-il d'un ton résolu. Je ne les mangerais pas, même si tu me menaçais avec un fusil.

Elle eut un rire ravi et, ayant avalé une bouchée de son beignet, elle but une gorgée de thé au jasmin.

— Lisa… Ta séance avec Ken a-t-elle été fructueuse ?

— Je suppose, mais je n'étais pas consciente. En tout cas, quand il m'a réveillée, je me sentais divinement bien.

— Tu as écouté les enregistrements ? Il t'a aidée, ensuite, à te remémorer ce que tu lui avais raconté sous hypnose ?

— Non. D'après lui, ce pourrait être dangereux. Il préfère que les souvenirs reviennent d'eux-mêmes.

Elle demeura un instant silencieuse. La lumière rosée des lanternes chinoises se reflétait sur son ravissant visage.

— Paul…, commença-t-elle d'une voix sourde. Je voudrais tant recouvrer la mémoire, me rappeler toutes ces choses ! Ce serait merveilleux, non ?

Il la dévisagea d'un air circonspect.

— Tu le désires vraiment, n'est-ce pas ?

— Oui. Tu n'imagines pas…

Elle s'interrompit, jouant avec ses baguettes à l'embout d'argent gravé qu'elle s'acharnait à vouloir utiliser correctement, mais sans jamais y parvenir.

— Quoi donc ? insista-t-il avec gentillesse.

— Eh bien, ce que c'est que de se sentir… déconnectée. Je ne suis rattachée à rien, ajouta-t-elle avec désespoir. C'est comme s'il n'y avait nulle part de terre ferme où poser le pied. Je suis comme une feuille emportée par le vent, j'ignore d'où je viens et où je vais.

Le regard empli de compassion, Paul lui pressa doucement la main.

— Tu n'as rien à craindre, Lisa. Tu es ici, avec moi, et je veillerai sur toi. Tu ne le sais donc pas ?

Elle le fixa droit dans les yeux avec tant de sincérité qu'il faillit baisser la tête.

— Est-ce que tu me détestais, Paul ? demanda-t-elle soudain, le faisant sursauter.

— Que veux-tu dire ?

— Avant…, répondit-elle, considérant son assiette, les doigts crispés sur sa serviette de coton damassé. Je pense que j'ai dû être une personne abominable, poursuivit-elle d'une petite voix tendue. Je m'en rends compte à la façon dont les sœurs McBride se conduisent avec moi, et même Anna et Heinz… Je devais être odieuse. Et avec toi, Paul, comment étais-je ? Me détestais-tu, toi aussi ?

Il s'agita sur son siège, embarrassé.

— Nous avons eu de mauvais moments…

— C'est-à-dire ? insista-t-elle d'un air suppliant. Qu'ai-je fait ? Quelle personne étais-je ?

Il hésita, poignardé par le souvenir, tellement vivace, de Lisa, debout au milieu de sa chambre, telle qu'elle lui était apparue, un mois auparavant.

Vêtue d'un minuscule soutien-gorge et d'un slip de dentelle, elle lui lançait au visage des livres, des pots de crème, tout ce qui lui tombait sous la main. Elle hurlait, et il se rappelait encore sa voix, dure et vibrante de rage, les mots qu'elle lui assénait, ce flot d'eaux sales qui lui avait donné la nausée.

Paul Temple savait que son épouse avait eu une enfance malheureuse, même s'il en ignorait les détails. Lisa s'était bornée à expliquer qu'elle avait perdu ses parents très tôt et grandi dans une succession de foyers d'accueil.

Il imaginait évidemment que Ken Holcross en connaissait bien davantage sur le passé de Lisa. Mais le psychiatre respectait scrupuleusement le secret professionnel et n'avait jamais fait la moindre allusion devant Paul à ce qu'il avait appris durant ses entretiens avec Lisa.

Même à présent qu'elle souffrait d'amnésie, le médecin ne trahirait jamais la confiance de sa patiente. Il se contentait de dire qu'elle accomplissait des progrès et que, avec le retour progressif de ses souvenirs, sa personnalité se recomposerait.

Tout en songeant au praticien, Paul considérait son épouse, son cou de cygne, sa bouche sensuelle. A sa grande inquiétude, il se sentit soudain submergé par un désir effréné de se pencher pour baiser ces lèvres au modelé si troublant.

La femme qui lui faisait face lui devenait de plus en plus chère, or elle n'en avait même pas conscience. Elle avait l'incroyable beauté de Lisa, son sex-appeal, joints désormais à une ingénuité, une timidité et une gaieté qui la rendaient irrésistible.

Dans la solitude des nuits, le sommeil de Paul était peuplé de rêves brûlants et angoissants ; de plus en plus souvent, quand il était avec elle, il devait lutter pour ne pas la prendre dans ses bras, et caresser ce corps adorable dont il gardait un souvenir si vif…

— Paul ? murmura-t-elle, jouant distraitement avec les châtaignes d'eau dont elle était friande.

— Oui…

Il se ressaisit, s'obligea au calme.

Vu les circonstances, ses pensées étaient impardonnables. C'était précisément contre ce risque que le

Dr Holcross l'avait mis en garde. Malgré leur histoire mouvementée, Lisa était comme une enfant, confiante et naïve, complètement dépendante de Paul. C'était à lui de se montrer un homme d'honneur et de la protéger. Il n'avait pas le droit de nourrir certains songes…

D'autant que, à peine quelques semaines plus tôt, il ne pensait qu'à divorcer et à la chasser de sa vie.

— Aujourd'hui, Ken m'a parlé de ma bague de fiançailles.

— Oui ?

— Je ne savais pas laquelle c'était. Il me l'a décrite, mais je ne me rappelle pas l'avoir vue dans le coffret à bijoux. Ken a suggéré que tu l'avais peut-être mise en sûreté.

— Non, tu t'es toujours occupée de tes bijoux, Lisa.

— Y a-t-il un coffre caché quelque part dans ma chambre ? Derrière un tableau, par exemple, comme dans les romans ?

— Non, répliqua-t-il avec un sourire, à moins que tu l'aies fait installer sans me le dire.

Lisa demeura silencieuse, l'air troublé.

— Pourquoi cette bague t'intéresse-t-elle autant ? s'enquit-il gentiment.

— Parce que je… j'aimerais la porter, répondit-elle en rougissant. C'est ma bague de fiançailles, celle que tu m'as offerte.

De nouveau, Paul réprima le besoin de la serrer dans ses bras, d'embrasser sa bouche, ses paupières, ses seins.

— Nous la trouverons, dit-il, impassible, en appelant le garçon pour régler l'addition. Cette émeraude est sans doute dans ta chambre ou à la banque. Nous la trouverons, j'en suis certain.

— Tiens, tiens…, lança Joe, sarcastique, en levant sa tasse de café comme pour porter un toast. Voilà notre palefrenier de choc. Tu as bien décrotté tes bottes avant d'entrer, Timmy ?

Celui-ci eut une grimace sans joie et se laissa tomber sur la banquette, en face de Joe qui l'observait avec un petit sourire en coin.

— Alors…, reprit Joe en faisant signe à la serveuse harcelée. Ça te plaît, le travail au grand air ?

— Ça va… Un café noir, s'il vous plaît, et des toasts.

— Ça va ? répéta Joe. Tu veux dire que tu aimes bien remuer le fumier ?

— Lâche-moi, d'accord ? Tu voulais que j'aie ce job et on sait tous les deux pourquoi je suis là-bas, alors épargne-moi tes plaisanteries idiotes.

Joe se carra sur la banquette et regarda la serveuse remplir leurs tasses.

— Mais c'est quand même pas si mal, hein ? Vivre avec les riches et jouer au gentleman farmer…

— Je n'en sais rien, je ne suis qu'un petit employé. Mais on me traite bien. Le régisseur, Bob McBride, est très gentil.

— Et Temple ? Il est gentil, lui aussi ?

— Je ne lui parle jamais. C'est Bob qui me donne les ordres.

— Je vois… Et la maîtresse du domaine, Timmy ? Tu as eu l'occasion de bavarder avec la jolie dame ?

— Oui…, répondit Tim d'un air distant. Deux fois, en fait.

Une lueur d'intérêt s'alluma dans les petits yeux de Joe.

— Ah bon ? murmura-t-il d'un ton doucereux. C'est bien, Timmy. C'est très bien.

— Ce n'est pas difficile de l'aborder. Elle n'est pas du tout comme tu me l'avais décrite. Elle semble très… très timide et douce.

— Timide et douce ! s'exclama Joe avec un rire âpre. Seigneur, t'es vraiment un expert en bonnes femmes, toi ? Timide et douce ! Lisa Temple…

— C'est vrai ! J'ai discuté deux fois avec elle… Une fois dans les écuries, un jour où il pleuvait, et une fois près du ruisseau. Elle aime bien faire de longues promenades.

— Pas possible ? rétorqua Joe qui s'amusait comme un fou. Elle doit s'éclipser pour aller retrouver un petit ami, oui ! Celle-là, je l'imagine pas en train d'admirer les papillons et les petits moutons.

— Je ne sais pas où elle va…, marmonna faiblement Tim, le visage agité de tics.

— Alors ?

— Alors quoi ?

— Qu'est-ce qu'elle a dit ? Tu t'es fait une opinion sur l'état mental de la dame ?

— Je lui ai posé la question. Elle a répondu qu'elle allait bien.

— Ah bon ? C'est-à-dire ?

— Ben, je sais pas. Je lui ai parlé de son amnésie, et elle a répondu qu'elle était presque guérie et qu'elle allait bien.

— C'était il y a combien de temps ?

— Oh, il y a une semaine, peut-être plus.

— Bien, bien…, murmura Joe en sirotant son café, les yeux fixés sur les toasts graisseux qu'on venait de poser devant son compagnon.

Tim plongea sa cuillère dans un ramequin de confiture de framboise et tartina généreusement le pain.

— Alors, qu'est-ce que tu en penses ?

— J'en pense qu'on sera bientôt à Mexico avec un paquet de fric.

Tim avait l'air dubitatif. Son comparse lui jeta un regard aigu, sa grande carcasse soudain tendue.

— Où est le problème, Timmy ?

— Ben, c'est que…, commença Tim, le menton dégoulinant de beurre et de confiture. Je l'ai vue avec lui. Ils riaient et ils bavardaient comme des amoureux, alors…

Joe poussa un soupir de soulagement.

— Elle est maligne. Elle joue la comédie pour que personne n'ait la puce à l'oreille, parce qu'elle sait bien ce qui va arriver à son mari.

— Comment peux-tu être certain qu'elle n'a pas changé d'avis ?

— Ecoute…, rétorqua Joe avec un geste d'impatience. Essaie de raisonner, espèce d'idiot. Je te l'ai déjà expliqué… Elle sait qui je suis et comment je gagne ma vie. Si elle était revenue sur sa décision, tu crois pas que les flics m'auraient déjà rendu visite ? Elle leur aurait refilé le tuyau de manière anonyme pour me neutraliser. Sers-toi un peu de ta tête, Timmy.

— Oui, tu as sans doute raison… Elle veut continuer, sinon elle aurait pris contact avec toi ou alerté la police. Elle n'a pas vraiment d'autre choix, hein ?

— Absolument… Mais pour te rassurer complètement, je lui en toucherai deux mots. Je passerai au domaine et je m'assurerai que Mme Temple et moi, on est bien sur la même longueur d'onde. En attendant, ajouta Joe avec une nonchalance étudiée, voilà une petite avance pour que tu te rendes bien compte que le jeu en vaut la chandelle.

D'un geste furtif, il posa une liasse de billets sur la table maculée de graisse. Tim étouffa une exclamation et, saisissant l'argent, se mit à compter les coupures. Ses yeux bleus s'arrondirent.

— Mais… il y a cinq mille dollars !

— Bravo ! rétorqua Joe d'un ton placide. Il y en aura bien plus, ce n'est qu'un acompte.

— Où tu as eu tout ce fric ?

— Je le tiens de la petite dame, Lisa Temple.

— Il me semblait que tu avais dit qu'elle n'avait pas encore l'argent.

— Tout juste. Mais je lui ai expliqué que je voulais une avance, juste de quoi me montrer que c'était un boulot sérieux. Elle m'a donné une bague, en me disant que je pouvais la vendre.

— Ça s'est passé quand ?

— Le soir où on a conclu notre petit arrangement, juste avant qu'elle se fasse agresser.

Tim considéra la liasse de billets qu'il tenait toujours dans la main, puis le visage grossier et brutal de son compagnon.

— Ce devait être une sacrée bague…, dit-il enfin.

— Ça, oui ! Une pierre verte carrée, grosse comme mon pouce. Je l'ai apportée à un type que je connais, à Vancouver. D'après lui, elle valait une fortune, mais uniquement si j'avais pu la vendre légalement. J'ai bien été forcé d'accepter son prix.

— Combien ? demanda Tim, réchauffé par les billets de banque qui l'emplissaient d'une enivrante sensation de pouvoir, occultant son malaise.

— Douze mille, répliqua Joe d'un ton bref. Tu te rends compte ? Tout cet argent pour un malheureux bijou qu'elle n'avait plus envie de porter…

Tim songea au visage si doux de la femme qu'il avait rencontrée, à son regard lumineux, à ses manières timides et un peu enfantines.

Joe avait raison, décida-t-il. C'était une formidable comédienne qui faisait semblant d'être naïve alors qu'elle possédait des bagues valant des milliers de dollars et qu'elle passait des contrats avec des tueurs. En fait, c'était une garce richissime et cupide qui voulait la mort de son mari. Et eux, ils allaient l'aider à obtenir ce qu'elle désirait.

Tim se leva et, souriant à Joe, fourra les billets dans sa poche. Puis, toujours souriant, il pivota sur ses talons et quitta le petit restaurant en chaloupant, la tête haute et l'air avantageux.

6

Le bus scolaire à la carrosserie jaune citrouille, bondé d'enfants bruyants et d'adolescents, s'arrêta sur le bord de la route poussiéreuse. La portière s'ouvrit dans un chuintement et Bonnie McBride descendit lourdement les marches métalliques, tournant délibérément le dos à ses turbulents camarades de classe.

Elle s'avança sur la route menant au domaine ; son sac à dos formait une tache d'un bleu éclatant dans la lumière printanière et ses beaux cheveux brillaient.

Mais, malgré la douceur de cet après-midi du mois de mai, il n'y avait rien d'allègre sur le visage de Bonnie. Ses traits empâtés étaient déformés par la souffrance.

Elle songeait aux deux heures lamentables qu'elle venait de vivre, et une sombre résolution commençait à s'enraciner dans son esprit.

Plus jamais, se dit-elle en essuyant d'une main tremblante les larmes qui lui brouillaient la vue. Plus jamais elle ne subirait l'épreuve du bilan annuel, en classe de gymnastique, où le professeur contrôlait publiquement la taille et le poids de chaque élève.

— Bonnie McBride ! s'était exclamée Mme Anderson, horrifiée, en vérifiant les chiffres de l'année précédente. Tu as pris seize kilos depuis le printemps dernier. Voyons, ce n'est pas bon pour toi !

Mme Anderson la dévisageait avec inquiétude, tandis que les autres pouffaient sous cape et faisaient des commentaires en catimini.

En se rappelant la scène, le feu monta aux joues de Bonnie. Elle se revoyait, en short et T-shirt, à côté de toutes ces filles si minces, pareilles à des lianes, qui l'étudiaient avec une fascination perverse.

— J'en ai marre ! dit-elle à haute voix, frémissante d'angoisse. Je ne peux plus le supporter ! ajouta-t-elle, farouche, à l'adresse des tournesols au cœur brun qui bordaient la route. Je ne veux plus les voir, jamais ! C'est la dernière fois que je vais au cours de gymnastique.

Elle lança un coup de pied vengeur aux fleurs qui demeuraient obstinément silencieuses, regrettant presque l'absence d'Allie. En principe, sa sœur et elle rentraient ensemble et se chamaillaient tout le long du chemin. Allie était une peste, mais Bonnie se rendait compte soudain que son exaspérante présence valait parfois mieux que la solitude.

Allie était restée là-bas, après les cours, pour participer à une compétition de gymnastique à laquelle Bonnie avait refusé d'assister. Avec son corps élancé et souple comme un roseau, Allie était une athlète remarquablement douée, agile et intrépide.

Le seul fait de la regarder réussir impeccablement ses sauts et ses figures donnait à Bonnie la sensation d'être encore plus lourde et plus empotée.

S'arrêtant sur le bas-côté, elle ôta son sac à dos et s'accroupit pour fouiller dans ses profondeurs. Le sachet de beignets était bien là, tendre et prometteur. Bonnie en eut soudain l'eau à la bouche.

Mais elle rangea les beignets sans y toucher et arrima de nouveau le sac sur ses épaules, le visage empreint d'une expression de sévère détermination. Les beignets demeureraient intacts jusqu'au lendemain. Ils feraient partie de la cérémonie, avec la jolie robe blanche de sa communion et le flacon de somnifères qu'elle avait chapardé, pilule après pilule, durant les dernières semaines, dans l'armoire à pharmacie de Lisa Temple.

Bonnie avait été quelque peu surprise par la facilité de l'entreprise. Mme Temple ne semblait plus guère toucher aux médicaments, même si Anna se rendait chaque semaine à la pharmacie lorsqu'elle allait faire les courses. Anna pensait sans doute que Mme Temple suivait méticuleusement les prescriptions du médecin ; elle n'imaginait pas que Bonnie puisait dans les réserves et s'était constitué un stock de comprimés bleus qu'elle avait cachés dans son placard.

Bonnie savait qu'elle en avait à présent une quantité suffisante pour se tuer. Cette idée l'effrayait et, en même temps, la rendait étrangement sereine. Sa mort était programmée pour le lendemain. Elle se rendrait dans la sellerie, étendrait une couverture sur le sol et revêtirait sa longue et jolie robe blanche pour être à son avantage quand on la découvrirait.

Elle poussa un soupir rêveur, se voyant déjà toute pâle, tragique et belle avec ses cheveux blonds déployés autour de son visage et ses yeux à jamais fermés. Elle se demandait qui la trouverait le premier. Sans doute son père, car il était souvent dans les écuries. Mais les autres aussi accourraient pour la contempler, tout le monde saurait qu'elle s'était tuée, et ils auraient tous des remords…

La camionnette de Jody Muller la dépassa dans un nuage de poussière et de gravillons. Bonnie se crispa, mais son jeune voisin ne s'arrêta pas. Quand il était seul, Jody ne s'occupait généralement pas d'elle. Il se contentait de lui lancer une méchanceté par la vitre et poursuivait son chemin à toute allure.

— Oink, oink ! cria-t-il en passant. Ça va, la cochonne ?

Une nouvelle vague de désespoir assaillit Bonnie. Elle accéléra le pas, ne désirant plus qu'être au lendemain pour se réfugier dans la sellerie, fermer la porte sur cette vie cruelle, engloutir le sachet de beignets avant d'avaler les petits comprimés bleus et être à jamais guérie de sa souffrance.

Un peu essoufflée, elle remonta l'allée, poussa la porte de la petite maison et pénétra dans la cuisine. Le spectacle qui s'offrit alors à elle était si stupéfiant qu'elle se figea.

Anna s'affairait dans la pièce, un tablier de toile rouge noué autour de la taille, la figure animée, les joues roses de plaisir. Et Lisa Temple, assise à la table, buvait du café et mangeait des sablés fourrés à la fraise. Elle regardait Anna avec un sourire timide.

Bonnie en demeura bouche bée. Elle ne se rappelait pas avoir déjà vu Lisa Temple dans leur maison. Cette idée eût d'ailleurs été inimaginable. Et pourtant, elle était là, vêtue d'un pantalon de toile beige et d'une chemise couleur bronze qui mettait en valeur ses yeux superbes. Même dans cette tenue des plus ordinaires, elle était merveilleusement gracieuse. Son visage au teint clair irradiait la joie de vivre, et elle dévorait ses sablés avec un bel appétit.

— Bonjour, Bonnie, dit-elle gentiment. Ça s'est bien passé, à l'école ?

— Euh… oui.

Jetant à sa mère un regard éloquent, Bonnie se précipita dans sa chambre pour déposer son sac et cacher les beignets sur l'étagère du placard, près des somnifères.

Quand elle regagna la cuisine, elle eut une nouvelle surprise : Ginger, le chat roux, était lové sur les genoux de Mme Temple qui le caressait et le gavait de gâteau. Quant à Fluffy, leur cocker, il était couché à ses pieds et la contemplait avec une adoration muette.

— Ta maman m'a promis de m'apprendre à faire des sablés, dit Lisa en souriant à la jeune fille trop ronde qui se dandinait d'une jambe sur l'autre, sans oser s'approcher de la table. J'aimerais savoir cuisiner. Mais Heinz n'est pas toujours très content d'avoir quelqu'un dans ses pattes quand il travaille, ajouta-t-elle tristement.

Bonnie, qui se creusait la tête pour trouver une réponse, jeta un nouveau regard de supplication à sa mère qui s'avançait avec une cafetière fumante.

— Tu veux un sablé, Bonnie ? demanda Anna avec une paisible nonchalance, comme si la maîtresse du domaine avait l'habitude de venir goûter avec elles chaque jour.

— Non merci, maman. Je ne… je n'ai pas très faim, répondit Bonnie, songeant qu'elle préférait tomber raide morte plutôt que de s'asseoir face à Lisa Temple. Je crois que je vais aller voir si…

Elle s'interrompit, cherchant frénétiquement une excuse pour s'enfuir.

— J'aimerais d'abord te montrer quelque chose, dit Lisa. A vous aussi, Anna.

Elle posa sur la table un sac de plastique fleuri et en sortit des tubes de rouge à lèvres, des brosses, des ombres à paupières.

Le cœur de Bonnie se mit à cogner avec violence dans sa poitrine et son visage devint livide. Elle coula un regard affolé en direction de sa mère, et se prépara au pire, suffoquée par un sentiment grandissant de révolte.

Ainsi, Lisa Temple allait tout dire. Assise là, dans

leur cuisine, en face d'elles, elle allait tranquillement raconter à Anna ce que sa fille avait fait, comment elle s'était rendue coupable de vol. Et ensuite, une fois l'orage déclenché, elle jouirait du spectacle, de l'humiliation de Bonnie, de sa peine, avec ce plaisir cruel qu'elle avait toujours pris à la souffrance d'autrui.

« Elle est toujours la même, songea Bonnie, désespérée. Elle est horrible, voilà ! Et maintenant, maman sera fâchée contre moi, elle criera et me grondera, et Mme Temple s'amusera comme une petite folle… »

Une haine si brûlante l'animait qu'il lui fallut un moment avant de comprendre ce que racontait leur visiteuse :

— … et Doris m'a expliqué qu'on leur apprenait, à l'école, à utiliser toutes ces choses.

— A l'école ? répéta Anna, incrédule. Elles se maquillent à l'école ?

Lisa jeta un bref coup d'œil à Bonnie puis hocha la tête.

— Doris, c'est l'infirmière de l'hôpital qui s'est si bien occupée de moi. Je l'appelle chaque semaine pour lui poser des questions et lui raconter ce que je fais. Elle a une fille de l'âge de Bonnie.

Anna s'approcha de la table, toujours sceptique,

contemplant les jolis boîtiers de plastique, les tubes de fard.

— Alors j'ai pensé que tout ça serait peut-être utile à Bonnie, continua Lisa avec gêne, et comme moi je ne sais pas m'en servir... il vaut mieux que je les lui donne. Mais je voulais d'abord m'assurer que vous étiez d'accord, conclut-elle, fixant sur Anna ses grands yeux brillant de sincérité.

Trop éberluée pour parler, Bonnie contemplait les deux femmes. Ce qui était en train de se passer commençait à pénétrer lentement son cerveau.

Lisa Temple cherchait à la protéger, à lui épargner des ennuis. Elle offrait à Bonnie ses affaires de maquillage et le faisait de telle sorte qu'Anna McBride ne pût s'offusquer ou interdire à sa fille de les utiliser. C'était sidérant.

L'espoir, soudain, germa dans son cœur. S'humectant les lèvres, elle jeta un coup d'œil suppliant à sa mère.

Anna, toujours dubitative, lui rendit son regard.

— Tu apprends vraiment à te maquiller à l'école, Bonnie ?

— Quelquefois...

En prononçant ces mots, elle ne put s'empêcher de se tourner vers Lisa Temple. Il y avait une telle expression de malice sur le beau visage de Lisa, ses yeux mordorés pétillaient d'un feu si gai, que Bonnie eut envie de rire. Elle n'avait pas ri depuis des semaines.

— On en parle en classe d'hygiène, poursuivit-elle, sérieuse, se détournant de Lisa pour s'empêcher de pouffer. On nous montre comment nous coiffer, nous maquiller, tout ça… Et le professeur a dit que ce serait vraiment bien si on avait nos propres affaires.

— Bon… mais il n'est pas question que tu ailles à l'école fardée, décréta fermement Anna. Tu es trop jeune.

Bonnie ouvrait la bouche pour protester, mais elle renonça à argumenter, songeant qu'il était plus sage de ne pas exiger de sa mère trop de concessions à la fois.

— D'accord, juste à la maison… pendant le week-end et les vacances. Mais, quand j'irai au lycée, j'aurai le droit, hein ? Toutes les lycéennes se maquillent, tu sais.

— Nous verrons, répliqua Anna d'un air distrait, en se tournant vers Lisa qui achevait placidement ses sablés à la fraise. Madame Temple, vous ne devriez pas donner à Bonnie toutes ces choses si chères. Si elle a besoin de fards pour la classe d'hygiène, nous lui en achèterons.

A ces mots, le moral de Bonnie s'effondra. Elle imaginait d'ici le genre de cosmétiques que sa mère choisirait : rose à lèvres transparent et fard à joues invisible. Des choses pour les gamines…

Mais Lisa ne capitula pas.

— Je tiens à ce qu'elle les prenne, sinon je les jetterai à la poubelle. Ce serait du gâchis, n'est-ce pas ?

Anna, qui détestait le gaspillage sous toutes ses formes, approuva à contrecœur, et le moral de Bonnie remonta en flèche. Elle adressa un grand sourire à sa mère qui, vaincue, poussa un soupir.

— Bonnie, remercie Mme Temple pour sa générosité.

— Merci…, murmura Bonnie, submergée par la gêne et la gratitude, incapable de lever les yeux vers le beau visage souriant.

— Oh, mon Dieu ! s'exclama soudain Anna en consultant la pendule. Il est déjà 4 heures, il faut donner de l'eau aux poules couveuses… Les pauvres vont mourir de soif. Madame Temple, vous venez m'aider ?

Manquant défaillir, bouche bée, Bonnie contempla

sa mère qui posait cette question ahurissante, comme si c'était la chose la plus naturelle du monde.

Mais Lisa Temple n'eut pas l'air surprise.

— Pas cette fois, répondit-elle d'un ton de regret. Paul rentrera bientôt, alors il vaut mieux que je retourne à la maison faire un brin de toilette. Je suis dans un état lamentable.

— Mais non, vous êtes ravissante, rétorqua Anna avec sincérité. Vraiment ravissante.

Et, souriante, elle ôta son tablier de grosse toile, prit son vieux cardigan accroché au portemanteau près de la porte et l'enfila. Comme toujours, ses mouvements étaient vifs et précis.

— Bonnie ! lança-t-elle en sortant. Occupe-toi de Mme Temple. Sers-lui une autre tasse de café si elle en a envie.

Puis elle disparut, laissant sa fille seule avec la maîtresse du domaine. Un silence embarrassé s'instaura dans la cuisine. Bonnie, plantée près de la table, se sentait grosse et godiche.

— Euh, je… vous avez été très gentille de dire tout ça à maman, bredouilla-t-elle enfin d'une voix sourde, les joues enflammées. Merci, madame Temple. Je suis désolée de vous avoir parlé méchamment, l'autre jour…

— J'espère que tu aimes ces cosmétiques, répliqua Lisa avec un gentil sourire.

Elle avala sa dernière bouchée de sablé, délogea précautionneusement Ginger qui ronronnait sur ses genoux, et se redressa. En passant devant Bonnie, elle lui tapota amicalement le bras.

La jeune fille se raidit ; elle savait, et cela la paniquait, qu'il lui restait quelque chose à dire.

— Madame Temple…, commença-t-elle dans un souffle, comme Lisa atteignait la porte.

— Oui, Bonnie ? Qu'y a-t-il ?

— Je… Pourquoi me donnez-vous tant de produits ? demanda-t-elle, montrant de sa main grassouillette les boîtiers et les flacons étincelants. Il ne doit presque plus rien rester sur votre coiffeuse.

Elle s'empourpra jusqu'à la racine des cheveux, maudissant sa stupidité. Maintenant, Mme Temple saurait avec certitude qu'elle avait fouillé dans ses affaires.

Mais Lisa eut un petit sourire triste.

— J'ignore comment me servir de tout cela. Je regarde ces objets et, pour moi, ils sont complètement mystérieux. Je ne me rappelle pas m'être déjà maquillée, conclut-elle avec lassitude.

— Je pourrais vous montrer ! suggéra Bonnie sur une

impulsion. Je connais bien le maquillage, poursuivit-elle, de plus en plus emballée par son idée. J'ai lu plein de livres et de magazines, et je m'entraîne chaque fois que j'en ai l'occasion. Je vous apprendrai à passer la base, puis le fond de teint, à modeler les pommettes, à dessiner le contour de l'œil… enfin, tout ça.

Le visage de Lisa s'éclaira.

— Tu le ferais, c'est vrai ?

— Oh oui, ça me plairait beaucoup, répondit Bonnie avec assurance, toute sa nervosité envolée, car elle voyait combien Lisa était excitée par sa proposition.

— Moi aussi ! s'exclama Lisa avec enthousiasme. Cela m'amusera d'apprendre, et puis je serai plus jolie, n'est-ce pas, quand je serai maquillée et bien habillée ? J'étais jolie, avant ?

— Vous étiez absolument superbe, murmura Bonnie avec attendrissement. Quand vous portiez vos robes moulantes et que vous étiez fardée, vous étiez la plus belle femme du monde.

Elle regretta aussitôt ses paroles, affreusement gênée, mais Lisa Temple se contenta d'esquisser un sourire rêveur.

— Quand pourras-tu me donner mon premier cours ?

— Que diriez-vous de demain après-midi ? suggéra Bonnie, oubliant qu'elle avait d'autres projets pour ce jour-là. Je ne vais pas à l'école. On aura donc tout le temps qu'il faudra.

Avec un rire ravi, Lisa pressa doucement le bras de sa jeune compagne.

— C'est merveilleux ! Viens après le déjeuner, à l'heure qui te conviendra, d'accord ? Oh, et apporte le maquillage, ajouta-t-elle d'un air espiègle, puisque je n'en ai plus.

Bonnie lui rendit son sourire.

— Nous partagerons, il y en a bien assez pour nous deux.

— Tu es tellement gentille, murmura Lisa en l'embrassant. Et tu es si jolie, Bonnie… Tu es adorable avec ces cheveux magnifiques, ces yeux si bleus, et ce visage qui ressemble à une fleur. J'aimerais bien être aussi jolie que toi quand je saurai me maquiller.

Comme frappée par la foudre, Bonnie demeura figée sur le seuil de la cuisine. Elle regarda Lisa traverser le jardin de son pas alerte et gracieux, puis elle se détourna, passa devant les sablés à la fraise en évitant de les regarder, et se dirigea lentement vers sa chambre.

Elle était engourdie de stupéfaction. Tant de choses

incroyables s'étaient produites ! Se hissant sur la pointe des pieds, elle fouilla dans le fatras qui encombrait l'étagère du placard, écartant la vieille batte de base-ball d'Allie pour atteindre les beignets et le flacon de comprimés bleus.

Elle s'assit sur le lit, la petite bouteille dans une main, plongée dans ses réflexions. Une heure plus tôt, ces cachets représentaient un passeport magique pour un pays où la souffrance et l'humiliation n'existaient pas. En réalité, ils étaient alors son seul moyen d'action.

Maintenant, elle n'en était plus si sûre. Elle se remémora la voix si douce de Lisa Temple, son sourire, l'absolue sincérité brillant dans ses yeux mordorés lorsqu'elle avait dit : « Tu es si jolie, Bonnie… »

Elle hésita un long moment. Puis, soulevant son corps empâté, elle s'approcha du placard et remit les somnifères à leur place, derrière la batte de base-ball.

Après quoi, elle saisit les beignets et se dirigea vers la salle de bains. Se perchant sur le rebord de la baignoire, elle ouvrit le sachet avec des gestes délibérément lents, réfléchis.

Le parfum du chocolat lui monta aux narines, si tentant que son estomac aussitôt protesta et qu'elle faillit s'évanouir tant elle avait faim. Mais, crispant les mâchoires, elle retira le premier beignet de son nid de papier. Elle le brisa entre ses doigts et jeta les morceaux dans les toilettes.

Un par un, Bonnie expédia les beignets dans l'oubli, tirant chaque fois la chasse avec une solennité quasi religieuse qui aurait sans doute amusé un éventuel témoin. Mais il n'aurait pas souri de la détermination farouche qui se lisait sur les traits tendus et dans les beaux yeux couleur de bleuet.

Lisa s'arrêta près du portail, au bout de l'allée menant à la grande maison. Elle se pencha pour humer le parfum des petites fleurs blanches qui piquetaient le feuillage d'un arbrisseau accroché à la barrière. Il avait brusquement fleuri deux jours auparavant et avait l'air à présent d'une mariée dans sa robe chatoyante. Elle fronça les sourcils. Comment s'appelaient ces fleurs-là ?

Parfois, la réponse lui venait tout de suite, parfois, Lisa devait fouiller longuement sa mémoire pour retrouver des mots aussi simples que « coquelicot » ou « cheminée ».

Le psychiatre lui avait expliqué que les termes qu'elle aurait le moins de mal à retrouver étaient ceux qu'avait emmagasinés la part rationnelle de son cerveau.

A l'inverse, tout ce qui s'appuyait sur l'expérience personnelle ou qui avait été acquis sur une base affective ou émotionnelle demeurerait plus obscur, plus difficile à restituer.

Lisa frissonna, envahie par une angoisse et une mélancolie désormais familières. Il lui arrivait fréquemment de se sentir découragée et attristée par le vide terrifiant de sa vie. Ce qui semblait normal pour les autres était si difficile pour elle ! Chaque nouvelle expérience contenait une menace, chaque journée lui apparaissait comme un champ de mines, plein de hasards et de dangers, où il fallait toujours être sur le qui-vive et se frayer un chemin avec la plus grande prudence.

Certes, il y avait certaines compensations. Elle tirait plus de plaisir des expériences agréables que la majorité des adultes. Tout le monde le lui répétait — Paul, Doris, le Dr Holcross. Sans doute étaient-ils bien placés pour le savoir.

Des choses aussi simples que la nourriture, la beauté d'un coucher de soleil, l'arôme d'un feu de bois par une soirée pluvieuse la transportaient de joie.

Pour elle, rien n'était usé, éventé. Tout était neuf, éblouissant, si nouveau et excitant pour les sens que son bonheur, dans son intensité, en devenait presque douloureux. C'était le cas, par exemple, quand Paul lui prenait le bras, quand il marchait à son côté, qu'il riait ou, dans un élan, l'embrassait parce qu'elle s'était étonnée ou émerveillée devant une chose ou une autre. Le contact de ses mains vigoureuses et tannées par le soleil l'étourdissait, l'emplissait d'émotions violentes qu'elle ne comprenait pas.

Elle savait seulement que, quand Paul la touchait, elle avait envie de se lover contre lui, de s'engloutir dans la chaleur de son corps, de presser sa bouche contre la sienne...

Frissonnant de nouveau, elle enroula ses bras autour d'elle, soudain glacée par le vent printanier et contempla d'un œil morne le nuage vaporeux de fleurs blanches.

Selon toute vraisemblance, elle n'avait pas oublié le nom de ces fleurs. Sans doute ne l'avait-elle jamais connu. La Lisa Temple du passé, celle dont elle captait le reflet dans le regard de tous ceux qu'elle rencontrait, n'était manifestement pas femme à se soucier du nom des fleurs.

Toujours troublée, elle poussa le portillon et s'immobilisa. Un van gris, poussiéreux et cabossé, venait de s'avancer dans l'allée et s'arrêtait près d'elle. Elle plissa les paupières, déchiffrant l'inscription gravée sur le côté du véhicule. « AAA, Nettoyage de Moquettes ».

Un homme sauta à terre et contourna la camionnette pour venir au-devant de Lisa. Il était grand et corpulent, avec des bajoues couvertes d'une barbe naissante et de petits yeux brillants qui la jaugèrent avec intérêt. Lisa se raidit, gênée par ce regard froid et scrutateur.

— Bonjour, madame Temple. Vous vous souvenez de moi ?

« Souvenir. » Ce mot la hantait, jour après jour. Sou-ve-nir... Trois syllabes qui rendaient un son discordant et transperçaient son cerveau fatigué.

— Bien sûr, répondit-elle nerveusement. Vous êtes monsieur...

— Joe, ça suffira, répliqua-t-il avec un sourire qui n'éclaira pas son regard. Appelez-moi Joe, comme d'habitude. Madame Temple... vous avez pas oublié notre petite affaire, hein ?

Ce genre de choses se produisait constamment. Sans cesse, elle se trouvait confrontée à des inconnus qui s'attendaient à ce qu'elle se remémore des projets ou des arrangements élaborés avant son accident. On l'arrêtait, une fois, pour lui parler de commandes de bijoux ou de la nouvelle décoration de sa chambre, une autre fois pour lui annoncer que ses vêtements étaient prêts pour l'essayage.

Elle détestait avoir à expliquer qu'elle avait complètement perdu la mémoire. La surprise, la sympathie de ses interlocuteurs — ou, pire, une fascination morbide qu'ils avaient du mal à dissimuler — lui étaient insupportables.

En principe, elle se sortait de ces rencontres inopinées par le bluff, feignant d'être tout à fait normale et croisant les doigts pour ne pas se faire piéger.

Elle releva donc crânement le menton.

— Bien sûr que non.

— Tant mieux. Et vous vous rappelez notre discussion du mois dernier ?

— Oui, je crois…

— Parfait, parfait. Bon, inutile d'entrer dans les détails, puisque, les détails, c'est justement mon boulot. Mais je voulais juste… enfin, vérifier que ça tenait toujours.

Lisa le regarda, réfléchissant à toute allure. Quelles moquettes, dans la maison, avaient besoin d'un nettoyage ? Tout paraissait tellement impeccable ! Mais sans doute les entretenait-on régulièrement pour les empêcher de s'abîmer. Peut-être s'agissait-il du tapis vert pâle du salon… On avait bougé un meuble, et, à la place, il y avait à présent un rectangle d'une couleur un peu plus soutenue que le reste.

— Madame Temple ?

— Oui, répondit-elle à la hâte. Faites les choses comme nous en étions convenus.

— Et vous me paierez le prix que nous avions fixé ? Mêmes modalités, mêmes conditions ?

— Certainement…

De toute façon, si le devis était déjà établi, elle n'avait pas à s'inquiéter. La femme qu'elle était avant l'accident semblait avoir été une redoutable négociatrice, dotée d'un solide sens de l'argent que Lisa avait apparemment conservé. Elle savait d'instinct ce que coûtaient la plupart des choses, elle connaissait leur valeur, et Doris lui avait appris comment remplir un chèque.

Au début, l'expérience l'avait terrifiée. Signer son nom, attendre pour voir si celui à qui elle tendait ce bout de papier l'acceptait, la plongeaient dans l'angoisse.

Puis, peu à peu, sa nervosité s'était dissipée. A présent, elle faisait des chèques avec un calme relatif, payait le personnel de la maison quand Paul était absent, et s'offrait des vêtements ou des objets personnels quand il l'emmenait dans les magasins.

— Eh bien, d'accord ! poursuivit l'homme. Ça se

passera à la fin du mois prochain, comme prévu, parce que c'est pas possible avant. Vous savez ce que vous avez à faire ? Tout sera prêt ?

Elle hocha la tête, en proie à un nouvel et bref accès de panique. Avait-elle donc quelque chose à faire, avant le nettoyage des moquettes ? Sans doute devrait-elle veiller à ce que le mobilier et les plantes vertes soient débarrassés…

— Madame Temple ?

Elle prit une inspiration et fit reposer le poids de son corps sur sa jambe droite. Cette étrange conversation l'épuisait.

— Oui, tout sera prêt.

— Très bien, murmura-t-il. Parfait… C'est vraiment un plaisir de travailler avec vous. Je vous contacterai dès que le boulot sera achevé.

— Merci…

Elle avait envie qu'il s'en aille pour courir se réfugier dans la maison, se faire couler un bain très chaud et mettre une jolie robe pour le retour de Paul.

L'homme pivota sur ses talons et rejoignit son véhicule. Avant d'ouvrir la portière, il jeta un dernier regard par-dessus son épaule.

— Hé, madame Temple !

— Oui ?

— Je voulais juste vous dire que je vous tire mon chapeau... Toute cette histoire d'amnésie, c'est sacrément futé... Même si on devait vous suspecter de quelque chose, on pourrait jamais vous mettre ça sur le dos parce que tout le monde croit dur comme fer que vous avez perdu la mémoire.

Lisa le dévisagea, stupéfaite et épouvantée.

Que signifiaient ces paroles ? Pourquoi quelqu'un — et qui ? — chercherait-il à lui « mettre ça sur le dos » ?

A vrai dire, elle ne comprenait pas, ne se rappelait pas le sens de cette expression...

Pourtant, une profonde détresse l'envahit et le pressentiment d'un terrible danger lui serra le cœur.

Mais, bien sûr, cela encore était irrationnel. On viendrait le mois prochain nettoyer les moquettes de la grande maison. Il n'y avait vraiment pas là de quoi s'inquiéter !

Se ressaisissant, elle s'éloigna, tandis que le visiteur se hissait au volant de son van cabossé. Les épaules droites, elle remonta d'un pas ferme l'allée menant à la demeure et ne jeta même pas un regard à l'homme qui quittait le domaine à petite vitesse, l'air très satisfait.

7

Le lendemain soir, assis à la table du dîner, Paul Temple contemplait son épouse, dans la lueur mouvante des bougies. Il ne parvenait pas à en détacher les yeux. Sa beauté, qu'exaltait encore la douceur de cette soirée printanière, le fascinait.

Lisa portait un pantalon de soie blanc cassé et une tunique assortie, semée de minuscules perles irisées, dont le col châle souplement drapé autour de son cou formait capuche.

Paul se demandait souvent où elle trouvait les tenues qu'elle arborait ces temps-ci et qu'il n'avait jamais vues auparavant : seyantes et bien coupées, élégantes sans ostentation.

La femme qu'il connaissait à peine un mois plus tôt n'eût jamais choisi des vêtements de ce genre. Les sweaters de Lisa étaient en général profondément décolletés et moulaient son corps comme une seconde peau. En fait, chaque fois que Paul songeait à la garde-robe de Lisa, tous ses vieux soupçons revenaient le tenailler.

Cette histoire, finalement, n'était-elle pas une supercherie ? Lisa ne pouvait-elle pas avoir organisé l'agression, l'amnésie et le changement de personnalité qui en avait résulté ? Comment être sûr qu'elle n'avait pas tout orchestré par avance, tout prévu jusqu'à cette façon de s'habiller qui correspondait si bien à sa nouvelle image ?

Il s'agita sur son siège, écœuré par les pensées empoisonnées qui s'infiltraient dans son esprit. Il en avait toujours été ainsi dans ses relations avec Lisa ; la puissante attirance qu'il ressentait était inévitablement grevée par la suspicion, la méfiance.

Lisa, qui telle une sensitive captait ses moindres variations d'humeur, lui jeta un regard anxieux.

Le cœur de Paul s'accéléra. Dieu, qu'elle était adorable ! Depuis l'accident, elle avait encore minci et son visage avait quelque chose d'éthéré. Sa bouche était si tendre, ses yeux si…

Il se pencha pour l'étudier avec plus d'attention. Embarrassée, elle baissa le nez vers son assiette.

— Il me semblait que tu étais différente ce soir, Lisa. Maintenant, je comprends… Tu es maquillée.

Des ombres artistement appliquées sur les paupières approfondissaient son regard, mettaient en valeur l'épaisseur de ses cils.

Rougissante, elle hocha la tête.

— C'est… c'est vraiment affreux ? Ça se voit tellement ?

— C'est superbe au contraire, répondit-il sincèrement. Un vrai travail de professionnel, ajouta-t-il avec nonchalance, tout en buvant une gorgée de café. Je croyais que tu ne te rappelais pas comment on utilisait les fards. Depuis l'accident, tu ne portais que du rouge à lèvres, n'est-ce pas ?

— C'est Bonnie qui m'a maquillée, dit-elle simplement.

— Bonnie ? La fille de Bob et Anna ?

Lisa opina de nouveau. Voyant que le sujet l'intéressait, elle commençait à s'animer.

— Elle est fascinée par le maquillage, poursuivit-elle. Elle sait tout sur la manière d'arranger un visage. Nous avons fait ça cet après-midi, précisa-t-elle avec cette spontanéité presque enfantine qui la caractérisait à présent. Elle va m'apprendre, mais il me faudra du temps. C'est vraiment très compliqué.

— Seigneur…, marmonna-t-il, sidéré, les yeux rivés

sur le visage si joliment fardé de son épouse. Lisa, dis-moi… Où as-tu…

Il s'interrompit, eut un geste d'impatience.

— Oui, Paul ?

— Je me demandais où tu avais trouvé les vêtements que tu portes ces temps-ci. Je ne me rappelle pas les avoir déjà vus. Tu les as achetés depuis l'accident ?

— Il y a tant de choses dans le dressing… Ce serait insensé d'aller courir les magasins.

— Mais tu disais que tu ne les aimais pas. D'ailleurs, tu ne portes pas tes tenues habituelles.

— Les affaires qui sont sur les cintres ne me plaisent pas, c'est vrai. Mais dans le fond de la penderie, il y a des cartons pleins que j'ai entrepris d'explorer. J'y trouve toujours mon bonheur.

Paul hocha pensivement la tête. Sans doute à cause de son enfance pauvre et sans racines, Lisa se montrait très conservatrice. Elle avait la plus grande peine à se séparer de ce qui lui appartenait, même si elle en était lassée.

Hormis de fugitifs et irrationnels élans de générosité qui la poussaient à donner quelques merveilles à Anna ou à ses filles, ou bien encore à l'un de ses odieux amis, Lisa se cramponnait à ses biens terrestres.

Les fameux cartons devaient donc être pleins de vieux vêtements datant des premières années de leur mariage. Elégants et coûteux, ceux-ci ne seyaient guère à son personnage provocant et de plus en plus tapageur, mais, apparemment, elle n'avait pas eu le cœur de s'en débarrasser.

Oui, songea-t-il, l'explication de Lisa était frappée au coin du bon sens…

Il en fut soulagé, puis se rendit compte avec un certain effroi que tout cela commençait à devenir terriblement important pour lui. Il éprouvait un irrésistible besoin de croire en cette nouvelle et douce Lisa, de lui faire une absolue confiance et de se libérer de ses doutes lancinants.

Car, bientôt, très bientôt, il allait…

— Paul ? murmura-t-elle timidement, interrompant le cours chaotique de ses pensées. Puis-je te demander quelque chose ?

— Mais bien sûr…

Ce fut à ce moment que Heinz apparut pour débarrasser la table et leur proposer une deuxième tasse de café.

Lisa accepta avec un sourire chaleureux.

— C'était divin, Heinz… Je n'ai jamais rien goûté d'aussi bon que ce gâteau au chocolat.

— Une recette de ma grand-mère, rétorqua le cuisinier avec orgueil. Un secret de famille…

— C'était divin, répéta-t-elle. N'est-ce pas, Paul ?

— En effet, répondit-il, amusé par l'attitude du cuisinier.

Flatté par les compliments de Lisa, Heinz s'était épanoui comme une fleur au soleil. Il s'inclina et, tel un paon, sortit de la salle à manger, portant haut son crâne chauve, la figure cramoisie de plaisir.

— Tu as vraiment fait une conquête, Lisa… Je crois que notre pauvre vieux Heinz est tombé fou amoureux de toi au cours de ces dernières semaines.

Pour une raison mystérieuse, ces mots attristèrent Lisa. Paul remarqua que ses prunelles se voilaient et que les coins de sa jolie bouche s'affaissaient.

— Lisa…, dit-il doucement, inquiet. Tu voulais me poser une question ?

— J'ai passé en revue le contenu des tiroirs de mon bureau…, commença-t-elle, le nez baissé, si bien qu'il ne voyait plus que l'arc délicat de ses sourcils et le modelé de ses pommettes. Le nettoyeur de moquettes est passé hier pour confirmer un rendez-vous… alors j'ai cherché un contrat ou un devis que j'aurais accepté avant l'accident…

— Tu as trouvé quelque chose ?

— Non, rien du tout…

— Tu ne m'avais pas parlé de ton intention de faire nettoyer les moquettes.

— Vraiment ?

— Je n'en ai pas souvenance…

Lisa haussa les épaules.

— Oh, je suppose que ça n'a pas d'importance. Cet homme semble savoir ce qu'il fait, et tout était prévu. Il ne devrait donc pas y avoir de problème. Ce n'est pas ça qui me préoccupe.

— Alors qu'y a-t-il ?

— Quand j'ai fouillé le bureau, j'ai mis la main sur des documents que je n'avais encore jamais vus. Ils étaient déchirés et on avait glissé les morceaux au fond d'un tiroir. Il a fallu que je les recolle pour pouvoir les lire.

— Quels étaient ces documents ? s'enquit-il, soudain tendu.

— Une… une demande de divorce, balbutia-t-elle en relevant la tête.

Il lut de la détresse dans ses yeux, vit que ses lèvres tremblaient.

— Lisa…

— Ce sont des papiers officiels que tu m'as adressés pour m'annoncer que tu voulais divorcer.

Paul prit une inspiration, s'obligea à desserrer les poings, à se détendre avant de répondre. Il observait les ombres dansantes que les bougies projetaient sur le visage de sa femme, sur son cou gracile.

— Lisa, dit-il posément, nous avons eu de terribles moments durant ces dernières années. Tu ne te le rappelles pas, mais pour moi, ce n'était plus supportable. Je considérais que notre relation était destructrice pour chacun de nous et qu'il valait mieux y mettre un terme.

— Je suis désolée, Paul. Tellement désolée…

— Pourquoi te désoler ? Tu ne te souviens même pas de ce que tu as fait. Tu n'as pas à t'excuser pour des choses que tu as oubliées, n'est-ce pas ?

— Mais c'était moi ! rétorqua-t-elle avec désespoir. Tu ne saisis donc pas ? La personne qui a commis ces actes, qui s'est comportée ainsi n'était pas une… une étrangère. C'était moi. Je dois me sentir responsable, même si je ne me rappelle rien.

— Non, je ne suis pas d'accord. A l'époque, tu étais complètement différente. Tu es devenue une autre femme… Aujourd'hui, tu ne te conduirais plus de la même façon.

— J'aimerais te croire…, murmura-t-elle, songeuse. Mais je ne peux pas. C'est moi qui ai fait du mal aux gens, c'est à moi de réparer si possible. Mais comment ?

— Pourquoi ne pas faire table rase ?

— Pardon ?

Il lui sourit gentiment. Lisa avait souvent du mal à comprendre les expressions imagées du langage quotidien.

— Considère que c'est un nouveau commencement, une seconde chance… C'est une occasion unique, Lisa, que beaucoup souhaiteraient avoir. Tu as la possibilité de laisser le passé derrière toi et de tout reconstruire. Pourquoi ne pas en profiter simplement et cesser de te tourmenter pour des choses que tu ne peux pas changer ?

— Parce que… comment puis-je avoir la certitude que cela ne se reproduira pas ? murmura-t-elle en lui lançant un nouveau regard d'enfant blessé. Imagine que je… que je guérisse, comme Ken l'affirme, et que je redevienne la même qu'autrefois ?

Paul tressaillit. Lisa venait d'exprimer ses propres craintes avec une inquiétante justesse. Chaque jour, cette idée le hantait et l'empêchait de céder à ses impulsions.

Car, depuis des jours et des jours, il brûlait d'étreindre sa femme et de l'embrasser. Il voulait lui dire combien il la trouvait belle, il voulait la bercer dans ses bras, la soutenir de toute sa force d'homme, la protéger des dangers qu'elle rencontrait dans cet univers étrange où elle avançait pas à pas.

Mais une peur terrible le tenaillait. Et si tout recommençait ? Si, en recouvrant peu à peu la mémoire, Lisa retrouvait aussi son ancienne personnalité, ses habitudes d'avant ?

Paul en était convaincu, il ne pourrait pas le supporter. Il ne pourrait pas supporter de voir une seconde fois son amour bafoué par une cynique, sa tendresse accueillie avec dérision et sarcasme. Une nouvelle déception lui briserait irrémédiablement le cœur.

— Crois-tu que ce soit possible, Lisa ? Penses-tu pouvoir éprouver des sentiments totalement différents quand tu recouvreras la mémoire ?

— Je n'en sais rien, murmura-t-elle avec tristesse. La seule chose que je sais, c'est que j'ai été cette personne-là. Je le lis dans les yeux des gens qui m'entourent, et aussi dans mon journal intime… Même Ken me raconte parfois qui j'étais. Comment un petit coup sur la tête serait-il capable de modifier toute une personnalité ? J'ai peur de redevenir ce que j'étais.

Sans répondre, car il n'avait malheureusement rien à répondre, Paul baissa la tête.

— Que dois-je faire ? s'enquit-elle soudain, d'une voix sourde et incertaine.

— A quel propos ?

— Au sujet de… du divorce. Souhaites-tu que je… rencontre un avocat ou suffit-il que je te dise que je… que je ne vois pas d'inconvénient à ce que tu ailles plus avant ?

Il la dévisageait fixement. Elle haussa les épaules avec gêne.

— Je ne veux pas que tu te sentes obligé de me garder ici, reprit-elle. Je vais beaucoup mieux, vraiment. Je pourrais très bien… vivre ailleurs. En ville ou peut-être… près de chez Doris. Oui… Ce serait agréable d'être près de Doris.

— Lisa…

— Et j'apprends très vite, poursuivit-elle, se cramponnant à son idée. Si tu m'aidais un peu, juste au début, je pourrais bientôt avoir un emploi et me débrouiller toute seule, et alors tu ne…

— Lisa ! coupa-t-il, déchiré. Regarde-moi, s'il te plaît.

Elle obéit en silence. Des larmes perlaient à ses cils, mais elle lui adressa un sourire rassurant.

— Tout ira bien, Paul, je t'assure.

— Je n'ai pas envie de divorcer, Lisa. D'accord ? N'en parlons plus pour l'instant.

— Mais sur les documents…

Il eut un geste d'impatience, presque de colère.

— Ces papiers ont été envoyés à un moment où la vie dans cette maison m'était devenue insupportable. Ce n'est plus le cas à présent. En fait, je ne me rappelle pas…

Il se tut, submergé par une émotion qui risquait fort de le pousser à se trahir.

— Tu ne te rappelles pas ? répéta-t-elle avec un petit sourire taquin, dans un effort généreux pour détendre l'atmosphère. Aurais-tu des problèmes de mémoire ?

« Je ne me rappelle pas avoir à ce point désiré quelqu'un, avoir eu un tel besoin de te tenir dans mes bras, de t'embrasser, de te coucher dans mon lit pour te faire l'amour pendant des heures et des heures… »

Il se massa le front d'une main lasse.

— Je ne me rappelle pas avoir jamais passé tant de week-ends à la maison, dit-il simplement. C'est nouveau pour moi.

— Ah bon ? dit-elle, étonnée. Mais où allais-tu ?

— Dans mon chalet. Seul, toujours, car tu détestais cet endroit. Tu faisais toujours des plaisanteries douteuses sur « l'ermite dans son antre »...

L'expression de Paul s'assombrit au souvenir des sarcasmes dont elle l'accablait. Puis, remarquant le désarroi qui s'inscrivait sur le doux visage, il s'obligea à sourire.

— Ce n'est rien, Lisa... Pour en revenir à ce chalet, c'est un simple abri en bois que j'ai construit, il y a quelques années. Il se trouve à un kilomètre d'ici environ, au milieu des arbres.

Lisa se détendit, oubliant sa tristesse pour s'intéresser passionnément, comme toujours, à ce que lui racontait Paul.

— De quel côté ? Après la vallée ?

— Oui, tu franchis le petit pont derrière les écuries, et tu montes le sentier.

— Ah, c'est donc là que mène le sentier ! s'exclama-t-elle, ravie. Je m'y suis promenée un jour, mais j'ai dû faire demi-tour car la nuit tombait.

— Eh bien, si tu avais continué, tu serais arrivée au chalet.

Lisa demeura un instant silencieuse, contemplant par la fenêtre le carré de ciel crépusculaire.

— Ce doit être si beau et si calme, là-haut…

— Oui, il n'y a ni téléphone ni électricité, juste un fourneau à bois et des lampes à pétrole. Et il n'y a personne alentour. Quand je suis là-haut, j'ai l'impression d'être le seul homme au monde, dit-il avec une sorte de gêne, car il n'avait pas l'habitude de se confier à sa femme.

Mais, absorbée dans ses pensées, elle ne remarqua pas son brusque embarras.

— Et que fais-tu là-bas, pendant des week-ends entiers ?

— Je lis, je me balade sur les falaises, je prends des photos… Rien de très palpitant.

Il se tut, songeant à ces journées passées dans sa retraite. Durant les dernières années, ce havre lui avait permis de panser ses plaies et de ne pas perdre complètement la raison.

— Aurai-je un jour l'occasion de voir ce chalet ? demanda-t-elle en détournant la tête.

Paul la dévisagea, sidéré.

— C'est une longue promenade, et la côte est rude. Ce n'est pas du tout ton style, Lisa.

Rougissante, la jeune femme joua un instant avec sa serviette puis, d'un geste résolu, elle la posa sur son assiette.

— Bien… Excuse-moi, mais j'ai à faire, annonça-t-elle avec un sourire crâne. D'après Bob, la vieille chatte noire a caché ses chatons dans les écuries, et Allie m'a promis, si elle a terminé ses devoirs, de m'aider à les chercher. Nous avons hâte de les trouver. Allie dit que, la dernière fois, il y en avait deux qui…

— Lisa…, coupa doucement Paul.

— Oui ?

— Tu aimerais voir le chalet ? Tu aimerais que je t'emmène là-haut ?

Les yeux de Lisa s'illuminèrent, mais elle secoua la tête.

— C'est ton refuge, je ne voudrais pas… m'imposer.

— Tu ne t'imposes pas puisque je t'invite.

Elle hésita encore, contemplant d'un air d'envie les nuages nacrés voguant sur la ligne d'horizon.

— Il te faut un jean et un sweater bien chaud, reprit-il. Tu as des chaussures de marche ? Non, je suppose que non…, ajouta-t-il avec un sourire narquois. Mais le chemin n'est pas trop mauvais, des tennis suffiront. Cours te changer. Moi, je vais dire à Allie que vous chercherez les chatons demain.

Elle se tourna vers lui, radieuse comme une enfant à qui on offre un tour de manège.

— On y va maintenant ? Tu m'y emmènes… tout de suite ?

— Mais oui… Dépêche-toi avant qu'il fasse nuit.

— Mais le soleil se couche déjà…

— Il y a encore assez de lumière et je vais emporter une lampe torche, au cas où… Allons, Lisa, j'ai envie que tu voies mon chalet.

Souriante, elle se leva d'un bond et s'éloigna d'un pas allègre, tandis que Paul, immobile, contemplait la flamme des bougies.

Il imaginait la petite maison isolée et douillette, le grand lit de bois blond couvert d'une courtepointe rugueuse, la lune dans le ciel, et Lisa dans ses bras…

Se secouant, il se redressa et passa dans le vestibule,

songeant avec ironie qu'il devait y avoir peu d'hommes dans le monde, aussi nerveux que lui, aussi tremblants de passion et de peur, à l'idée de se retrouver seuls avec leur épouse…

Le sentier rocailleux était escarpé et si étroit par endroits qu'ils devaient marcher l'un derrière l'autre. Lisa menait la marche, attentive à la fragrance des pins, à l'odeur moite et douceâtre de la terre encore chaude, au concert vibrant des oiseaux perchés dans les grands arbres.

Elle était aussi terriblement consciente, et cette sensation lui brûlait les joues, de l'homme qui la suivait. Elle entendait son pas agile sur le sentier, sentait son regard peser sur elle, et elle songeait à ses yeux. Ses yeux où l'émeraude se mêlait à l'ambre et au saphir, et qui se fermaient à demi quand il souriait…

Un frisson la parcourut.

— Tu as froid ? s'enquit-il aussitôt avec sollicitude, en venant à sa hauteur pour la prendre par les épaules.

— Non, tout va bien. C'est une merveilleuse soirée.

Elle s'appuya un instant contre lui, tout au bonheur

de se reposer dans sa chaleur, de humer le parfum léger de sa peau et de ses vêtements.

Mais quand il resserra quelque peu son étreinte, que sa belle tête blonde se pencha, elle s'écarta et reprit la marche, presque à l'aveuglette, s'obligeant à parler avec entrain de Bonnie et d'Allie, des poules couveuses d'Anna, des chatons et des fleurs, des livres qu'elle lisait et de tous les menus plaisirs qui occupaient ses journées.

— Tes amis t'ont encore téléphoné ces temps-ci ? demanda-t-il tranquillement.

— Non, seulement Doris. Je n'aimais pas ces gens qui m'appelaient, ajouta-t-elle avec sa belle franchise coutumière. Je leur ai dit que je n'étais pas en forme. J'ai inventé toutes sortes de prétextes, alors ils ont cessé de m'embêter.

— Tant mieux, je crois qu'ils ne te feraient aucun bien. Car, pour autant que j'aie pu en juger, ce n'étaient pas des amis loyaux.

« Mais ils étaient mes amis, pensa Lisa. C'était avec ces personnes-là que je passais mon temps. »

Elle secoua la tête, comme pour dissiper le dégoût et le mépris d'elle-même qu'elle sentait grandir chaque jour, à mesure qu'elle recueillait des informations sur sa vie et son attitude passées.

— Nous y sommes presque ! annonça gaiement Paul. Attends-moi…

La prenant par le coude, il l'aida à franchir l'écran de végétation qui protégeait une petite clairière.

— Oh ! murmura Lisa en découvrant le modeste chalet de bois blotti sous les pins.

Il s'intégrait si bien dans le paysage qu'il semblait avoir poussé spontanément dans la prairie. Son toit éclairci par les intempéries, ses murs en rondins grossièrement équarris, se confondaient avec la terre et les arbres, et ses petites fenêtres, reflétant les rayons du soleil couchant, luisaient comme de l'or en fusion.

Un fauteuil à bascule trônait sous le porche, disposé face à la vallée en contrebas, et une cheminée de pierre s'élevait sur un côté de la bâtisse, annonciatrice de feux de bois crépitant dans l'âtre.

— Ça te plaît ? s'enquit Paul avec un sourire juvénile, ravi de la réaction de Lisa.

— C'est merveilleux, répondit-elle simplement. Je peux voir l'intérieur ?

— A condition que tu admires mon travail. J'ai quasiment construit ce chalet de mes mains. C'est même moi qui ai taillé les pierres pour la cheminée et scié le bois pour le fauteuil.

— C'est incroyable ! Me voilà donc avec plusieurs maris : un homme d'affaires fortuné, puis un fermier et maintenant un trappeur... Tu es trop difficile à cerner. Tu me surprends tout le temps...

Il lui sourit, profondément touché par ses paroles affectueuses. Un long moment, ils se regardèrent sans rien dire, puis Paul se détourna d'un mouvement un peu gauche, et la guida jusqu'à la véranda.

Après avoir ôté le cadenas de la lourde porte d'entrée, il la poussa en s'inclinant galamment.

— Mon château est à vous, gente dame... Attention, en franchissant le seuil, de ne pas faire un accroc à vos jupons !

Pouffant comme une petite fille, elle pénétra dans le chalet et respira avec délice les parfums mêlés de pin, de fumée, de linge propre et de soleil.

Il n'y avait qu'une seule pièce à l'intérieur. Celle-ci était néanmoins surmontée d'une petite mezzanine où elle distingua vaguement un lit recouvert d'un couvre-pieds aux couleurs éclatantes. En bas, se trouvaient un antique fourneau à bois servant à la fois de chaudière et de cuisinière, une table rustique de fabrication artisanale, deux chaises et un vieux fauteuil sur lequel on avait jeté une courtepointe indienne, ainsi que des étagères où s'entassaient des livres, de la vaisselle, des provisions et du matériel photographique.

Un silence profond régnait dans les lieux. Le temps semblait avoir ralenti sa course, tandis que le crépuscule, doux et paisible, avançait à pas de loup derrière les carreaux.

Immobile, Lisa se laissa envahir par un sentiment de sécurité et d'absolue vérité, par la certitude que la vie avait été créée pour s'écouler ainsi.

— C'est donc comme ça que ce doit être…, murmura-t-elle, à peine consciente d'avoir parlé.

— Comme quoi, Lisa ?

— Comme ça…, répliqua-t-elle en montrant le décor douillet qui les entourait. Naturel, agréable et tranquille, sans complications. Juste un homme et une femme ensemble…

Elle se tut, effrayée soudain par le regard trop intense de Paul, par la soudaine crispation de ses mâchoires où se devinait l'ombre blonde de sa barbe naissante.

Elle le vit se pencher vers elle, vit la lueur sauvage qui brûlait dans ses yeux, son menton si ferme, ses lèvres finement modelées. Brusquement, il lui sembla que tout son sang se retirait de ses veines ; sous le choc, elle vacilla.

Un souvenir affleurait à la lisière de sa mémoire.

L'image était sombre et inquiétante, floue comme une vieille photographie. Elle avait un rapport avec cet endroit, ce chalet isolé dans les bois… Et Paul, tout seul ici…

— Lisa, ça ne va pas ?

— Je me rappelle…, commença-t-elle d'un ton hésitant.

Elle s'interrompit de nouveau, les yeux rivés sur la petite fenêtre carrée.

— Quoi donc, Lisa ? demanda-t-il avec insistance. Que te rappelles-tu ?

— Je ne sais pas… Cette maison… Quelque chose est lié à cette maison, et à toi…

— Mais tu ne peux pas t'en souvenir. Tu n'es jamais venue au chalet.

— N'est-il pas possible que je sois montée ici un jour, pendant que tu étais à ton travail ?

— C'est difficilement concevable… En général, tu ne faisais pas un mètre à pied. D'ailleurs, tu n'aurais pas pu entrer, la porte est toujours cadenassée et c'est moi qui garde l'unique clé.

— J'ai pourtant l'impression de…

Elle secoua la tête, en plein désarroi.

— Je te vois dans ce chalet, Paul. Et il y a quelqu'un d'autre dans mon souvenir, mais son image est brouillée…

— Il n'y a jamais eu personne ici, je t'assure. La solitude est l'essence même de ce lieu.

— Pourtant, je vois l'autre personne, poursuivit-elle d'une voix lente, sans l'écouter, pressant les doigts sur son front. Je crois que c'est…

Elle se tut, regardant Paul d'un air désemparé.

— Qui est-ce ? s'enquit-il avec douceur.

— Le nettoyeur de moquettes. L'homme avec qui j'ai parlé hier. Le souvenir a un rapport avec lui et toi, et ce chalet.

Se détendant, Paul laissa échapper un petit rire.

— Ce n'est qu'une impression de déjà-vu, ne t'inquiète pas. Tes expériences récentes se seront mêlées dans ton esprit, voilà tout. Je n'ai jamais rencontré le nettoyeur de moquettes et il n'est évidemment jamais venu ici.

— De déjà-vu ? répéta-t-elle.

— Tout le monde éprouve cette sensation un jour

ou l'autre, même les gens qui n'ont aucun problème de mémoire.

— Mais de quoi s'agit-il ?

— C'est très étrange, en réalité, répliqua-t-il en la guidant jusqu'au fauteuil devant la cheminée. Tu es en train de vivre un moment, et soudain, tu as la conviction que tu l'as déjà vécu, pourtant, tu ne parviens pas à en retrouver le souvenir précis. Mais tu crois te rappeler les mots exacts que tu as prononcés, et savoir ce qui va se passer ensuite.

Lisa le considéra d'un air pensif.

— Cela m'arrive très souvent, mais je pensais que c'était dû au fait que j'avais vécu des événements similaires sans parvenir à me les remémorer.

— C'est possible, en effet. Cependant, il y a une différence entre la mémoire et l'expérience, et aussi entre la mémoire et l'imagination. Ton cerveau a fabriqué cette histoire avec le nettoyeur de moquettes, moi et le chalet, à partir de bribes d'impressions. Ce n'est pas un souvenir.

— J'étais tellement excitée, murmura-t-elle en se forçant à sourire. J'espérais tant avoir retrouvé quelque chose du passé. Sur le moment, j'ai même eu la certitude que c'était le cas.

— La mémoire te reviendra, dit-il en lui prenant les mains. Ken affirme que cela se produira très bientôt, et j'ai toute confiance en lui. Je suis certain que tu guériras.

— Je le souhaite…

Lisa se tut, regardant au-dehors.

— A quoi penses-tu ? lui demanda Paul.

— Seulement que… tout cela est bien étrange.

— Quoi donc ?

— Je ne sais pas. La vie, sans doute.

Lui lâchant les mains, il s'assit dans l'autre fauteuil, en face d'elle.

— Que veux-tu dire, Lisa ?

Les sourcils froncés, elle cherchait ses mots.

— Cet endroit, répondit-elle enfin, balayant du regard le chalet silencieux avant de fixer de nouveau les yeux sur Paul. Tout est si réel, vois-tu. Et toi aussi, tu l'es. Tu viens ici depuis des années. Tu as toute une existence ici. Tu y as mangé et dormi, et travaillé, n'est-ce pas ?

Il hocha la tête.

— Et tu t'en souviens, poursuivit-elle d'une voix lente. Tu te rappelles ce que tu as vécu dans ce lieu, le temps qu'il faisait, les animaux que tu as aperçus, et bien d'autres choses encore. N'est-ce pas, Paul ?

De nouveau, il acquiesça.

— Et pendant que tu étais ici, moi, j'étais en bas et je menais ma propre vie. Je bavardais avec des gens, je mangeais et je dormais, comme toi, mais je n'en ai aucune réminiscence. Aussi, c'est comme si je n'avais pas existé. Nos vies n'existent-elles pas que si l'on peut s'en souvenir ?

— Non, elles existent d'elles-mêmes. Nos souvenirs ne créent pas la réalité, ils ne font que la refléter, voilà tout.

— Je me sens presque invisible, répliqua-t-elle avec un petit sourire mélancolique. J'ai l'impression qu'un souffle de vent suffirait à m'emporter parce que je ne suis rien — je n'ai rien pour me donner une forme ou une substance. Je suis complètement transparente.

— Lisa, je crois que tu ne te rends pas compte de…

Il s'interrompit, l'observant avec une telle intensité qu'elle en fut à la fois troublée et réchauffée.

— Tu te sens peut-être transparente et invisible mais, à mon avis, tu es beaucoup plus complexe et intéressante qu'autrefois. Tu es plus profonde, tu t'exprimes avec plus d'aisance et tu communiques mieux avec ceux qui t'entourent. Tu es une personne bien plus réelle qu'auparavant, même si tu as perdu la mémoire.

Ces mots la rendirent absurdement heureuse, presque aussi légère que l'air. Incapable de rester immobile, elle se leva d'un bond et marcha à grands pas vers la fenêtre. Refoulant ses larmes, elle contempla les bois que l'obscurité grignotait peu à peu.

Paul se redressa à son tour et s'approcha. Il lui enveloppa les épaules de son bras.

— Lisa… ça va ?

— Oui, je suis tellement contente, murmura-t-elle. Cela me fait si plaisir de t'entendre dire que je suis réelle et non pas seulement… un souffle de vent.

— Oh, Lisa…

Il se pencha, si près qu'elle sentit sa joue contre ses cheveux, ses lèvres lui effleurer le front.

Mue par une brusque impulsion, elle se tourna et se nicha contre lui. Une faim sauvage, dérangeante, l'assaillait, un besoin qu'elle ne comprenait pas et qui l'effrayait. Elle voulait juste être tout contre lui, lovée dans sa chaleur, noyée dans ses yeux. Elle voulait se perdre en lui, se laisser engloutir dans un monde où il n'y aurait plus que la bouche et les mains de Paul, et cette étrange et suave sensation qui la baignait et la roulait dans ses vagues.

Il la serra plus fort ; sa bouche, lente et torturante, baisa ses sourcils, le coin de ses paupières, ses joues et l'endroit où le pouls battait au creux de son cou, pour enfin se poser sur ses lèvres.

Lisa tremblait, affolée par sa faiblesse, submergée par des sentiments dont elle avait perdu le souvenir. Ses genoux se dérobaient sous elle, son cœur battait la chamade, le sang circulait trop vite dans ses veines. Elle devait s'arrêter, s'arracher à son étreinte pour courir se cacher, loin de lui, avant qu'il advienne *quelque chose*…

Mais sa bouche et ses mains la trahissaient. Ses doigts se glissaient dans les cheveux de Paul, couraient sur ses épaules, sa nuque, ses oreilles. Dieu que c'était bon de le toucher… Et ses lèvres s'offraient aux siennes…

Une brusque panique la saisit, la peur de mal faire, de s'exposer au mépris de Paul. Elle eut un gémissement de petit animal et se raidit dans ses bras. Paul aussitôt la relâcha, fixant sur elle un regard inquiet.

— Lisa… Qu'y a-t-il ? murmura-t-il.

Elle secoua la tête, cachant son visage ; elle se sentait si gauche, si honteuse.

— Je suis désolée, je ne voulais pas…

— Quoi donc ?

— Faire… faire quelque chose de mal, balbutia-t-elle avec une angoisse enfantine.

— Ce n'est pas mal, répliqua-t-il en la prenant de nouveau dans ses bras, mais, cette fois, son étreinte n'imposait rien.

Il la serrait tendrement, comme il eût bercé une petite fille effarouchée.

— Les gens s'embrassent souvent, Lisa, surtout ceux qui sont mariés.

— Nous nous embrassions, nous aussi ?

— Pas ces derniers temps, répondit-il d'un ton bref.

Elle releva le nez et vit que son expression s'était assombrie ; il y avait de l'amertume dans ses yeux.

Frissonnante, elle se mordilla les lèvres, refoulant l'envie de lui demander des détails. Elle désirait tellement savoir. Depuis des semaines, elle brûlait d'interroger Paul. Dans les livres qu'elle lisait, les époux faisaient ensemble des choses mystérieuses qu'elle ne pouvait imaginer. En était-il de même pour Paul et elle ?

Elle n'avait pas le moindre souvenir d'une quelconque expérience sexuelle. Cependant, la nuit, il lui arrivait parfois de rêver de corps nus, de tourbillons et de mers déchaînées, et d'une joie si intense qu'elle s'éveillait en gémissant ; ensuite elle restait pendant des heures allongée dans le noir à regarder le plafond, en proie à une étrange douleur qui lui mettait les larmes aux yeux.

— Viens, Lisa, dit Paul d'une voix posée et un peu distante. Il vaut mieux redescendre à la maison avant qu'il fasse trop noir.

Docile, elle le suivit hors du chalet et le regarda cadenasser la porte. Puis, marchant du même pas, ils traversèrent la clairière et s'enfoncèrent dans la pénombre qui enveloppait la campagne…

8

Bonnie courait sur la route menant à la ferme. Ses bras se balançaient de façon saccadée, ses genoux ployaient à chaque enjambée, et sa respiration se faisait de plus en plus sifflante. Ses oreilles bourdonnaient et la fatigue lui broyait la poitrine tant elle aspirait au repos.

Elle rêvait d'en finir avec cette torture inhumaine pour se laisser tomber dans les herbes hautes et fraîches qui tapissaient les talus, s'allonger sur le dos et rester là une heure au moins, à ne rien faire.

— Encore un peu, murmura-t-elle entre deux halètements pour s'encourager à continuer. Je compte jusqu'à cinquante et j'arrête. Allez… Un, deux, trois…

Enfin, les bâtiments du domaine se dessinèrent au loin, dans la lumière du soir, entre chien et loup. Bonnie ralentit l'allure puis, suffocante, se cramponna à la boîte aux lettres pour reprendre son souffle.

Quand elle se remit en marche, tout son corps était

moulu et ses jambes si molles qu'elles semblaient ne plus pouvoir la porter. Cependant, Bonnie remarqua qu'il lui fallait moins de temps pour recouvrer sa respiration et que ses poumons la brûlaient moins qu'auparavant.

Elle jeta un coup d'œil à ses cuisses trop grosses, moulées dans le pantalon bleu marine du survêtement. L'espoir se mit à chanter en elle, si bien qu'elle en oublia sa souffrance après une course de deux kilomètres.

C'était peut-être son imagination, mais elle avait l'impression d'avoir minci, que ses cuisses n'étaient plus aussi grasses et flasques. Elle les tâta du bout des doigts, avec méfiance, n'osant pas croire ce qu'elle sentait. Après tout, une semaine à peine s'était écoulée depuis qu'elle avait commencé, mais pourtant…

Elle s'arrêta, le temps de se donner une contenance, inspira profondément, puis s'étant glissée par un trou de la haie, elle se dirigea d'un pas traînant vers la petite maison, imitant à merveille son apathie coutumière.

L'essentiel de son plan reposait en effet sur le secret. Bonnie n'aurait pas su expliquer pourquoi, mais il était vital pour elle de ne rien révéler de ses bonnes résolutions jusqu'à ce que son amaigrissement soit trop spectaculaire pour être caché. Elle redoutait de façon presque superstitieuse que les gens parlent de son régime, contrôlent et commentent ses progrès, même si c'était pour l'encourager.

Pour l'instant, Bonnie voulait être seule avec sa douleur.

Elle eut un soupir de soulagement en constatant qu'il n'y avait personne dans la maison. Sa mère s'occupait sans doute de ses poules couveuses et son père surveillait probablement l'une des juments qui avait du mal à pouliner. Quant à Allie, elle était, de toute évidence, avec Mme Temple. Elles avaient finalement déniché la portée de chatons dans les écuries, et elles se retrouvaient presque chaque soir pour jouer avec eux.

En temps normal, Bonnie aurait ressenti une pincée de jalousie de savoir Allie et Mme Temple ensemble, riant comme des folles en câlinant les adorables boules de poils encore mal assurées sur leurs pattes.

Mais ce soir, que tout le monde soit absorbé ailleurs lui convenait. Mme Temple, de toute façon, lui accordait aussi beaucoup d'attention. Chaque jour après l'école, elles avaient leur leçon de maquillage ; durant ces longs et joyeux intermèdes, Bonnie était autorisée à entrer dans le superbe appartement de Mme Temple, à s'asseoir avec elle devant la coiffeuse, à appliquer des crèmes et des fards sur son si joli visage.

Elle tenait infiniment à ces moments d'intimité avec la maîtresse du domaine. Mme Temple était vraiment métamorphosée. Elle parlait avec la spontanéité et la gaieté d'une adolescente, et lui témoignait un intérêt affectueux dont Bonnie devinait qu'il était sincère, l'interrogeant sur son travail à l'école, sur sa vie, lui demandant ce qu'elle pensait à propos de telle ou telle chose.

Le sourire timide et la voix douce de Lisa Temple avaient quelque chose de profondément réconfortant, rassurant.

Surtout, Mme Temple ne cessait de répéter à Bonnie qu'elle était ravissante, qu'elle ne la remercierait jamais assez de lui apprendre à se maquiller pour qu'elle soit à son avantage le soir, quand elle dînait avec son mari…

Bonnie sourit, songeant que Mme Temple allait de mieux en mieux, qu'elle paraissait plus heureuse et plus détendue à mesure que le temps passait. Parfois, elle taquinait gentiment Bonnie ou lui lançait des plaisanteries qui les faisaient rire aux larmes.

C'était si amusant d'être avec elle, de lui raconter mille anecdotes pour la distraire. Leur amitié empêchait Bonnie de penser sans cesse à la nourriture et l'aidait à résister aux terribles fringales qui s'emparaient d'elle sans prévenir, surtout en fin d'après-midi — quand elle rentrait chez elle et qu'il lui restait deux heures à tuer avant de se mettre à table.

Bonnie se précipita dans la salle de bains, ôta son sweat-shirt pour s'asperger le visage et les épaules d'eau fraîche, puis jeta un coup d'œil avide à la balance rangée dans un coin de la pièce. Elle s'était promis de ne se peser qu'une fois par semaine, or il manquait une heure pour que le compte soit exact. Mais elle se sentait si vide, si affamée, et on était déjà vendredi soir. Une heure de plus ou de moins ne changerait rien.

Retenant son souffle, elle installa la balance à l'endroit précis où elle l'avait posée la semaine précédente, puis retira son survêtement.

Son jeune corps trop rond tremblait de nervosité et de peur tandis qu'elle montait sur la balance. Elle ferma les yeux, le temps de dire une petite prière, et regarda à ses pieds. Ses yeux s'écarquillèrent.

Trois kilos ! Elle avait perdu trois kilos depuis vendredi dernier !

Son cœur se gonfla de joie. Elle avait envie de chanter et de danser, de crier à tue-tête, de se précipiter dehors pour courir encore deux kilomètres. Mais, surtout, elle voulait embrasser Mme Temple, même si elle se savait trop timide pour oser la toucher en dehors de leurs leçons de maquillage.

Pourtant, elle éprouvait le besoin pressant de voir son beau visage, ses yeux mordorés et pétillants, d'entendre sa voix douce et son rire cascadant.

Se précipitant dans sa chambre, elle fourra le survêtement dans le panier à linge et enfila son jean et un T-shirt.

Le jean était vraiment moins serré. La fermeture à glissière était plus facile à remonter et les coutures ne semblaient pas sur le point de craquer comme auparavant.

Bonnie faillit pousser un hurlement de bonheur et de triomphe. C'était merveilleux de se sentir délestée de ses premiers kilos et de songer qu'elle allait en perdre dix-sept en tout !

Mais ce ne serait pas toujours aussi facile, se rappela-t-elle avec fermeté.

Elle savait tout sur les régimes alimentaires, ayant lu une bonne douzaine d'ouvrages ainsi qu'une centaine d'articles de magazines sur le sujet. Au début, on perdait du poids sans trop de difficulté, puis on atteignait un palier où, malgré tous ses efforts, on ne maigrissait plus d'un gramme. Et puis, il ne suffisait pas de compter les calories. Il fallait aussi faire de l'exercice pour activer la perte de poids. Enfin, tout le processus allait moins vite, beaucoup moins vite, qu'on l'aurait souhaité.

Cependant, ce premier pas était vraiment encourageant.

Chantonnant à mi-voix, Bonnie ouvrit la porte du placard et farfouilla dans le fatras qui encombrait l'étagère, plongeant le bras dans la cachette aménagée derrière la vieille batte de base-ball.

Le flacon de somnifères était toujours là, mais Bonnie n'y prêta aucune attention ; elle le repoussa pour s'emparer d'une chemise de plastique rouge ornée d'un Garfield à l'air polisson.

Une étiquette était collée en plein milieu, portant la mention écrite en lettres majuscules : « PERSONNEL ET CONFIDENTIEL ! PROPRIETE DE BONNIE McBRIDE ET DE PERSONNE D'AUTRE ! NE PAS OUVRIR SOUS PEINE DE MORT ! »

Se pelotonnant sur son lit, elle l'ouvrit et en étudia gravement le contenu. Sur la plupart des feuilles étaient représentés des tableaux compliqués, avec des espaces pour noter ses réflexions quotidiennes, le tout flanqué de longues listes d'instructions truffées d'astérisques et de mots soulignés.

Ne pas manger entre les repas. Courir *au moins* une demi-heure par jour. Manger *lentement* et mâcher *chaque* bouchée au moins dix fois. *Pas* de chocolat, seulement des pommes et des oranges. Boire *huit* verres d'eau minimum par jour...

Et cela continuait ainsi... Mordillant son crayon, Bonnie entreprit de passer les tableaux en revue, méditant longuement sur chacun d'eux.

Le dernier était le plus important, et le remplir exigeait un certain cérémonial. Bonnie se releva et alla à la cuisine se servir un verre de lait écrémé. Elle prit trois bâtonnets de carotte et une branche de céleri dans le réfrigérateur, les disposa avec art sur l'une des plus jolies assiettes à fleurs de sa mère et rapporta son festin dans la chambre dont elle ferma la porte.

Un sourire triomphal aux lèvres, elle inscrivit son nouveau poids dans la case pourvue à cet effet, puis les trois kilos en moins dans la colonne des pertes, tout en sirotant rêveusement son lait. Puis, s'allongeant sur la montagne de peluches qui recouvrait son lit et continuant à mâchonner ses carottes, elle se plongea dans l'étude du dessin qui décorait le dos de la chemise.

C'était un dessin étonnamment habile et ressemblant, qui montrait une Bonnie mince et bien faite, dans un minuscule bikini ; debout sur une plage, elle contemplait la mer d'un air hautain.

Bonnie poussa un soupir béat et songea à quel point ce serait merveilleux d'échapper à cette affreuse masse de chair qui l'emprisonnait, d'avoir un corps svelte, vif et gracieux, comme Mme Temple…

Se secouant de sa rêverie, elle acheva sa frugale collation et rangea sa chambre, s'interrompant pour foudroyer d'un regard sévère son estomac que la faim faisait protester. Puis elle enfila une veste et partit à la recherche de sa sœur et de Mme Temple.

Paul Temple, comme Bonnie, était aussi à la recherche de sa femme, mais lui ne savait pas du tout où la trouver.

Sortant de la grande maison, il s'arrêta près de la barrière où s'épanouissait un bouquet de reines-des-prés, balayant des yeux le domaine silencieux. Il se demandait où était Lisa et comment elle occupait son temps quand il était absent.

La semaine qui venait de s'écouler avait été marquée, au bureau, par une atmosphère de frénésie et s'était clôturée par un voyage d'affaires à Chicago. Il avait à peine vu Lisa depuis le soir où ils étaient allés ensemble au chalet, et il devait s'avouer qu'elle lui manquait beaucoup.

Quand son avion avait atterri à l'aéroport en fin d'après-midi, Paul avait sauté dans sa voiture pour rentrer chez lui, sans prendre le temps de passer à sa société.

En chemin, il n'avait cessé de songer à Lisa, à son visage adorable, à son regard d'enfant, aux courbes douces de son corps. Arrivant au domaine, il s'était surpris à courir jusqu'au perron, impatient et fiévreux comme un adolescent. Mais la demeure était plongée dans un silence et une pénombre étranges, comme si la présence de Lisa était l'élément indispensable, quasi magique, pour lui donner vie. Aussi s'était-il changé et empressé de ressortir, afin de rejoindre la femme qui, de façon mystérieuse, devenait peu à peu la lumière de son existence.

Anna arrivait à sa rencontre, un seau métallique plein à ras bord, à chaque main. Elle lui sourit avec une chaleur inhabituelle.

— Hello, Anna ! Quelle agréable soirée, n'est-ce pas ?

— Divine ! répondit-elle en posant les seaux à ses pieds. J'ai récolté de l'eau de pluie et je compte l'utiliser pour arroser mes fleurs. Les plantes adorent l'eau de pluie.

— Laissez-moi porter tout ça jusqu'à la maison.

Anna parut choquée, puis embarrassée.

— Oh non…, murmura-t-elle avec tant de conviction qu'il n'insista pas.

— Je suis à la recherche de ma femme. Vous ne savez pas où elle est, par hasard ?

Anna eut un sourire attendri qui illumina son visage tanné par le soleil.

— La dernière fois que je l'ai vue, elle était avec Allie et se dirigeait vers les écuries.

— Les écuries ? Que fabriquent-elles là-bas ?

— Elles ont fini par dénicher la portée de chatons, et elles passent des heures à s'amuser avec eux.

— Je vois…, rétorqua-t-il en souriant. Vous croyez qu'elles se fâcheront si je joue les intrus ?

— Non, je ne pense pas, monsieur Temple. Ça ne les embêtera pas du tout, à mon avis.

Le sourire aux lèvres, Paul partit à grands pas vers les écuries, s'arrêtant pour saluer le jeune homme qui travaillait près de la porte. Il était mince et blond, avec un visage grêlé et des manières nerveuses et furtives. Mais Paul remarqua qu'il ne ménageait pas sa peine, soulevant d'énormes fourchées de paille et de fumier pour les jeter dans une brouette.

— Bonsoir, dit aimablement Paul. Vous êtes Tim, n'est-ce pas ? Je n'ai pas encore eu l'occasion de bavarder avec vous depuis que Bob vous a engagé.

Le jeune homme sursauta violemment et une expression de méfiance et de peur s'inscrivit sur sa figure. Paul haussa les sourcils, étonné par sa réaction.

— Bonsoir, monsieur Temple. Je… je finissais, bafouilla-t-il avec un vague geste de la main.

— Je vois… Nous sommes vendredi soir, Tim, et il semble que vous ayez abattu un sacré travail. Pourquoi ne pas vous arrêter et profiter de la soirée ? Ça peut attendre demain, non ?

Le garçon haussa les épaules, les yeux rivés sur ses pieds. Paul hésita, intrigué par l'attitude de son employé.

— Au fait, reprit-il avec nonchalance, sauriez-vous où est ma femme ?

— Là-haut, marmonna Tim en montrant l'échelle menant au fenil. Elle est avec les enfants. Toutes les trois, elles passent beaucoup de temps là-haut, ajouta-t-il avec un bref sourire.

Paul lui sourit à son tour. Décidément, songea-t-il, tout le monde, sauf lui, semblait connaître les habitudes de Lisa. Saluant le jeune homme d'un hochement de tête, il traversa les écuries et grimpa à l'échelle. Aussitôt que sa tête et ses épaules émergèrent de la trappe, il s'immobilisa, clignant des paupières pour s'habituer à la pénombre et goûter le spectacle charmant qui s'offrait à lui.

Les derniers feux du couchant filtraient par une grande fenêtre ouverte sur le devant du fenil, éclaboussant de rose tendre les bottes de paille. L'air sentait l'été, la terre, le soleil et les journées chaudes et paresseuses. De la poussière dansait dans les rais de lumière ; les brins de paille scintillaient comme des pépites d'or. Lisa, couchée sur le ventre entre les sœurs McBride, le menton dans les mains, regardait en riant les chatons duveteux et vacillants.

Paul contemplait la scène, figé et silencieux pour ne pas trahir sa présence. Les filles étaient, elles aussi, étendues à plat ventre ; Allie avait passé un bras autour des épaules de Lisa, ses boucles carotte tout contre la jolie tête châtain.

— Vous voyez, madame Temple ? disait-elle. Vous voyez Hector ? Ses yeux se sont finalement ouverts. Presque une semaine après les autres…

— Et ils sont bleus ! s'exclama Lisa, ravie. Je ne pensais pas que les chats pouvaient avoir les yeux bleus.

— Si, les siamois…, répondit distraitement Allie. Vous savez ce que c'est, un siamois ?

Paul remarqua que les épaules de Lisa se raidissaient, comme toujours quand elle bataillait avec sa mémoire.

— C'est un chat beige, non ? Une race spéciale ?

— C'est ça… Des chats de coussin qui vivent dans les villes, qui ont des colliers de diamants et tout ça…, ajouta-t-elle avec mépris. Hector, lui, ne gardera pas les yeux bleus. Ils deviendront verts, ou bruns ou jaunes.

— Comme ceux de Paul, murmura Lisa d'un ton si attendri, si rêveur, qu'il dut se raisonner pour ne pas s'élancer vers elle et la prendre dans ses bras.

— Hector ? marmonna Bonnie. C'est vraiment son nom ?

— Oui, et le petit gris s'appelle Lewis ; celui-là, le marron et blanc, c'est Nestor.

— Tu es folle, Allie…, dit Bonnie en riant. Tu aurais dû laisser Mme Temple les baptiser.

— Elle voulait les appeler Meg, Jo et Amy, comme les filles du Dr Marsh, répliqua Allie d'un air suffisant. Elle vient juste de finir le livre.

— Et alors ? rétorqua Bonnie, ce sont de jolis noms.

— Ces chatons sont des garçons, voyons ! dit Allie en lançant à sa sœur un regard incrédule. Tous les trois…

— Oh…

— Au départ, je ne savais pas, moi non plus, que c'étaient des garçons, intervint Lisa, placide, en allongeant le bras vers Lewis. Allie m'a montré comment on les reconnaissait. Les mâles ont ces petites bosses entre les pattes, tu vois ? ajouta-t-elle le plus sérieusement du monde en retournant le malheureux Lewis sur le dos, comme s'il s'agissait d'un cobaye en classe d'anatomie.

Paul, incapable de se contenir davantage, éclata de rire. Surprises, les trois complices se retournèrent d'un bond.

Lisa fut la première à réagir. Tandis qu'elle reconnaissait son mari, son visage s'illumina et ses yeux scintillèrent comme des étoiles d'or.

— Paul ! s'exclama-t-elle en sautant sur ses pieds, sans lâcher le petit Lewis, je ne savais pas que tu rentrerais si tôt !

Elle avança vers lui, brûlant manifestement de se jeter dans ses bras, puis s'arrêta, paralysée par la timidité. Il remarqua qu'elle paraissait un peu empêtrée avec Lewis qui s'accrochait, frénétique, à sa chemise avec de pitoyables miaulements de terreur.

— Pauvre mignon..., murmura-t-elle en caressant le petit corps replet et tremblant du chaton. Il a tellement peur...

La gorge de Paul se noua. Il avait si souvent rêvé de cette scène : lui, rentrant à la maison, retrouvant une épouse tendre et aimante, un bébé dans les bras...

— Voilà Lewis, dit-elle en tendant le bras pour lui présenter le chaton. C'est le benjamin.

— Lewis, Hector et Nestor. J'ai écouté votre conversation.

— C'est Allie qui les a baptisés.

— Je m'en doutais, répliqua-t-il gravement, incapable de détourner les yeux du visage de Lisa, de son tendre sourire, de sa bouche.

— Est-ce que… est-ce que tu as tout terminé ? s'enquit-elle en nichant Lewis au creux de son épaule. Je sais que tu as eu beaucoup de problèmes cette semaine, n'est-ce pas ?

— Oui, j'ai été passablement débordé. Je viens d'arriver de Chicago et je suis venu tout droit, sans m'arrêter au bureau. S'il y a d'autres dossiers en souffrance, ils attendront jusqu'à lundi. Je suis en vacances !

— Chic ! s'exclama-t-elle, ravie. Est-ce que tu as dîné, Paul ? ajouta-t-elle après une pause. Heinz m'a servi un repas froid dans la cuisine, mais je suis sûre qu'il trouvera quelque chose à…

— Ne t'inquiète pas, j'ai mangé dans l'avion. Tu dis que Heinz t'a servie dans la cuisine ? s'enquit-il, étonné.

Elle hocha la tête et se baissa pour reposer Lewis près de ses frères dans le petit nid de paille.

— Oui, c'est un peu bête de dîner seule dans cette immense salle à manger… Je préfère être avec Heinz. Quelquefois, il me montre une recette, ou bien il me parle de sa famille et de son enfance en Allemagne. Ils possédaient un étang avec des cygnes, précisa-t-elle avec l'un de ces sourires lumineux qui bouleversaient toujours Paul.

— Hier soir, Mme Temple a dîné avec nous ! intervint Allie avec entrain. On a eu des côtelettes grillées au barbecue et des frites.

— C'était délicieux, dit Lisa. Anna nous a fait sa sauce secrète.

Paul écoutait avec le plus grand sérieux du monde.

— Et comment Heinz a-t-il occupé son temps pendant que tu te régalais avec la sauce d'Anna ?

— Il a emmené sa petite amie en ville, répondit-elle, tout en observant avec amusement le dénommé Nestor qui, les pattes bien raides, sautait comme un ressort à la poursuite d'un insecte vagabond.

— Quoi ? Heinz a une petite amie ?

— Oui, elle est facteur. Heinz descend toujours chercher le courrier, le matin, pour l'embrasser, bien qu'il déteste marcher. Il dit que c'est une vraie petite pomme d'amour.

Renversant la tête en arrière, Paul éclata d'un grand rire. Puis, un bras passé autour des fines épaules de sa femme, il l'étreignit brièvement, mais avec passion. Attendri, il la regarda ensuite descendre l'échelle avec les deux sœurs McBride.

Soudain, tous les soucis et les tensions de la semaine se dissipaient. Il se sentait comblé, profondément heureux d'être chez lui, dans cette atmosphère chaleureuse et gaie. Il regagna à son tour le rez-de-chaussée, souriant à Lisa qui l'attendait, seule, près des stalles.

— Tes amies sont parties ?

— Elles étaient pressées de rentrer pour regarder la télévision. Leur émission de variétés favorite commence à 7 h 30.

— Et toi, Lisa ? murmura-t-il, refoulant le désir de la serrer dans ses bras. As-tu quelque chose de spécial à faire ?

— Je veux juste passer la soirée avec toi et t'écouter me raconter ta semaine, répondit-elle gravement.

Il dut se détourner en hâte pour dissimuler son émotion, et feignit d'examiner les balles de luzerne empilées près de la porte.

Lisa ne savait plus flirter. Elle ne maîtrisait plus l'art du jeu de la séduction ni celui des conversations subtiles, teintées d'ironie, destinées à éveiller le désir entre deux êtres. Elle disait ce qu'elle pensait, en regardant son interlocuteur droit dans les yeux, avec la candeur et la gentillesse d'une enfant.

Au fil des années, Paul s'était lassé de ces duels à fleuret moucheté avec son épouse ; les messages érotiques qui pimentaient ces échanges verbaux et les rendaient si excitants se révélaient toujours, au bout du compte, décevants. A présent, au contraire, il était à la fois charmé et dérouté par cette femme si naturelle qui lui parlait avec tant de franchise.

« Je veux passer la soirée avec toi… »

Il serra les poings, puis s'obligea à se détendre, à respirer.

— Eh bien, je suis à ta disposition, Lisa. Qu'aimerais-tu faire ? As-tu envie que nous nous promenions un peu près du ruisseau ?

— Pourrions-nous monter jusqu'au jardin, sur l'autre berge, et cueillir de la rhubarbe ? Heinz m'a promis que si je lui en apportais, il ferait une tarte demain.

— Ah, voilà une puissante motivation ! La tarte à la rhubarbe de Heinz est divine et je suis sûr qu'on en sert même au paradis.

— Je ne m'en souviens pas, répliqua-t-elle gaiement. Heinz prétend que c'est l'un de tes desserts favoris, mais, d'après lui, je n'en raffolais pas.

— C'est vrai, mais cela ne signifie pas grand-chose. Tes goûts aussi ont changé, Lisa. Il y a des plats que tu adorais, et dont tu n'es plus vraiment folle aujourd'hui, et vice versa.

— C'est étrange, n'est-ce pas ? D'après le Dr Holcross,

nos goûts et nos préférences sont liés à nos premières expériences…

— Ainsi, si quelqu'un a eu une expérience désagréable en mangeant de la tarte à la rhubarbe, il risque de la détester pendant le restant de sa vie, alors que, autrement, il aurait pu l'aimer.

— Oui, c'est à peu près ça…

Lisa s'arrêta pour admirer un oiseau qui planait dans le ciel, les ailes embrasées par le couchant.

— C'est un engoulevent. Il dort toute la journée dans les arbres. Bob m'en a montré un qui vit dans le grand peuplier près de l'éolienne. Le soir, il se réveille, et il part à la chasse aux insectes.

— Et comment les attrape-t-il ? demanda Paul qui connaissait la réponse, mais prenait du plaisir à la voir s'animer.

— Comme ça ! dit-elle en ouvrant grand la bouche et en battant des bras. Il ouvre son bec et il avale tout ce qui passe à sa portée !

Il éclata de rire, songeant qu'elle était adorable dans son imitation de l'engoulevent affamé.

— Fais attention, Lisa…, dit-il avec un parfait sérieux. Tu ne veux pas attraper d'insectes, n'est-ce pas ?

L'air affolé, elle referma précipitamment la bouche et,

avec un sourire gêné qui fit la joie de Paul, s'engagea sur le petit pont qui enjambait le ruisseau.

— Tu as vraiment eu une semaine difficile ? s'enquit-elle avec compassion. Tu paraissais si fatigué, mercredi soir, quand tu m'as annoncé que tu devais te rendre à Chicago.

— Oui, toutes ces réunions ont été assez pénibles, mais fructueuses. Nous avons signé un contrat important sur lequel nous travaillions depuis des mois, et un autre avec une compagnie japonaise qui nous est tombé dessus sans crier gare.

— Et c'est bien ?

— C'est formidable. En fait, cela va me permettre de t'offrir un joli cadeau, Lisa. Qu'aimerais-tu ?

Elle s'immobilisa sur le petit pont, regardant tour à tour Paul et l'eau qui tourbillonnait à ses pieds.

— Je ne manque de rien, répondit-elle, songeuse. De quoi pourrais-je avoir envie ?

— De vêtements, de bijoux, d'un bel objet pour ta chambre ?

— Non… Je préférerais…

Elle s'interrompit, confuse, les yeux rivés sur le ruisseau.

— Quoi donc, Lisa ?

— Eh bien… la dernière fois que j'ai discuté avec Doris, elle m'a parlé de son fils. Il a quatorze ans, et c'est un as du hockey. Il souhaiterait suivre un stage professionnel cet été, mais Doris et son mari n'ont pas les moyens de le lui offrir. J'aimerais beaucoup lui donner l'argent pour qu'il puisse réaliser son rêve.

Paul la prit doucement par les épaules.

— Combien ça coûte ?

— Sept cents dollars, répondit-elle avec embarras.

— Bien…, dit-il en hochant la tête. Cependant, Doris n'acceptera jamais un tel cadeau, Lisa. Tu le sais, n'est-ce pas ?

— Oui. Mais j'en ai parlé avec Anna, et elle dit que tu pourrais peut-être le sponsoriser, en quelque sorte, par l'intermédiaire de ta compagnie. Dans ces conditions, Doris et son mari ne verraient pas d'inconvénient à ce que…

— Quelle idée magnifique, Lisa ! C'est ce que nous allons faire, bien sûr. Je suis ravi de pouvoir offrir cela à Doris…, ajouta-t-il, heureux de sentir contre lui le corps souple de sa femme. Depuis l'accident, c'est une véritable amie pour toi, n'est-ce pas ? Elle t'a témoigné bien plus de gentillesse que ne l'exigeait son devoir d'infirmière.

— Oui, c'est vrai..., murmura-t-elle, s'appuyant confortablement contre lui, tout à sa joie d'aider le fils de son amie.

Paul retint son souffle, se demandant si elle avait la moindre idée de l'effet qu'elle produisait sur lui.

— Et toi, Lisa..., poursuivit-il avec une nonchalance méritoire, en l'entraînant de nouveau vers le jardin. Comment s'est passée ta semaine ? Qu'as-tu fait pendant mon absence ?

Elle se mit alors à lui raconter les mille événements de ses journées, ses triomphes et ses défis, tout ce qu'elle avait appris, vu et compris.

A l'entrée du jardin, ils s'assirent sur le vieux banc de bois qui trônait sous un pommier. Paul, les mains de Lisa dans les siennes, l'écoutait avec ravissement.

Sa femme était décidément pétrie de contradictions. Depuis son amnésie, chaque fois qu'ils bavardaient, elle le surprenait par son intelligence brillante, son esprit vif et incisif qui trouvait en un éclair la réponse aux problèmes posés.

A deux ou trois reprises au cours du dernier mois, elle l'avait même aidé à résoudre certains problèmes professionnels en émettant des suggestions qui lui avaient paru étonnamment novatrices quoique d'une simplicité biblique. Cependant, elle demeurait timide et gauche dans ses relations avec les gens, consciente des gouffres qu'il lui restait à combler et honteuse de ses lacunes.

Mais, occultant tout le reste, il y avait son extraordinaire fraîcheur, le plaisir qu'elle prenait à découvrir le monde et les multiples expériences qui s'offraient à elle.

— Est-ce que des souvenirs te sont revenus ? s'enquit-il en jouant avec ses doigts fuselés.

Elle fronça les sourcils, contemplant leurs mains jointes.

— Je ne sais pas... Parfois, j'ai des impressions bizarres, embrouillées. Sur le moment, je crois qu'elles émergent de ma mémoire. Mais ce doit être ce dont tu m'as parlé : du déjà-vu, des bribes d'images que mon cerveau organise et me présente comme des souvenirs.

— Par exemple ?

— Par exemple, ma bague..., répondit-elle après une hésitation. L'émeraude que nous avons cherchée sans la trouver... Tu te rappelles ?

Il hocha la tête.

— Eh bien, l'autre jour, il m'a semblé que quelque chose me revenait à propos de cette bague. Je me suis vue la donner à quelqu'un. Je la lui tendais, simplement, et je savais qu'il ne me la rendrait jamais.

— C'est difficile à concevoir. Tu n'étais pas du genre à te défaire d'un bijou de prix.

— Oui…, murmura-t-elle pensivement.

— Et à qui la donnais-tu ?

Elle releva le nez et eut un petit sourire d'excuse.

— Au nettoyeur de moquettes…

— Encore ? rétorqua-t-il en éclatant de rire. Seigneur, ce type a produit sur toi un effet formidable ! Je devrais peut-être être jaloux.

— Ce n'est pas la peine, il est vraiment affreux. Pas du tout comme toi, ajouta-t-elle en détaillant avec admiration le beau visage de son époux, son corps athlétique.

Paul l'attira tout contre lui et, posant le menton sur ses cheveux soyeux, songea avec désespoir qu'aucun homme au monde ne serait capable de résister longtemps à la créature candide et adorable qui était sa femme…

9

Dans la salle de bains ivoire et or, Lisa se tenait immobile devant le grand miroir mural. Mais elle ne prêtait aucune attention à l'image de la svelte jeune femme en déshabillé jaune qui la regardait.

Elle songeait à Paul, au moment agréable qu'ils avaient passé dans le jardin, au plaisir qu'ils avaient pris à cueillir de la rhubarbe pour Heinz. Ensuite, ils avaient regagné la maison et s'étaient installés dans la bibliothèque avec des gâteaux et du café. Ils avaient ri et bavardé, regardé une émission à la télévision. Puis Paul l'avait tendrement embrassée, et chacun s'était retiré dans son appartement.

Lisa rajusta frileusement son déshabillé, frissonnante au souvenir de ce baiser.

Depuis leur soirée au chalet, Paul l'embrassait assez souvent. Mais c'était un simple geste d'affection, pareil aux caresses impulsives dont Anna gratifiait parfois l'une de ses filles au beau milieu d'une journée très occupée.

Lisa savait qu'elle désirait autre chose, même si elle n'avait qu'une conscience obscure de ce qu'elle voulait. Le besoin qui l'habitait était lié au visage de Paul, à son torse puissant, à ses cheveux dorés qui, plus bas sur la nuque, devenaient des fils de soie, au chaume blond qui, le soir, irisait délicatement ses joues.

Quand elle pensait ainsi à son mari, Lisa éprouvait comme une douleur, une faim mystérieuse et indéfinissable qui n'avait rien de doux. Ses rêves étaient remplis d'obscurité soyeuse et de peau nue, de muscles souples, de bouches gourmandes, de corps tendus dans une communion qu'elle avait peine à imaginer quand elle était éveillée.

Et ces rêves la laissaient toujours suffocante, moite, et désemparée.

Plus que tout, elle se sentait seule. Etait-ce bien normal de prendre tant de plaisir à bavarder ensemble, puis, quand venait l'heure de se coucher, de regagner chacun sa chambre ? Une chambre où, pendant des heures, Lisa restait les yeux ouverts, à contempler le plafond et à songer à son mari.

— Paul..., murmura-t-elle à son reflet dans le miroir,

les lèvres entrouvertes, le regard voilé. Paul, je me sens si solitaire…

Elle s'imagina un instant, allant frapper à sa porte ; il sourirait et la ferait entrer, la conduirait jusqu'au grand lit, l'y coucherait et la serrerait dans ses bras…

Réprimant un gémissement, elle sortit de la salle de bains et se mit à déambuler dans l'appartement obscur.

La soirée était d'une douceur inhabituelle pour un mois de mai. Une lune ronde et sereine, accrochée au-dessus des arbres, baignait la campagne endormie d'une pure lumière. Les grillons donnaient un véritable concert nocturne, soutenus en contrepoint par les crapauds qui, près du ruisseau, lançaient au ciel leur vibrant chant d'amour.

Les lucioles voletaient deux par deux dans les arbres, tandis qu'un couple d'engoulevents dansait un allègre ballet aérien, plongeant et remontant en flèche dans les rayons de lune qui métallisaient leurs ailes. Et Lisa, dans sa solitude, se disait que toutes les créatures du monde semblaient ce soir célébrer de joyeuses épousailles.

Elle franchit la porte-fenêtre, tout son être saisi d'un engourdissement qu'elle ne comprenait pas, et s'immobilisa au centre de la terrasse, ses bras nus et son décolleté balayés d'argent, son déshabillé jaune, gonflé par la brise, ondulant autour de ses jambes nues comme les pétales d'une fleur.

La musique de la nuit palpitait en elle au rythme de son propre corps et elle se mit à danser, tendant les mains vers le ciel étoilé, glissant et tournoyant sur les dalles rugueuses, mue par un rythme si ancien et si puissant que tout son être s'y abandonnait sans retenue.

Elle était une nymphe de la nuit, si aérienne dans ses voiles d'or, si absorbée dans sa danse, qu'elle ne vit pas Paul sortir à pas lents de sa chambre et s'appuyer contre un pilier pour la contempler. Légère, elle tourbillonnait, le visage levé vers la lumière chimérique des lointaines planètes, perdue dans le chant d'amour et de désir qui fouettait son sang.

Mais soudain, il y eut une cassure dans son rythme, et son pas se fit hésitant, comme si elle était consciente que quelque chose avait modifié l'air autour d'elle. S'arrêtant brusquement, elle étouffa un petit cri.

Paul était là, tout près d'elle, vêtu seulement de son jean. Son torse, sous la lune, avait le poli du bronzage. Ses muscles jouèrent sous sa peau nue quand il s'approcha.

Il posait sur elle un regard si brûlant, si lourd d'émotions, que ses yeux paraissaient presque noirs. Ses mâchoires étaient crispées et tout son corps tendu.

Le souffle court, Lisa le regardait.

— Paul…

L'instant d'après, elle était dans ses bras, si étroitement pressée contre lui qu'elle en avait mal partout. Les lèvres de Paul butinaient son front, sa gorge, puis ses paupières et sa bouche. Il n'y avait aucune tendresse dans ses baisers avides et sauvages. Lisa, emportée par la tornade, se sentait au bord de la noyade.

— Paul…, murmura-t-elle, paniquée. Je ne sais pas comment… je ne sais pas…

Il desserra quelque peu son étreinte, lui caressant le dos et les hanches.

— Oui, mon cœur… Je ne te ferai pas de mal. Tu as confiance en moi ?

Elle hésita un instant.

— Oui, répondit-elle simplement.

Ce n'était pas tant le désarroi et l'appréhension de ce qui allait se passer qui la tenaillaient. Elle redoutait surtout qu'il l'abandonne, qu'il la renvoie, le cœur et l'âme en déroute, dans sa chambre solitaire avec l'un de ses sourires distants et polis. Se blottissant contre lui, elle lui donna un baiser fiévreux.

— Ne… Ne t’en va pas, Paul, balbutia-t-elle. Serre-moi, s’il te plaît, embrasse-moi encore, j’aime que tu m’embrasses. Je suis… juste un peu effrayée, c’est tout.

— Oh, Lisa ! dit-il d’une voix rauque. Tu es si belle, la plus belle femme du monde…

Il pencha la tête et ses lèvres coururent sur le cou de Lisa, sa gorge, puis sur ses seins ronds et fermes qu’il avait dégagés du corsage de dentelle de son déshabillé. Lisa se figea, affolée et un peu choquée, mais les doigts de Paul et sa bouche qui la caressaient éveillaient en elle un tel plaisir qu’elle ferma les yeux.

— Oh, c’est si bon…, murmura-t-elle.

Tremblant, Paul Temple souleva sa femme aussi facilement qu’il l’eût fait d’une brassée de fleurs et, chargé de son précieux fardeau, traversa la terrasse pour gagner sa chambre.

Lisa était nichée contre la poitrine de Paul, goûtant avec délice ce sentiment d’être totalement en son pouvoir, sachant que ce qui allait arriver ne dépendrait que de lui et non d’elle. Elle avait un peu peur d’y penser, mais elle était sûre d’une chose : elle voulait lui appartenir pour toujours, jusqu’à la fin des temps.

Au moment de franchir la porte-fenêtre, comme s'il avait lu dans ses pensées, il la considéra gravement.

— Tu as confiance en moi, Lisa ? Tu es certaine de le désirer autant que moi ?

— Oui, murmura-t-elle, soutenant son regard avec sérénité. Je ne veux plus être seule.

Il l'embrassa tendrement et pénétra dans une pièce obscure.

— Où sommes-nous ? demanda-t-elle tandis qu'il la déposait sur un grand lit.

— Dans ma chambre… Ça ne te dérange pas, Lisa ?

— Je ne suis jamais venue ici, n'est-ce pas ?

— Non, je ne pense pas… J'allais toujours chez toi, le chapeau à la main comme un mendiant.

Elle baissa la tête, refroidie par cette référence à un passé qu'ils avaient partagé, mais dont elle ne connaissait rien. Sentant sa gêne, il se pencha pour l'embrasser de nouveau.

— Mais c'était à une autre époque, Lisa, poursuivit-il. C'était il y a un million d'années… J'en ai, moi aussi, perdu le souvenir.

Elle acquiesça, rassérénée.

— Pourquoi avais-tu ton chapeau ?

— Pardon ? dit-il, ahuri.

— Tu as dit que, quand tu venais dans ma chambre, tu avais ton chapeau à la main.

Paul la dévisagea un long moment, puis se mit à rire.

— J'oublie sans cesse que tu as du mal avec les expressions idiomatiques. Cela signifie que je te suppliais…

— Oh…

Lisa se tut, déroutée par les mystères et les subtilités du langage, révélateurs de l'indicible complexité du monde. Pendant quelques secondes, elle se sentit effrayée et menacée, complètement perdue dans cette chambre inconnue, avec cet homme qui semblait si différent, tout à coup…

— Lisa ?

Il était assis près d'elle, mais ne la touchait pas. Son regard inquiet l'interrogeait.

Elle s'obligea à lui sourire.

— Je crois que j'ai peur…, dit-elle avec son habituelle candeur.

— Pourquoi ? demanda-t-il en lui soulevant doucement le menton. De quoi as-tu peur ? De moi ?

— Non, pas de toi… Je sais combien tu es gentil et compréhensif. C'est juste…

Elle se tut, les joues rouges.

— Quoi donc, mon cœur ?

— Je sais que… Enfin, tous les gens le font, bien sûr, bredouilla-t-elle. J'ai lu des livres sur ce sujet et j'ai une idée de… de ce que ça doit être, mais… Mais je ne me souviens de rien. Je risque de ne pas être capable de… et alors, tu seras déçu.

— Déçu ? répéta-t-il à mi-voix. Mon Dieu, comment peux-tu penser une chose pareille ?

Elle leva les yeux vers lui, l'air suppliant.

— Paul…

— Ne te tourmente pas, Lisa, murmura-t-il en l'allongeant sur le lit. Il ne faut aucun talent pour aimer. Il suffit d'avoir de la douceur et de la tendresse. Et ces qualités-là, tu les possèdes sans conteste, ma chérie…

D'un geste lent, il lui ôta son déshabillé qui tomba sur le sol comme un souffle de dentelle. Ses lèvres et ses mains reprirent possession d'elle, éveillant dans leur course folle des sensations inouïes, des vagues tumultueuses qui la roulaient dans leurs flots.

Mais elle s'émerveillait surtout des émotions qu'elle

suscitait chez son mari, cet homme si fort et si assuré. Elle n'aurait jamais cru que Paul pourrait être ainsi, frémissant et murmurant des mots d'amour, si ébloui par elle qu'il en oubliait le reste du monde.

Et elle découvrait avec un petit tressaillement de surprise que, plus que tout, elle voulait satisfaire cet homme-là, le combler d'amour et de bonheur, jusqu'à ce qu'il ne reste plus en lui aucune faille par où risqueraient de se glisser la solitude et le chagrin.

Elle le regarda se dévêtir puis se serra tout contre lui, explorant son corps immobile, l'aimant de tout son instinct de femme, avec ses mains, sa bouche et tout son être.

Il était si solide, si vigoureux sous ses doigts et, pourtant, si totalement désarmé, en son pouvoir. Elle l'entendait gémir de plaisir, elle le sentait se tendre, s'arquer. Quand elle retrouva enfin ses lèvres, elle lui sourit.

— C'est bon, n'est-ce pas ? murmura-t-elle en nichant son visage au creux de son cou. Et ça… tu aimes ?

— Lisa… Oh, mon Dieu, mais où as-tu…

— Dans un livre que j'ai lu… C'est drôle, non ? La dame faisait ça…

Quand il fut de nouveau capable de parler, Paul la serra dans ses bras et lui demanda d'une voix rauque :

— C'est là que tu as appris ces merveilles, Lisa ? Dans les livres ?

Elle acquiesça avec conviction.

— Dans les romans, les héros font ça tout le temps... Mais, tu sais, je croyais que ce serait plus dur.

— Pardon ? dit-il en étouffant un petit rire.

— Le sexe..., rétorqua-t-elle en le regardant droit dans les yeux, sans comprendre pourquoi il riait. Je pensais que ce serait beaucoup plus compliqué. C'est facile, Paul. Et c'est très agréable, n'est-ce pas ?

Il rit de nouveau, un rire clair d'homme heureux et émerveillé qui tissa un voile de pure joie autour de leurs corps nus sur le grand lit.

— Oui, mon cœur, c'est très agréable, déclara-t-il avec un parfait sérieux.

Il la reprit dans ses bras, et ses doigts se firent très légers pour la caresser, tandis que sa bouche traçait un chemin secret jusqu'à son ventre palpitant.

Quand elle cambra son corps contre le sien, l'appelant irrésistiblement, il s'allongea sur elle et la fit sienne.

Il était chaud et doux, et en même temps très fort, un peu inquiétant. Il allait et venait en elle, puissant et tendre, si tendre. Il l'emportait sur une vague d'or liquide, lente et haute, qui déferlait et refluait comme l'océan, toujours plus vite, plus loin, sous un soleil de plus en plus éclatant…

Lisa n'avait plus conscience d'elle-même, ni de Paul. Détachée de tout, de ses angoisses passées, et même de son désir de le combler, elle s'abandonnait à la danse, à l'extase qui la propulsait là-bas, au-delà des étoiles, dans un univers de bonheur et d'ombre soyeuse.

Frémissante entre les bras de son mari, elle se délectait des doux tressaillements de son corps qui semblait répondre au rythme du cosmos et la mettre en paix avec elle-même et avec le monde. Puis Paul laissa échapper un cri, et sa tête retomba au creux de l'épaule de Lisa.

Avec un rire de gorge, elle étreignit son amant de toutes ses forces, éperdue d'amour, ne sachant où finissait le corps de l'homme adoré et où commençait le sien. Ils étaient à présent aussi proches que deux personnes peuvent l'être, et elle voulait que cette fusion ne cesse jamais, car elle n'imaginait plus une vie sans lui.

Il remua contre elle, murmura quelque chose qu'elle ne comprit pas, tant sa respiration était haletante. Elle lui caressa les cheveux, avec un sourire béat.

Et soudain, aussi léger qu'un souffle de vent, un souvenir affleura à son esprit.

Par réflexe, elle se raidit, et aussitôt se détendit lorsque lui vint la certitude qu'il s'agissait bien là d'un souvenir et qu'il était agréable.

Elle était toute petite, et se trouvait assise sur un carré de pelouse.

L'image était si vive qu'elle sentait l'herbe picoter ses jambes nues, les fleurs embaumer et les insectes bourdonner paisiblement autour d'elle. Elle tenait une poupée dans ses bras, la plus belle qu'elle eût jamais vue, et ce visage rond et souriant de poupée éveillait chez la petite fille qu'elle était le même sentiment d'adoration que celui qu'elle éprouvait à présent en étreignant le grand corps tremblant de son mari.

Elle sourit de nouveau, enchantée de ce joli souvenir, le goûtant et l'étudiant avec l'étonnement émerveillé d'une enfant qui se voit offrir un jouet extraordinaire.

C'était une vraie réminiscence. L'image ne se dissipait pas, ne se brouillait pas et ne se faisait pas menaçante comme les autres. L'herbe, le jour d'été, la poupée étaient comme les caresses de Paul : un présent accordé par quelque puissance supérieure et bienveillante, qu'il lui appartenait de conserver précieusement.

Elle se pelotonna avec volupté dans les bras de son mari.

— Je t'aime, Paul, murmura-t-elle. Je t'aime tant...

Ken Holcross, bien carré dans son fauteuil, regarda d'un air intrigué l'homme grand et blond qui pénétrait dans son cabinet.

— Paul, je crains que Mary ait fait une erreur. C'est à Lisa que j'ai donné rendez-vous, pas à vous.

— J'ai besoin de vous parler, Ken. Lisa viendra sans doute dans la semaine.

Le psychiatre repoussa quelques papiers et chercha machinalement un stylo dans le fatras qui s'entassait sur son bureau, mais son regard aigu ne quittait pas son visiteur et ne manquait aucun détail. Paul Temple, quoique vêtu d'un simple pantalon de coton et d'un polo blanc, respirait l'autorité et le pouvoir. On devinait sa richesse à quelques indices discrets, comme sa montre au cadran d'or et d'acier, ses chaussures de cuir souple et sa chevelure impeccablement coiffée. On décelait l'orgueil et la force virile au pli de la bouche, finement sculptée, au port de tête un peu arrogant, au regard qui ne cillait pas.

Mais le médecin, avec son sens coutumier de l'observation, nota autre chose qu'il n'avait pas l'habitude de voir chez Paul Temple. Il surprit une lueur d'incertitude, une expression de gêne et de circonspection au fond des yeux si remarquables.

— Y a-t-il un problème, Paul ? Du nouveau dans l'état de Lisa ?

— Oui, en quelque sorte..., répondit Paul en se détournant légèrement pour examiner une petite peinture à l'huile accrochée au mur. Elle a commencé à retrouver certains souvenirs, comme vous l'aviez prédit.

— Vraiment ? Quel genre de souvenirs ?

Paul lui exposa les réminiscences confuses impliquant le fameux nettoyeur de moquettes qui, pour une raison mystérieuse, avait eu un impact considérable sur la conscience de Lisa.

Ken Holcross jeta quelques notes sur son carnet.

— Je suis plutôt d'accord avec vous, Paul. Je ne pense pas qu'on puisse considérer ces vagues images comme des souvenirs. Il s'agit plutôt de simples impres sions ou élaborations, quoique le cerveau soit un bien étrange mécanisme et que le cas de Lisa soit vraiment inhabituel. Selon vous, elle n'avait jamais eu affaire à ce nettoyeur de moquettes ?

— Eh bien, pas exactement. Elle avait dû déjà avoir

affaire à lui, puisqu'il était apparemment prévu de nettoyer les tapis le mois prochain. Mais elle n'a aucune trace de leur accord et aucun souvenir précis, hormis ces quelques bribes de souvenirs où il semble toujours avoir un rôle.

— Je vois... Il est sans doute l'une des rares personnes étrangères qu'elle ait rencontrées depuis l'accident.

— C'est ce que je lui ai dit. Cependant ce n'est pas le plus important, Ken. Il semble qu'elle commence aussi à avoir des réminiscences de sa petite enfance.

Le visage du psychiatre s'éclaira.

— Ah, je préfère ça ! Parlez-moi donc de ces souvenirs-là.

Paul lui raconta l'histoire de la poupée, suivie d'une autre scène, revenue le lendemain matin à la conscience de Lisa : plongée dans une eau profonde et tourbillonnante, elle gigotait dans les bras d'une femme qui était vêtue d'un maillot de bain bleu et riait aux éclats.

— Quel âge avait Lisa dans ce second flash ? Le même que dans le premier ?

— Oui, je crois... Elle pense qu'elle était peut-être un peu plus grande, mais elle ne saurait expliquer pourquoi.

— Elle a vraisemblablement raison. Je présume que

vous n'êtes pas vraiment familiarisé avec la théorie de Ribot sur la mémoire, n'est-ce pas ?

— Eh bien, pas précisément, répondit Paul avec un sourire bref. Depuis l'accident de Lisa, j'ai lu beaucoup d'ouvrages sur le sujet, mais j'ai tant à faire au bureau ces temps-ci que ma propre mémoire a quelques défaillances.

— La théorie de Ribot pose comme principe que les amnésiques profonds recouvrent leurs souvenirs dans un ordre strictement chronologique, depuis les plus anciens jusqu'aux plus récents. Ces réminiscences de la petite enfance dont vous me parlez confirment cette hypothèse.

Paul opina, l'air pensif. Ken Holcross l'observait, notant la tension qui raidissait les larges épaules, la crispation des mains agrippées aux accoudoirs du fauteuil, le vide du regard.

— Paul ? dit-il avec gentillesse. Y a-t-il un élément particulier qui déclenche le phénomène de remémoration chez Lisa ?

L'homme fier et distant qui lui faisait face s'agita avec embarras, le fixa un instant pour, aussitôt, détourner les yeux.

— Eh bien... Il semble en effet que cela succède

à… certains moments d'intimité, répondit-il d'une voix sourde.

— Des moments d'intimité ? répéta le médecin, soudain alerté. Quelle sorte d'intimité ? Avec qui ?

— Des relations sexuelles… Avec moi, Ken. Je suis son mari, vous n'avez pas oublié ?

— Ainsi, vous faites de nouveau l'amour avec elle…

Paul acquiesça, lançant à son interlocuteur un regard énigmatique où se mêlaient le défi et la prière.

— J'ai essayé, Ken. Dieu sait que j'ai essayé de toutes mes forces. Mais je pense qu'aucun homme au monde n'aurait pu résister à une femme comme Lisa, en tout cas telle qu'elle est aujourd'hui.

— Je comprends tout à fait ce que vous voulez dire, rétorqua tranquillement Ken Holcross. Et c'est ce que je craignais… Je pressentais depuis un moment que cela se produirait, mais à moins de la retirer de chez vous, je ne voyais pas comment l'empêcher.

— Est-ce si grave ? s'enquit Paul d'un ton douloureux. Suis-je vraiment un salaud qui profite de son innocence ? Va-t-elle souffrir à cause de moi ?

— Ça dépend…

— De quoi ?

— De plusieurs choses… Voyez-vous, ajouta Ken après une hésitation, Lisa a eu une histoire sexuelle compliquée. Sa vie…

— Je sais fort bien qu'elle couchait avec n'importe qui, coupa Paul d'une voix vibrante. Cela m'a toujours été odieux. Vers la fin, sa conduite m'écœurait tellement que je ne supportais plus de la toucher. Mais à présent…

— Elle ne couchait pas avec n'importe qui…, répondit le psychiatre avec douceur. Elle ne couchait pas du tout, même…

Paul sursauta, fixant sur son interlocuteur un regard troublé.

— Mais…

— En réalité, depuis le début de votre mariage, elle n'a jamais eu de relation sexuelle qu'avec vous.

Paul, soudain livide, ouvrit la bouche pour répliquer, mais les mots restèrent bloqués dans sa gorge.

— Je ne vous crois pas…, murmura-t-il enfin après quelques instants de silence. Sa façon de s'habiller, de se tenir, et tous ces types qui lui tournaient autour…

— Elle était provocante, rebelle, elle avait envie de séduire et menait les hommes par le bout du nez, mais elle n'a jamais cédé à aucun d'entre eux.

Paul secoua la tête, désemparé.

— Vous devez vous tromper, Ken. Je ne peux pas croire ça.

— Je ne me trompe pas, répliqua le psychiatre avec un petit sourire sans joie. Sous hypnose, les gens disent la vérité. Lisa avait en elle une part d'ombre considérable, cependant elle vous était fidèle.

— Mais alors pourquoi se conduisait-elle ainsi ?

Le visage du médecin s'assombrit et, quand il reprit la parole, son élocution était plus lente, comme s'il pesait méticuleusement chaque mot.

— Je crains que nous n'atteignions la limite de ce que l'éthique professionnelle m'autorise à vous confier, bien que vous soyez son mari.

— Je le sais, rétorqua Paul, et il y avait un accent presque implorant dans sa voix. Toutefois, si vous pouviez m'aider un peu à comprendre…

Le Dr Holcross réfléchit un instant, puis hocha la tête.

— Bien… Lisa a été, dans le passé, profondément traumatisée par certaines expériences sexuelles, par des situations où elle se sentait une victime impuissante. Je suppose que son comportement de séductrice lui conférait une sorte de pouvoir qu'elle jugeait gratifiant et agréable, tout en ayant conscience de jouer une partie souvent dangereuse.

— Oui, elle a toujours aimé le danger, intervint Paul avec amertume.

— En effet… Elle n'ignorait pas qu'il était périlleux pour une femme d'encourager un homme et de lui faire des promesses qu'elle n'avait pas l'intention de tenir. Mais Lisa prenait son plaisir dans le jeu de la séduction, et non dans son aboutissement. Elle gardait toujours le contrôle de la situation en ne livrant jamais son corps ni son cœur, quoi qu'elle ait pu laisser imaginer à son partenaire.

— Je sais… Elle se comportait ainsi avec moi.

Le psychiatre lui lança un regard aigu, mais ne répliqua pas, attendant que son visiteur poursuive.

— Et cette agression…, dit soudain Paul. Pensez-vous qu'elle soit liée avec ce dont nous parlons ? Pourrait-il s'agir d'un homme trop frustré qui a voulu lui infliger une bonne leçon ?

— C'est possible. Les policiers affirment que s'ils n'avaient pas reçu cet appel anonyme les prévenant qu'une femme était en train de se faire agresser, elle aurait été beaucoup plus sérieusement blessée. Mais je doute que nous connaissions un jour la vérité. Les êtres qui vivent sur le fil du rasoir, comme Lisa, s'exposent à cette sorte de danger, que ce soit avec des inconnus ou même des personnes de l'entourage. C'est inévitable.

— Seriez-vous en mesure de découvrir ce qui s'est passé grâce à l'hypnose ? Si vous l'interrogiez, parviendriez-vous à savoir ce qu'elle a fait récemment et qui étaient ses agresseurs ?

— Je ne prendrai pas ce risque, même sous hypnose, rétorqua le Dr Holcross d'un ton catégorique. Je préfère la ramener vers son enfance et la laisser avancer à son rythme. Lui faire recouvrer des souvenirs récents sans qu'elle soit prête à les affronter pourrait se révéler dangereusement traumatisant.

— Pourquoi ?

— Parce que l'amnésie, en particulier celle dont souffre Lisa, n'est pas qu'un problème physiologique. En réalité, elle a presque toujours une origine psychologique.

— C'est ce que j'ai lu, en effet. Mais quelle en est la cause ?

— Trop de pression émotionnelle… Disons, pour recourir à une analogie simpliste, que la perte de mémoire ressemble un peu à un court-circuit.

— Donc, si la vie devient intolérable, le cerveau efface les souvenirs pour les empêcher de vous détruire ?

— C'est à peu près ça. La dépression nerveuse est du même registre, une sorte de black-out total qui laisse au patient le temps de cicatriser, de se régénérer. Cependant, l'amnésie est une réponse très spécifique. Sauf dans certains cas de lésion physique du cerveau, elle ne touche que des individus soumis à un trop fort stress émotionnel.

— Je ne comprends toujours pas. A quel stress Lisa était-elle donc soumise ? Elle a toujours fait ce qu'elle a voulu, sans se préoccuper de quoi que ce soit. C'était l'être le moins stressé qu'on puisse imaginer. Ne se moquait-elle pas de tout ?

Le psychiatre croisa les mains sur son bureau et les contempla longuement, l'air pensif.

— C'est l'impression qu'elle essayait de donner, en effet, mais ce n'était pas tout à fait vrai. La façon dont les gens réagissaient par rapport à elle la plongeait toujours dans une colère destructrice. Surtout quand vous étiez en cause.

— Moi ? dit Paul, étonné. Elle ne se souciait pas le moins du monde de mes réactions… En réalité, elle s'ingéniait à m'écœurer et à me détacher d'elle.

— Paul…

Le Dr Holcross s'interrompit, réfléchit, puis releva les yeux, comme s'il avait pris une brusque décision.

— Les enfants sont ainsi, Paul. Ce sont souvent aux êtres qui comptent le plus pour eux qu'ils réservent le pire. Comme s'ils essayaient ainsi de tester l'amour qu'on leur porte, de voir si celui-ci résiste aux mauvais traitements.

— Mais je ne pouvais pas continuer à l'aimer alors qu'elle se conduisait de façon inqualifiable…, rétorqua Paul d'une voix basse, angoissée. Personne ne l'aurait pu, Ken. Je ne lui souhaitais aucun mal. Je voulais juste qu'elle sorte de ma vie.

— Je sais, Paul. Elle le savait aussi et…

— Comment réagissait-elle ?

— Je pense qu'elle vous haïssait de ne pas être capable de lui donner l'amour inconditionnel auquel elle aspirait. Qui plus est, je crois que la violence de sa colère et de sa haine la détruisait.

Soupirant, Paul se passa une main tremblante sur le front.

— Et vous devez comprendre, poursuivit le médecin d'un ton ferme, que ses sentiments envers vous, ajoutés à la peur que lui inspiraient les relations sexuelles, compliquaient dangereusement les choses. Ses expériences passées l'avaient conditionnée à haïr et mépriser les hommes qui la désiraient. Elle les encourageait à manifester leur désir pour ensuite les accabler de son dédain. Dans la mesure où vous étiez le seul à la posséder sexuellement, vous êtes devenu la cible de ses pulsions négatives.

— Ma femme m'en veut de la désirer…, murmura Paul en dévisageant le Dr Holcross d'un air éberlué. Bonté divine, Ken, ne vous semble-t-il pas que j'aurais pu en être informé plus tôt ?

— C'est le secret médical, Paul, et je n'aurais pas dû vous donner cette information. Je ne devrais plus rien vous dire, excepté qu'il faut que vous sachiez que la situation risque de s'aggraver maintenant que Lisa et vous avez retrouvé une intimité physique.

— Je souhaitais justement discuter de cela avec vous. C'est du reste la raison de ma visite. Néanmoins, voyez-vous…

— Oui ?

— Eh bien, répondit Paul avec une sorte d'humilité, je vous assure que ça ne paraît pas si compliqué. Ça semble plutôt…

— Continuez, je vous en prie.

— C'est tellement naturel, tellement doux… Lisa est une autre femme — chaleureuse, spontanée, et même plus attentive à mon plaisir qu'au sien.

— Mais elle éprouve aussi du plaisir ? s'enquit le médecin avec un vif intérêt.

— Oui, et c'est le plus stupéfiant. Je ne me rappelle pas qu'elle ait jamais eu un orgasme auparavant. Maintenant, elle y parvient le plus naturellement du monde, bien que l'amour physique soit nouveau pour elle.

Le Dr Holcross jeta quelques notes supplémentaires sur son carnet.

— En réalité, je ne suis pas tout à fait juste envers Lisa, reprit Paul après un long silence, les yeux toujours fixés sur le tableau accroché au mur. Elle n'était pas odieuse tout le temps. Il m'arrivait parfois d'avoir une vision fugitive de la femme douce, enjouée, qu'elle est aujourd'hui. Dans ces moments-là, j'étais incapable de lui résister. Malheureusement, elle ne tardait jamais à redevenir la créature cynique et perverse que j'avais appris à redouter, surtout si j'avais la sottise de lui faire des avances.

— Oui, c'est assez cohérent. Toute perspective d'intimité physique déclenchait sans doute chez elle des souvenirs douloureux et, par conséquent, une attitude de défense.

— Ainsi, selon vous, si elle est ainsi à présent… c'est simplement parce qu'elle s'est libérée de son passé ?

— Je le pense. Il est inhabituel que l'amnésie provoque un tel changement de personnalité ; cependant, comme vous l'avez fait remarquer, Lisa est délivrée du souci permanent de se protéger contre la souffrance. Il se peut même que la femme que vous connaissez aujourd'hui soit la « vraie » Lisa Temple, quel que soit le sens de ce terme.

— C'est-à-dire la femme qu'elle aurait pu être, si elle n'avait pas été aussi gravement traumatisée par certains événements de son enfance ?

— En quelque sorte, oui.

Les mâchoires serrées, Paul considéra longuement le médecin.

— Mais si je vous suis bien, quand elle commencera à recouvrer la mémoire, elle peut très bien redevenir le monstre qu'elle était.

— Voilà un pronostic cruel et simpliste. Cependant, il est en effet possible que l'état d'esprit actuel de Lisa ne soit pas permanent. En fait…

— Oui ? insista Paul, l'expression durcie. Qu'essayez-vous de me dire, Ken ?

— Quand les souvenirs lui reviendront, rétorqua le psychiatre avec réticence, ils risquent d'être plus traumatisants que jamais, car ils seront tout frais et terriblement vivaces. Il est difficile de savoir comment elle réagira. Elle éprouvera peut-être le besoin de se construire une carapace encore plus impénétrable que la précédente, simplement pour se protéger.

— Mais n'y aura-t-il pas néanmoins une différence ? Elle est en train de vivre une période agréable et sereine, sans souci d'aucun ordre. Elle passe son temps à jouer avec les petites McBride, à rire avec moi, à se promener dans le domaine… Cet heureux intermède n'aura-t-il aucun effet sur elle ?

— Elle ne se le rappellera sans doute même pas, rétorqua le Dr Holcross d'un ton neutre.

Il lança un bref coup d'œil à Paul, puis baissa la tête, contemplant le stylo qu'il tenait dans sa main.

— La condition présente de Lisa est répertoriée en psychologie sous le nom de fugue, poursuivit-il. C'est la phase durant laquelle l'amnésique agit normalement, mais n'a aucune mémoire personnelle. Voilà pourquoi on raconte tant d'histoires de gens que l'on retrouve en pleine errance, puis qui se rétablissent et commencent une vie nouvelle. Bien sûr, ces histoires sont en général romancées à l'excès, car la fugue dure rarement assez longtemps pour qu'il soit possible de tout reconstruire.

— Mais quand la mémoire revient…

— L'état de fugue est alors oublié. Selon toute vraisemblance, lorsque Lisa retrouvera son passé, elle ne conservera aucune trace de cet agréable interlude. Ses souvenirs conscients s'arrêteront à l'agression du mois dernier et reprendront avec le début du processus de remémoration.

Les épaules de Paul s'affaissèrent. Il se passa de nouveau la main sur le front.

— Oh, mon Dieu…

— A moins que les réminiscences persistent à se manifester de façon lente et régulière. Si Lisa réussit à les intégrer à son existence actuelle sans précipitation, elle aura peut-être moins de peine à les supporter. Elle pourrait ainsi garder une certaine conscience de l'état de fugue, ce qui serait l'idéal.

— Pourquoi ?

— Parce que j'ai la certitude que les semaines écoulées

ont été l'époque la plus heureuse de sa vie, répondit doucement Ken Holcross.

— Alors que me conseillez-vous, Ken ? Quelle est votre conclusion ?

— Ma conclusion…

Le psychiatre hésita, puis leva vers son interlocuteur un regard où se lisait un avertissement, ainsi qu'une profonde sympathie teintée de compassion.

— C'est ce que je vous ai dit précédemment… Lisa est, et a toujours été, un être profondément perturbé. Prenez grand soin d'elle, soyez gentil, entourez-la au maximum, donnez-lui autant de bonheur que possible…

— Mais ?

— Mais protégez-vous… Ne vous impliquez pas trop si vous le pouvez, car vous risquez d'être déçu et de souffrir.

Paul eut un bref hochement de tête.

— Je vois… Merci, Ken.

Le Dr Holcross, dans un silence tendu, regarda Paul Temple se lever. Pâle, l'air hautain, il sortit du cabinet de consultation sans ajouter un mot.

10

La pluie pianotait sur les frondaisons, s'écoulait en bruissant le long des grands arbres et pénétrait l'épais sous-bois en une multitude de filets argentés. Le monde semblait entièrement gris, figé dans le silence épais du crépuscule où s'attardait pourtant, telle une menace tapie dans les bois obscurs, les échos assourdis de son ancienne splendeur.

Indifférent au charme étrange de cette soirée pluvieuse, Joe plissait les paupières pour mieux voir, car les vitres du van étaient sales. Il songeait au temps, à la possibilité de fortes pluies en cette fin de printemps, et aux dégâts que la route risquait de subir.

— On a intérêt à louer un 4x4, Timmy. S'il se met à tomber des cordes, cet endroit va devenir un vrai bourbier.

Tim Connor, assis à côté de lui, ne répliqua pas. Il

se borna à acquiescer d'un air morose et continua à contempler obstinément le paysage.

Joe l'observa un moment, ses doigts tachés de nicotine tambourinant sur le volant.

— Alors, qu'est-ce qui se passe, Timmy ? Tu as du nouveau ?

Le jeune homme secoua la tête.

— Non... Rien n'a changé. C'est pareil que le mois dernier... Il rentre à la maison de bonne heure, passe tout son temps avec elle, l'emmène se balader en voiture. Ils ne se quittent pas d'une semelle.

— Toujours en train de roucouler, alors ?

— Oui, c'est ça.

— Par exemple ?

— Eh bien, quand ils sont dans les écuries, s'il pense que personne ne les voit, il l'embrasse. Et quelquefois...

— Oui ?

— Ils montent dans le fenil, soi-disant pour jouer avec les petits chats, et ils y restent des heures. Dieu sait ce qu'ils fabriquent...

— T'as qu'à grimper là-haut pour jeter un coup d'œil, rétorqua Joe avec un sourire de loup.

— Temple me tuerait... Il a beau travailler dans un

bureau et porter un costume et une cravate, c'est un sacré gaillard. Je ne voudrais pas qu'il s'en prenne à moi.

— Rassure-toi, dans quelques jours il ne te posera plus de problèmes, déclara tranquillement Joe. Il sera raide mort, et nous, on sera riches.

Mal à l'aise, Tim s'agita sur le siège recouvert de vinyle craquelé. Son partenaire lui lança un regard aigu.

— Tu serais pas en train de te dégonfler, par hasard ? demanda-t-il d'une voix doucereuse.

— Non, répondit hâtivement Tim en détournant la tête. C'est juste que…

— Que quoi ?

— Je sais pas… Il y a quelque chose qui cloche quelque part. Tu devrais la voir, Joe. Tu ne lui as parlé qu'une fois, tandis que moi, je la croise tous les jours. Elle ne se comporte pas comme une femme qui manigance la disparition de son mari. On croirait une petite fille. Et elle est tout le temps à le contempler comme s'il venait de lui décrocher la lune.

— Parce qu'elle est drôlement futée… Quand tu engages un type pour qu'il te débarrasse de quelqu'un, tu ne dois pas oublier que c'est un meurtre, figure-toi. Et l'épouse, c'est toujours la première sur la liste des suspects. Elle en est consciente, tu penses bien… Vu la façon dont elle traitait son mari avant, on l'aurait soupçonnée tout de suite. Tandis que, maintenant, elle brouille les pistes. Cette histoire d'amnésie, c'est une fameuse idée. Je le lui ai dit, d'ailleurs.

— Ah bon ? Quand ?

— Le mois dernier, quand on a conclu le marché. Ecoute, Timmy, pour ce boulot, c'est pas une mauviette dont j'ai besoin. Parce que tu vas pas chômer, tu comprends… Il faut que tu me prépares le véhicule, que tu me renseignes sur ce qui se passe en bas, que tu bloques la route quand le coup sera fait pour qu'on ait le temps de disparaître… et j'en passe. Si tu veux te défiler, préviens-moi maintenant pour que je puisse trouver quelqu'un qui ait vraiment envie de gagner deux cent mille dollars.

Le visage grêlé de Tim se colora à la mention de l'argent. Il coula un regard vers son partenaire puis, très vite, reprit sa contemplation du paysage.

— Non, je marche avec toi. J'aimerais être un peu plus au courant, c'est tout. Ça s'approche, Joe. Je voudrais juste savoir exactement comment tu comptes t'y prendre.

— Tu connais presque tous les détails… Pourquoi

tu as besoin de toutes ces informations ? demanda Joe d'un ton suspicieux.

— Pour savoir, c'est tout…, répéta Tim d'un air têtu. Ce que j'ai à faire, quand, tout ça…

— Je t'ai déjà tout expliqué. Je te donnerai les derniers éléments le moment venu.

— C'est-à-dire ?

Joe hésita, puis se laissa fléchir.

— Dans deux semaines à partir de ce soir. Ce sera un samedi. Temple sera tout seul là-haut, dans son chalet.

— Tu vois, c'est justement une des choses qui ne me plaisent pas. Temple ne va plus au chalet. D'après Bob, avant il y passait tous ses week-ends, mais plus maintenant. Il reste avec sa femme.

Les bajoues de Joe frémirent tandis qu'il serrait les dents. Ses petits yeux lançaient des éclairs.

— Il ira, elle me l'a affirmé. Elle connaît notre arrangement et, quand je lui ai parlé la dernière fois, elle m'a dit que tout serait prêt. Elle se débrouillera pour qu'il soit au chalet le dernier week-end de juin.

— Et comment tu le…, commença faiblement Tim. Enfin, comment tu comptes l'avoir ? Il risque de rester enfermé toute la journée. Bob dit qu'il passe son temps à lire et à regarder des photos.

— Il restera pas dedans toute la journée, répliqua Joe avec son habituel sourire carnassier.

— Comment tu le sais ?

— Parce qu'il y a pas de toilettes dans le chalet. Et ton Paul Temple a beau être un aristocrate bourré aux as, il est quand même fabriqué comme tout le monde. Le matin, il sera bien forcé de sortir, et cette petite promenade sera pour lui la dernière. Quand on découvrira son corps, nous serons loin. Et comme sa femme est toute mignonne avec lui, les flics n'auront pas le moindre soupçon. Ils penseront qu'il a récolté une balle perdue, tirée par un braconnier quelconque. On sera bien tranquilles, et Lisa Temple aussi. Elle nous paiera dès que le bruit de tout ça sera retombé, et toi et moi, on n'aura plus de soucis.

Le visage de Tim se décomposa quand Joe eut fini de parler, ce qui n'échappa pas à ce dernier. Il referma brusquement une poigne d'acier sur l'épaule malingre du jeune homme.

— Parle, petit ! ordonna-t-il d'une voix sifflante. Si tu te dégonfles, tu as intérêt à me prévenir, sinon j'hésiterai pas à te descendre, toi aussi.

Le visage de Tim se ratatina encore sous l'effet de la douleur et de la peur.

— Je ne me dégonfle pas, Joe ! gémit-il. Je te jure. J'ai vraiment besoin de cet argent, c'est ma seule chance. Seulement… oh, bon Dieu ! J'aimerais juste que ce soit fini, voilà.

— Ça viendra… Dans deux semaines, petit, on n'en parlera plus, et à nous la belle vie ! Tu me crois ?

Tim demeura silencieux, observant la pluie qui ruisselait dans le sous-bois.

— Hé ! Tu me crois ?

— Oui, répondit le jeune homme en se forçant à sourire.

— Tant mieux… Et maintenant, sors et laisse-moi partir d'ici avant que je m'embourbe.

Docile, Tim descendit. Voûtant les épaules, il remonta sur sa tête le capuchon de son ciré et regarda d'un air sombre le van gris faire demi-tour et s'éloigner en cahotant sur le chemin creusé d'ornières. Puis, luttant contre la pluie qui lui fouettait le visage, il se dirigea pesamment vers le domaine, en contrebas.

— Allô ? Doris, c'est bien vous ?

— Bien sûr, mon chou ! Comment ça va ?

Lisa sourit, heureuse d'entendre la voix ensoleillée à l'autre bout du fil, quand une brusque nausée la saisit. Elle serra les dents, inquiète. Ces malaises qui l'assaillaient sans crier gare et se dissipaient de façon tout aussi mystérieuse se répétaient régulièrement depuis quelques jours.

Elle préférait ne pas en parler à Paul car il penserait qu'elle essayait d'échapper au dîner auquel ils étaient conviés le mercredi. Il n'ignorait pas qu'elle était terrifiée à la perspective de se retrouver pour la première fois dans une soirée mondaine, d'autant que les convives connaissaient évidemment le couple Temple avant l'accident.

Mais Lisa s'était rendu compte qu'elle devrait tôt ou tard affronter dîners et manifestations diverses si elle voulait être l'épouse à part entière de Paul Temple. Et il était primordial, pour elle, de ne pas le décevoir.

— Lisa ? Alors, comment ça va ? répéta Doris.

— Bien, répondit-elle machinalement. Je pensais à Paul, ajouta-t-elle avec sa spontanéité coutumière. Si je le décevais…

— Est-ce le cas ?

— Je n'en sais rien.

— Il est toujours gentil avec vous, n'est-ce pas ? Plus qu'au début ?

— Oh oui ! C'est bien mieux qu'au début ; seulement je ne sais jamais à quoi m'attendre avec lui.

— Comment ça ?

— Eh bien, il est parfois très... tendre, répondit Lisa en rougissant, mais à d'autres moments, on dirait qu'il se retient, comme s'il se rappelait qu'il est censé ne pas m'aimer, ou quelque chose de ce genre... Alors, il s'éloigne de moi, il sort, ou bien il s'enferme dans sa chambre...

— Mais ensuite, il revient vers vous ?

— Oui, murmura Lisa, émue en songeant à ces moments.

Quand Paul s'arrachait enfin à son isolement forcé, c'était tellement merveilleux ! Quelquefois, il semblait venir la rejoindre à contrecœur, mais il était incapable de rester loin d'elle. Pour Lisa, cette faiblesse était la plus délicieuse des déclarations d'amour.

— Oh, les hommes sont comme ça ! déclara tranquillement Doris. Ils ont besoin de s'accorder un peu de répit de temps en temps, et après, ils rentrent au bercail. D'ailleurs, la situation n'est pas facile pour votre mari.

— Pourquoi ?

— Parce qu'il n'est pas habitué à avoir une femme, rétorqua Doris avec gentillesse. Je crois qu'avant, vous n'étiez pas souvent ensemble tous les deux. Pas étonnant qu'il ait besoin d'un peu de temps pour s'adapter.

— Vous avez sans doute raison…, murmura Lisa, soudain attristée.

— Et les souvenirs ? Ils reviennent ?

— Oui, de plus en plus… Je me rappelle assez bien l'orphelinat et les deux premières maisons où l'on m'a placée. Hier et ce matin, je me suis aussi remémoré certaines choses de mes premières années d'école.

— Ce sont des souvenirs agréables ?

— Pas vraiment, répliqua Lisa d'un ton bref. Je me rappelle avoir été très malheureuse parce que je ne pouvais pas participer à un spectacle de Noël.

— Et pourquoi donc ?

— Je n'avais personne pour me confectionner un costume, répondit Lisa, souhaitant en secret que Doris change de sujet.

Au début, le fait de retrouver peu à peu des souvenirs de son enfance l'avait plongée dans une excitation sans bornes. Mais la plupart de ces réminiscences étaient si tristes, si misérables, surtout aux yeux de l'adulte qu'elle était devenue, qu'elle préférait à présent ne pas trop s'y attarder.

— Eh bien ? Qu'est-ce qui vous préoccupe ? demanda Doris après un silence.

— Comment réussissez-vous toujours à tout deviner ?

— Vous n'êtes pas formidablement douée pour dissimuler vos sentiments, je n'ai aucun mérite. Allons, racontez…

— Nous sommes invités à un dîner mercredi soir, chez un collaborateur de Paul : le directeur de production de la compagnie.

— Je vois… C'est un peu effrayant, pas vrai ?

— Oh, Doris, je…

La voix de Lisa se brisa.

— Ecoutez-moi, mon cœur. Vous me faites confiance, n'est-ce pas ?

— Oui, répondit humblement Lisa.

— Alors il ne faut pas vous inquiéter. Vous avez votre jeune amie… comment s'appelle-t-elle déjà ? Vous savez, le génie du maquillage…

— Bonnie…

— C'est ça… Demandez donc à Bonnie de vous maquiller comme elle l'avait fait la dernière fois que vous m'avez rendu visite, et de vous aider à choisir une jolie robe dans votre penderie. Vous irez ensuite à ce dîner et vous vous amuserez. Vous savez pourquoi ?

— Non… Pourquoi ? balbutia Lisa.

— Eh bien, parce que vous serez non seulement la plus belle de toutes, mon petit, mais aussi la plus adorable. Et tout le monde va vous aimer.

— Mais, Doris… Ce sont des gens qui travaillent pour Paul. Ils me connaissent, et moi… je ne me souviens pas d'eux. Je ne sais pas ce que je vais leur dire.

— C'est pourtant facile ! s'exclama Doris avec entrain.

— Ah bon ?

— Mais oui ! Vous n'avez qu'à leur parler d'eux, Lisa. Ne pensez plus à vous, concentrez-vous sur ceux avec qui vous bavardez et interrogez-les sur eux-mêmes. Vous verrez, ils penseront tous que vous êtes merveilleuse et que vous maîtrisez au plus haut point l'art de la conversation.

— Vraiment ?

— Ça marche à tous les coups. Au fait, dites-moi… vous prenez bien toutes vos pilules ?

— Lesquelles ? demanda Lisa avec circonspection, surprise par le brusque changement de sujet.

— Toutes... Allons, Lisa, nous les avons passées en revue. Je vous ai expliqué à quoi elles servaient. Vous avez tout noté sur un papier et promis de vous en souvenir.

Lisa hésita, songeant à tous ces médicaments qui s'entassaient dans son armoire à pharmacie — comprimés et gélules multicolores qui attendaient dans leur enveloppe argentée, leur flacon ou leur tube de plastique. Il y en avait des quantités : comprimés effervescents contre la migraine, pilules pour dormir, contrôler l'ovulation, combattre la rétention d'eau...

A la vérité, elle avait oublié les instructions pourtant détaillées de Doris à propos de toutes ces pilules, et ce n'était pas vraiment involontaire. Lisa détestait tous ces remèdes qui lui semblaient renouer avec sa vie passée et un redoutable égocentrisme.

De plus, durant les premiers jours, elle avait pris les somnifères et s'était sentie le lendemain si mal à l'aise et si cotonneuse qu'elle avait eu peur.

A la vérité, il y avait déjà quelque temps que Lisa dédaignait ses médicaments et elle s'en portait mieux. Mais, bien entendu, il n'était pas question de l'avouer à Doris.

— Oui, oui... je les prends.

— Régulièrement ? En suivant bien les prescriptions ?

Lisa hésita. Elle n'aimait pas mentir, mais elle ne pouvait plus faire machine arrière maintenant qu'elle avait commencé.

— Oui.

— C'est bien. Et vos règles sont normales ?

Lisa fronça les sourcils, se remémorant le choc et la gêne que lui avaient causés ses premières règles. Doris lui avait expliqué à quoi s'attendre ; pourtant, l'expérience l'avait réellement perturbée.

— Oui…

— Vous en êtes sûre ?

— Euh… oui.

Elle avait eu ses premières règles à sa sortie de l'hôpital ; donc, si elle appliquait les calculs de Doris, les prochaines devraient arriver… non, auraient dû arriver voilà deux semaines. Ou même plus… Elle avait oublié.

La voix de Doris, qui continuait à parler, la tira de ses réflexions.

— … et vous n'imaginez pas comme il est heureux. Depuis que votre mari a téléphoné, il est sur un nuage.

— Shane ? Votre fils ?

— Lisa, à quoi rêvez-vous encore ? marmonna Doris avec affection. Bien sûr, Shane. Il est tellement excité, avec ce stage de hockey qu'il n'a plus les pieds sur terre. Vous avez été merveilleux, tous les deux.

— C'est Paul, rectifia Lisa en souriant. Il a tout arrangé avec la compagnie. D'après lui, sponsoriser Shane est un excellent investissement parce qu'il sera célèbre un jour et que ce sera une bonne publicité.

— Eh bien, il est vraiment adorable, votre Paul. Embrassez-le pour nous, d'accord ?

— Je le ferai, rétorqua Lisa, brûlant déjà de se blottir contre son mari et de sentir ses bras vigoureux se refermer autour d'elle.

Elle bavarda encore un moment avec Doris puis raccrocha. Ses sombres pensées s'étaient pour un temps envolées.

— C'est quoi, Bonnie ? Nous l'avons déjà utilisé ?

— C'est du gel coloré pour les joues, répondit la jeune fille, jetant un rapide coup d'œil au tube que tenait Lisa, avant de se concentrer de nouveau sur l'application minutieuse de l'eye-liner. J'ai pensé que ce serait bien pour une occasion aussi spéciale. Ça vous donnera de l'éclat.

— Ah bon..., marmonna Lisa d'un air dubitatif.

Bonnie esquissa un sourire affectueux, sachant combien son amie était nerveuse et angoissée à l'idée de ce dîner. Elle ne l'en aimait que plus. C'était sidérant de penser qu'une femme aussi belle que Lisa pouvait avoir aussi peur que Bonnie avant son cours de danse.

— Et cette ombre à paupières sera parfaite avec la robe que nous avons choisie, déclara-t-elle, jaugeant son œuvre d'un regard critique.

— Tu... tu es sûre que cette robe convient ? bredouilla Lisa, désignant le fourreau d'or pâle étalé sur le lit. Elle est un peu... je ne sais pas.

— Elle est magnifique, répondit fermement Bonnie, sur le ton qu'elle employait souvent avec sa sœur. Vous ne comptiez quand même pas mettre un jean ?

— J'aimerais bien, dit Lisa avec un sourire de regret. Je me sentirais beaucoup plus à l'aise.

Sa jeune amie eut un reniflement de mépris et, sans daigner répondre, saisit la brosse à mascara.

— Bon, nous avons presque fini... Allons-y.

Lisa pencha le buste en avant et écarquilla les yeux

au maximum, comme Bonnie le lui avait appris, avant de revenir au sujet qui la préoccupait.

— Et, en plus, elle brille ! Crois-tu que les autres femmes porteront aussi des robes qui brillent ?

— Cette année, beaucoup de robes du soir sont en lamé…, affirma Bonnie, implacable. Vous vous rappelez ce magazine de mode que je vous ai montré ?

Attentive à ne pas faire de mouvement brusque qui eût compromis la pose du mascara, Lisa opina humblement.

— Et elle vous va si bien…, poursuivit rêveusement Bonnie. Vous avez l'air d'une princesse de conte de fées, habillée ainsi. Et puis, elle n'est pas aussi décolletée que les autres toilettes qui sont dans le dressing.

— Je déteste ces robes. Je me sens complètement idiote là-dedans.

Bonnie s'interrompit un instant pour considérer le visage anxieux de Lisa.

Durant le mois qui venait de s'écouler, leur amitié avait progressé au point que Bonnie se sentait désormais incroyablement à son aise dans cette chambre élégante. Lisa était en quelque sorte sa meilleure amie.

Bonnie avait souvent rêvé de moments comme celui-ci. Elle s'imaginait bavardant avec une camarade, parlant chiffons et produits de beauté, plaisantant et riant tandis qu'elle s'apprêtait pour une soirée. Mais elle n'avait jamais connu ce plaisir-là car son poids l'avait enfermée dans une sorte de prison, quand elle aurait dû goûter aux joies étourdissantes de la jeunesse.

Elle avait passé ses journées et ses week-ends dans une affreuse solitude, lisant romans et magazines durant des heures interminables, au lieu de vivre. Et maintenant, grâce à Lisa, elle recommençait à s'amuser, même si c'était encore, en grande partie, par personne interposée.

Car elle s'amusait. Elle adorait farder le visage de Lisa, fureter dans sa garde-robe, apprécier une coupe ou un coloris, se jeter sur le lit en riant, tandis que Lisa s'asseyait en tailleur, tout près d'elle, et la bombardait de questions sur tout ce que la mode comptait de merveilles et de banalités.

Naguère, pourtant, Lisa Temple était une femme redoutable…

Pour Bonnie, elle n'était alors que l'épouse du maître, une femme froide et hautaine, une déesse lointaine, diaboliquement belle, dotée à la fois de la grâce et de la cruauté du serpent. Maintenant, elle était lumineuse, pétillante et pleine d'un enthousiasme enfantin. Hésitante et timide, elle se fiait aveuglément à son amie de treize ans pour l'aider à résoudre des problèmes dont les gens de son entourage n'avaient même pas conscience.

Bonnie appliqua la touche finale de mascara, puis se recula pour juger de l'effet produit.

— Parfait… Et maintenant, poursuivit-elle en jetant un coup d'œil au livre ouvert sur la coiffeuse, quelle est la règle de base pour se servir des couverts ?

— On commence par ceux qui sont à l'extérieur, répondit aussitôt Lisa. La grosse cuillère est pour le potage, et la première fourchette à gauche pour la salade.

— Et le petit couteau au-dessus de l'assiette ?

Lisa fronça les sourcils.

— C'est le couteau à beurre ?

— Très bien, rétorqua Bonnie avec un sourire d'approbation. Mais il n'y aura sans doute pas de couteaux à beurre individuels ni de fourchettes à huîtres. Le livre dit que seuls les gens très chics en ont.

Lisa se frotta les bras en frissonnant.

— J'espère bien… Bonnie, je vais être complètement perdue.

— Mais non, voyons ! Vous apprenez très vite et il vous suffit d'entendre quelque chose une fois, pour vous en souvenir. D'ailleurs, au cas où vous auriez une hésitation, que recommande le manuel ?

— De regarder l'hôtesse, répondit Lisa, docile, et de faire ce qu'elle fait.

— Très bien. Et de quoi faut-il parler aux gens ?

— Du temps…, commença Lisa d'un ton incertain. De l'actualité et…

— Et d'eux-mêmes, acheva Bonnie de nouveau plongée dans le livre. Les interroger sur leurs enfants et leurs vacances. Ce sont des sujets dont tout le monde raffole.

— C'est ce que m'a affirmé Doris. Seulement, moi, je suis censée connaître toutes ces personnes. Comment puis-je leur poser des questions sur leur famille ?

Bonnie opina d'un air méditatif.

— Vous avez raison… Il vaut mieux s'en tenir aux vacances. Et n'oubliez pas de dire merci tout le temps. Vous vous rappelez le film ?

Lisa eut un sourire malicieux.

— Comme c'est gentil à vous de m'avoir invitée…, dit-elle avec une intonation anglaise des plus distinguées, avant de s'effondrer en riant aux éclats à côté de Bonnie qui gloussait de joie.

Quand celle-ci avait été informée de l'imminence du

fameux dîner mondain, elle avait demandé à Paul s'il pouvait leur rapporter une cassette vidéo de *My Fair Lady*. Lisa et elle avaient passé un dimanche pluvieux dans la chambre de la maîtresse du domaine, à grignoter du pop-corn et à regarder le film, suivant avec passion la métamorphose d'Eliza Doolittle, la petite marchande de fleurs sans éducation devenue une dame du monde.

Lisa, qui ne se souvenait pas d'avoir jamais vu un film, avait été enchantée par l'histoire d'amour, même si elle avait plus tard avoué à Bonnie que Paul lui paraissait bien plus séduisant que Rex Harrison.

Bonnie, elle, s'était plus intéressée au changement de l'héroïne qu'au personnage du héros, sans doute parce que son propre corps subissait lui aussi une profonde transformation.

Allongée sur le grand lit, les yeux rivés aux rosaces de plâtre qui ornaient le plafond, elle posa une main sur son estomac, sous son ample sweater.

Grâce à un régime strict soutenu par des exercices physiques réguliers, elle avait perdu presque treize kilos. Elle avait parfois du mal à croire que toute cette chair tant détestée avait fondu et disparu, la libérant enfin de sa prison de solitude.

Le monde devenait différent au fur et à mesure que

Bonnie maigrissait. Dans le hall du collège, les garçons la considéraient parfois d'un air songeur, et les filles les plus populaires de l'établissement l'avaient même invitée à s'asseoir à leur table, à la cantine. Quant aux professeurs, ils étaient eux aussi plus gentils avec elle.

Bonnie eut un petit sourire, pensant que sa vie scolaire changerait encore davantage lorsqu'elle aurait enfin le courage de commencer à porter des vêtements plus ajustés. Il lui restait encore cinq kilos à perdre et, étant trop timide pour montrer sa nouvelle silhouette, elle arborait toujours son vieux survêtement informe.

Mince ou pas, cependant, elle n'en devait pas moins supporter Allie qui se montrait toujours aussi brutale et turbulente ; son père, lui, était trop absorbé par son travail pour lui accorder autre chose qu'un sourire d'encouragement distrait de temps en temps. Anna, aussi, était étrangement réticente à commenter la métamorphose de sa fille, bien que Bonnie sût sa mère tout à fait consciente de ce qui se passait.

En fait, Anna devait être terrifiée, songea Bonnie avec une soudaine clairvoyance. Peut-être craignait-elle, si elle félicitait sa fille ou même abordait simplement le sujet de son amaigrissement, d'avoir un mot malheureux. Et alors, les kilos reviendraient plus vite qu'ils avaient disparu. A moins qu'elle ne redoute, au contraire, que Bonnie devienne anorexique et se transforme en squelette ambulant…

Bonnie, elle, savait qu'elle ne courait pas ce risque. Son régime était méticuleusement programmé. Quand elle aurait atteint le poids qu'elle visait, elle augmenterait peu à peu sa prise quotidienne de calories. Il y avait bien longtemps qu'elle connaissait avec précision la marche à suivre mais, jusqu'à l'arrivée de Lisa, elle n'avait jamais eu la volonté de s'attaquer à ce problème.

Le plus amusant était que Lisa, pourtant à l'origine de tout, semblait ne pas avoir constaté la métamorphose de Bonnie. Il est vrai que Lisa ne pouvait pas vraiment se rappeler comment était Bonnie avant. Et, depuis son retour, elle n'avait jamais paru remarquer que sa jeune amie était grosse.

La jeune fille se tourna sur le couvre-lit de satin vert sombre et sourit à Lisa qui, assise en tailleur, continuait à s'entraîner.

— Comme c'est gentil à vous, disait-elle en acceptant une tasse de thé imaginaire d'un air hautain.

— Vous êtes folle…, dit Bonnie avec tendresse. Complètement folle…

Lisa lui sourit, le petit doigt ostensiblement levé.

— Pas du tout. Je suis une élégante dame du monde, répondit-elle avec tant de bravade que Bonnie eut envie de l'embrasser.

Soudain, le visage pourtant maquillé de Lisa vira au gris. Se levant d'un bond, elle se précipita vers la salle de bains. Bonnie demeura immobile, contemplant la porte close d'un air soucieux. Elle se demandait si les mystérieux malaises de Lisa étaient dus au stress lié à cette fameuse soirée mondaine, ou bien s'ils avaient une cause plus grave ; dans ce cas, ne fallait-il pas en parler à Anna ?

Elle décida d'attendre encore quelques jours, le temps que Lisa se remette de ses émotions, afin de voir si ces nausées persistaient.

La porte de la salle de bains se rouvrit, et Lisa revint dans la chambre. Elle s'arrêta pour jeter un coup d'œil méfiant au fourreau de lamé posé sur le divan.

— Vous vous sentez mieux ?

Lisa s'arracha un faible sourire.

— Beaucoup mieux... J'ai juste un peu peur.

— Vous serez superbe..., dit Bonnie avec plus d'entrain qu'elle n'en éprouvait. Venez, on termine le maquillage avec un peu de poudre et ensuite vous vous habillerez.

Elle bondit sur ses pieds, s'émerveillant une fois de plus de sa minceur et de son agilité. Avec tous ces kilos en moins, il était tellement plus facile de se mouvoir !

Mue par une brusque impulsion, elle se pencha pour embrasser Lisa qui, assise à la coiffeuse, contemplait tristement son reflet dans le miroir.

— Je vous aime, Lisa, murmura-t-elle avec tendresse et gratitude. Vous êtes si gentille… Vous le savez, n'est-ce pas ?

Emue, Lisa lui rendit son baiser. Puis elle redressa les épaules et prit une profonde inspiration.

— Bon ! Allons-y, Bonnie. Débrouille-toi pour que je ressemble à une vraie dame. Cela me donnera peut-être la force de supporter l'épreuve qui m'attend.

11

Appuyé contre la haute armoire en bois de rose, Paul contemplait le reflet de sa femme dans le miroir de la coiffeuse. Captant son regard, Lisa lui sourit timidement. Puis, les sourcils froncés tant elle se concentrait, elle entreprit d'ôter ses magnifiques boucles d'oreilles en or piquées de diamants étincelants.

Paul suivait chacun de ses gestes, admirant ses épaules aux attaches délicates, la cambrure de ses reins que moulait le fourreau en lamé doré, ses mains fines qui déposaient précautionneusement les bijoux dans leur écrin de velours.

— Tu as été merveilleuse, Lisa, dit-il à mi-voix. J'ai l'impression qu'ils sont tous tombés amoureux de toi.

Elle releva la tête, surprise, et ses joues s'empourprèrent.

— Oh… vraiment ? J'avais peur de te poser la question. Je craignais d'avoir été trop…

Le cœur empli de compassion, il observa les traits tendus sous l'habile maquillage et lut l'appréhension dans les yeux de sa femme. C'était donc pour cela qu'elle n'avait cessé de bavarder de tout et de rien durant le trajet du retour. Elle redoutait de connaître son jugement, et tremblait à l'idée qu'il pût se montrer critique ou, pire, qu'il fût déçu.

— Lisa, tu as été tellement adorable. Comment ces gens auraient-ils résisté ? Et tu étais si belle…

Il se tut, la gorge nouée, le corps soudain embrasé. Il lui arrivait parfois de ne pas croire à ce prodige, ce miracle : cet être suprêmement désirable était son épouse et elle lui appartenait.

— Lisa…, murmura-t-il, brûlant de la serrer dans ses bras.

Mais elle paraissait lasse et distraite et, les sourcils légèrement froncés, s'examinait dans le miroir. Tandis qu'elle ouvrait le fermoir de son collier, Paul regarda autour de lui.

Avec un sursaut de surprise, il songea que c'était la première fois depuis des mois qu'il se trouvait dans l'appartement de Lisa. Ils passaient presque toutes leurs nuits ensemble. Cependant, comme par une sorte d'accord tacite, elle venait toujours dans sa chambre. Paul hésitait à se rendre chez elle, à pénétrer dans ce décor somptueux où il avait connu naguère tant de souffrances et de désillusions.

Mais c'était fini à présent, pensa-t-il. La vie était différente et, quoi que pût prétendre Ken Holcross, Lisa était une autre femme désormais. Elle ne redeviendrait plus le monstre qu'il avait connu, Paul en était chaque jour plus convaincu. Il avait confiance en elle.

Il tressaillit, soudain tiré de ses réflexions. Lisa lui parlait.

— Elle semblait si anxieuse…, disait-elle en s'approchant de lui, pieds nus. Paul, veux-tu m'aider, s'il te plaît ?

Paul descendit doucement la fermeture à glissière du fourreau, puis se pencha pour poser un baiser sur la nuque gracile. Avec un rire doux, Lisa s'écarta et disparut dans le dressing.

— Qui semblait anxieuse ? demanda-t-il en dénouant sa cravate qu'il glissa dans sa poche.

— Cette dame aux cheveux gris qui portait une robe bleue. Comment s'appelle-t-elle, déjà ? Eleanor ? lança

Lisa depuis la pièce voisine. Elle a été très aimable, mais il y avait une profonde tristesse dans ses yeux.

— Ce n'est pas étonnant…

Il s'assit sur le lit pour enlever ses chaussures puis retira sa veste qu'il posa sur le dossier d'une fragile chaise en bois doré.

— Pourquoi ?

Lisa reparut sur le seuil du dressing, vêtue d'un déshabillé de dentelle d'un rose délicat qui moulait sa poitrine et retombait en plis souples jusqu'à ses chevilles.

— Seigneur…, murmura-t-il, la voix rauque. Tu es superbe.

Souriante, Lisa le menaça du doigt.

— Ne change pas de sujet, s'il te plaît. Pourquoi cette dame est-elle si malheureuse ?

— Parce que son mari a une liaison avec sa jeune secrétaire de vingt-deux ans, et que tout le monde le sait, répondit-il en ôtant ses boutons de manchette.

— Oh, c'est affreux !

Elle resta là un instant, à secouer la tête d'un air horrifié, puis se dirigea vers la salle de bains.

Par la porte ouverte, Paul apercevait la courte traîne mousseuse du déshabillé rose, et il songeait à Lisa, à sa guérison. La jeune femme retrouvait chaque jour de nouveaux pans de son passé. Selon le psychiatre, elle se rappelait même certains événements survenus lorsqu'elle était toute petite et dont elle n'était pas consciente avant l'accident.

Paul eut une grimace douloureuse en pensant à l'enfance misérable de sa femme. Elle lui parlait parfois, avec un calme détachement, de cette période de terreur, de chagrins inconsolables et de terribles déceptions.

— Je m'en souviens de mieux en mieux à présent, lui disait-elle, mais je n'ai pas l'impression que c'est bien moi qui ai vécu tout cela. Il me semble regarder de loin une pauvre petite fille que je voudrais aider, tout en sachant que je ne peux rien pour elle.

Paul, lui, s'efforçait de la soutenir, de la combler de tendresse et d'attentions, dans l'idée de la guérir à jamais de la peur et de l'abandon.

Et, à mesure que les jours passaient, il se tranquillisait : les souvenirs d'enfance de Lisa, le traumatisme qu'ils représentaient, n'affecteraient plus leur vie commune. La jeune femme avait maintenant retrouvé une grande partie de son enfance, jusqu'à l'âge de dix ou onze ans ; or cela n'avait rien changé à son comportement.

Certes, à partir de là, il paraissait y avoir un blocage

et la prime adolescence de Lisa demeurait dans l'ombre. Cependant, Paul avait la certitude que ces années-là reviendraient à leur tour, dans l'ordre chronologique, ainsi que le Dr Holcross l'avait prédit. Quant aux avertissements du psychiatre, Paul préférait y voir les signes d'une prudence excessive à mettre sur le compte de l'amitié ou de la déformation professionnelle.

Lisa — il en était certain — ne redeviendrait pas comme avant. Plus elle découvrait le monde et acquérait de l'assurance, plus elle semblait confiante et prête à se donner totalement à leur amour.

Il sentit sa gorge se serrer en songeant à toutes les nuits qu'ils avaient partagées, à la douceur déchirante de leurs caresses, à leurs rires d'amants heureux que liait une inépuisable passion.

Un sourire étira ses lèvres au souvenir d'un petit incident qui les avait rapprochés durant le dîner. Lisa était assise en face de lui, entre leur hôte et l'un des directeurs de la compagnie, des gens auxquels elle n'aurait pas accordé un regard quelques mois plus tôt. Elle les écoutait en silence, répondait aimablement à leurs questions, et souriait avec une adorable gravité lorsque l'un d'eux lançait une plaisanterie.

Les deux hommes semblaient subjugués, et Paul était

si fier, si éperdu d'amour, qu'il ne pouvait s'empêcher de la dévorer des yeux. A un moment, elle avait capté son regard et il était alors passé entre eux une onde de pure tendresse, chargée de tant d'humour et de compréhension que Paul en avait été ému aux larmes.

Jamais, comme à ce moment-là, Paul Temple ne s'était senti aussi profondément uni à son épouse.

Toujours souriant à ce souvenir, ses pieds nus s'enfonçant dans l'épaisse moquette de laine, il se dirigea vers la salle de bains. Il entra et s'approcha de Lisa qui étalait de la crème sur ses joues.

Elle se raidit et eut une sourde exclamation, surprise par son intrusion silencieuse. Avec un petit rire, Paul l'enlaça, se pressant contre le dos mince et souple, l'embrassant dans le cou, sur l'oreille.

Lisa continuait à se débattre. Paul resserra encore son étreinte, riant toujours, charmé par cette façon qu'elle avait de tout transformer en jeu. Levant les yeux pour regarder leurs reflets dans le miroir, il se figea soudain.

Le visage de Lisa était un masque dur et sans expression, et ses yeux mordorés jetaient des éclairs.

— Lâche-moi ! hurla-t-elle. Espèce de salaud, ôte tes sales pattes de là ! Je te hais !

Paul devint brusquement livide. Ses mains retombèrent, comme au ralenti, et il considéra avec horreur la furie qui le regardait dans la glace. Il ne connaissait que trop cette femme-là.

Pourtant, cette fois, il y avait en elle quelque chose de différent, de plus terrible encore que par le passé. La rage imprégnait tout son être, une fureur si violente que la petite pièce semblait tanguer sous les assauts de cette tempête. Avec un frisson de peur, Paul vit une expression meurtrière passer dans les profondeurs dorées des yeux magnifiques.

Un silence de fin du monde s'abattit sur eux, à peine troublé par la respiration haletante de Lisa. Puis Paul se détourna et, ramassant sa veste et ses chaussures au passage, quitta l'appartement de son épouse.

Les mains nouées sur les genoux, Lisa considérait le Dr Holcross d'un air implorant.

— C'est arrivé mercredi soir ? s'enquit le psychiatre avec douceur. La semaine dernière ?

La jeune femme hocha la tête.

— Je... Je ne sais pas ce qui m'a pris, balbutia-t-elle. Quand il m'a saisie dans ses bras comme ça, alors que je ne m'y attendais pas, et qu'il a refusé de me lâcher, j'ai été submergée par une telle… rage, que je ne pouvais plus me contrôler. J'ai entendu ma propre voix hurler ces mots affreux, et… je n'en croyais pas mes oreilles. C'était tellement horrible, conclut-elle en essuyant les larmes qui roulaient sur ses joues.

— Vous dites que vous avez été submergée par la rage, Lisa. Avez-vous eu conscience d'autres émotions ?

Elle lui lança un coup d'œil surpris.

— D'autres émotions ?

— Oui. Avez-vous ressenti autre chose que de la colère ? Du dégoût, par exemple. De la peur…

Lisa médita un instant.

— Peut-être de la peur… Mais c'est ridicule. Pourquoi aurais-je peur de Paul ? C'est l'homme le plus gentil, le plus tendre, le plus attentionné…

Elle se tut, les yeux écarquillés. Le Dr Holcross ne broncha pas, observant le visage qui se crispait sous le choc de la révélation.

— C'est bien ça, pourtant, reprit-elle. Serait-ce parce que son geste m'a rappelé quelque chose de mon passé ? Un événement terrible que j'ai occulté, mais qui me hante toujours.

— En effet, répondit posément le psychiatre.

— Savez-vous de quoi il s'agit ?

Ken Holcross hocha la tête avec un air circonspect.

— Je pense le savoir…

Lisa se pencha en avant, soudain impatiente.

— Qu'est-ce que c'est, Ken ? Que m'est-il arrivé ? Pourquoi ne me le dites-vous pas ?

— Parce que vous devez le retrouver vous-même. Cet événement particulier est l'un de ceux dont vous ne vous souvenez que sous hypnose. Même avant votre amnésie, vous n'en aviez pas la mémoire consciente.

Lisa demeura silencieuse, fixant sur le médecin un regard scrutateur.

— J'ai lu un ouvrage sur l'amnésie, dit-elle tout à trac.

— Ah… Et qu'avez-vous appris ?

— Quand je suis sous hypnose et que je me remémore quelque chose, il vous est possible de faire que j'en garde la trace. Si vous m'ordonnez de me souvenir de cet événement lorsque je serai de nouveau en état de conscience, je le ferai, n'est-ce pas ?

Ken Holcross se raidit.

— En principe, oui.

— Alors pourquoi ne pas essayer avec moi ? Pourquoi ne pas me ramener à ces moments du passé qui me perturbent tellement, et me commander de me les rappeler ? De cette façon, je saurai au moins ce qui me ronge.

Le Dr Holcross étudia longuement sa patiente au visage enflammé, aux yeux si tristes.

— Dans votre cas, j'ai toujours considéré que ce n'était pas indiqué. Je préfère que vous intégriez ces souvenirs pénibles à votre propre rythme et par votre propre volonté. Vous avez énormément de volonté, Lisa, mais votre capacité émotionnelle risquerait une dangereuse surcharge si l'on vous forçait à vous remémorer trop de choses avant que vous y soyez vraiment prête. Votre amnésie le prouve, d'ailleurs.

— Mais pourquoi pensez-vous que je retrouverai toute seule mon passé ?

— Les réminiscences reviennent de façon très ordonnée, logique. Vous avez quasiment reconstitué votre enfance.

— D'accord, mais si je n'ai jamais eu conscience des événements qui m'ont traumatisée, même avant l'accident, pourquoi me reviendraient-ils en mémoire maintenant ?

— Parce que vous ne consacrez sans doute plus la même énergie à les étouffer, répondit le psychiatre avec un doux sourire. Votre énergie s'est déplacée et vous êtes une personne bien plus forte aujourd'hui, Lisa. Vous vous êtes accordé de merveilleuses vacances en oubliant votre traumatisme et les efforts constants que vous deviez déployer pour en refouler le douloureux souvenir. Vous vous êtes autorisée à connaître l'amour et l'affection, ce que vous n'aviez jamais fait. Par conséquent, je crois que votre esprit sera, à son heure, capable de recevoir et de supporter toutes les autres réminiscences.

— Mais peut-être qu'alors...

Elle s'interrompit, baissant vivement les yeux.

— Quoi donc, Lisa ? Que craignez-vous ?

— Peut-être qu'il sera trop tard, acheva-t-elle d'une voix brisée. Paul me haïra peut-être, comme avant. Je pense que... qu'il me hait déjà.

— Bien sûr que non. Il a été bouleversé par votre attitude et cette subite régression, c'est bien compréhensible. Mais j'ai la conviction qu'il est tout à fait conscient des énormes progrès que vous avez accomplis.

— Il ne me parle presque plus..., murmura-t-elle, d'une voix à peine audible. Et quand il m'adresse la parole, il est simplement poli. Il n'est plus gentil et taquin comme avant. Et il a passé...

Elle s'interrompit de nouveau, se mordant les lèvres pour ne pas fondre en larmes, puis reprit :

— Il a passé le week-end au chalet, comme il le faisait avant, quand j'étais... différente. Je suis sûre qu'il y retournera cette semaine. Aidez-moi, Ken, je vous en prie !

Il y eut un silence, si chargé de tension que le tic-tac de la pendule murale parut tout à coup assourdissant.

— Que voulez-vous que je fasse, Lisa ?

Elle releva la tête ; une détermination sans faille se lisait dans ses yeux.

— Je veux que vous me mettiez sous hypnose, que vous m'aidiez à retrouver tous ces souvenirs et que vous m'ordonniez ensuite de me les remémorer quand je me réveillerai. Je veux savoir qui je suis et pourquoi je suis ainsi.

Quand elle eut fini de parler, Ken Holcross demeura un moment immobile, plongé dans ses réflexions.

— D'accord..., dit-il enfin à contrecœur. Mais je tiens à procéder d'une certaine façon, et notamment à enregistrer de manière méthodique vos réactions. Je vous demanderai même de rester à l'hôpital quelques jours.

— Peu importe, c'est vous qui décidez. Simplement, je ne peux plus continuer ainsi.

Le psychiatre consulta son carnet de rendez-vous.

— Le prochain week-end est le dernier du mois de juin. C'est mon anniversaire de mariage et j'emmène toujours ma femme à Banff pour une escapade romantique... Ce n'est donc pas possible. Que diriez-vous de mardi prochain, dans une semaine ?

— Parfait, répondit Lisa avec difficulté, très pâle soudain.

Le Dr Holcross posa sur elle un regard pénétrant.

— Ça ne va pas, Lisa ?

Redressant les épaules, elle sourit faiblement.

— Si, je vais bien. Il m'arrive quelquefois d'avoir... la nausée, voilà tout. C'est sans doute le stress.

Le psychiatre la considéra un long moment en silence. Un soupçon commençait à se former dans son esprit.

— Lisa..., s'enquit-il en s'efforçant de garder un ton neutre, vous avez bien pris tous vos médicaments, n'est-ce pas ?

Elle baissa la tête.

— Doris m'a expliqué ce qu'il fallait que je prenne, mais... quelquefois je me trompe, et quelquefois je ne me rappelle pas... Jusqu'à présent, je me sentais si bien, ajouta-t-elle, le fixant de nouveau, l'air désemparé. Il ne me semblait pas avoir besoin de tous ces cachets...

Le médecin esquissa un sourire qui se voulait rassurant, dans l'espoir de masquer son inquiétude. Si son hypothèse était juste, Lisa Temple allait bientôt se trouver aux prises avec une nouvelle complication, de taille celle-là, et qu'elle n'était certainement pas prête à gérer. Il n'était donc pas question de lui parler de ses doutes pour l'instant. La semaine suivante, lorsqu'elle entrerait à l'hôpital, il serait encore temps de pratiquer les tests nécessaires et d'arrêter une décision. En attendant, il devait se contenter de renvoyer cette femme chez elle avec quelques paroles de réconfort.

Il soupira navré, désespéré une fois de plus de constater les limites du savoir humain. Dans le drame qui se jouait, il le savait, le médecin qu'il était se trouvait réduit au rôle de spectateur impuissant. Paul, Lisa. Quelle que soit la décision qu'il prendrait, il ne pourrait rien faire d'autre que les regarder tous deux lutter et se débattre pour construire une vraie relation, l'âme emplie de crainte et de méfiance, de chagrin et de souvenirs perdus...

*
* *

Plongée dans ses pensées, Lisa marchait à pas lents sur l'étroit sentier herbeux qui longeait le ruisseau. La douceur de l'air semblait avoir apaisé son estomac capricieux. D'ailleurs, elle ne prêtait plus guère attention à ces mystérieuses nausées qui s'emparaient d'elle à n'importe quel moment de la journée pour se dissiper presque aussitôt.

Les merles flûtaient à tue-tête dans les nids accrochés aux grands joncs qui bordaient l'eau, et les jaseurs sifflaient doucement dans les peupliers. Les feuilles bruissaient tout autour de Lisa, agitées par la brise légère qui caressait la prairie.

Soudain, un craquement sourd lui fit prêter l'oreille. Une biche à la queue blanche jaillit des fourrés et s'élança dans les champs qui s'étendaient au-delà des bois, suivie de deux faons à la robe tachetée qui bondissaient sur leurs pattes graciles.

Lisa s'immobilisa et les regarda disparaître tous les trois à l'horizon, un sourire mélancolique aux lèvres.

Comme ce serait bon, songea-t-elle avec tristesse, de vivre ainsi à l'état sauvage, d'être une biche ou un oiseau sans autre souci que le bien-être et la défense de ses petits.

Hélas, même les oiseaux et les animaux avaient des

problèmes. Ils devaient se méfier des hommes armés de fusils et des pièges en tous genres qu'on leur tendait.

Au moins n'étaient-ils pas hantés par des souvenirs insaisissables qui conservaient le mystérieux pouvoir de gâcher la vie...

Lisa quitta le sentier et dévala la berge tapissée de mousse jusqu'à un gros rocher plat, au bord du ruisseau. Elle s'installa sur la pierre chauffée par le soleil, les bras noués autour de ses jambes, le menton posé sur ses genoux, et contempla d'un air morose les friselis de l'eau.

On était samedi après-midi, un moment que Paul et elle avaient pris l'habitude de passer ensemble. Ils se rendaient souvent en ville pour déjeuner au restaurant, faire du shopping, visiter les galeries d'art et les musées, ou flâner dans les parcs.

Parfois, quand le temps était beau comme aujourd'hui, ils préféraient dévaliser la cuisine toujours bien approvisionnée de Heinz pour se préparer un pique-nique improvisé qu'ils allaient dévorer dans la campagne.

Au souvenir de ces après-midi paresseux, Lisa refoula un sanglot. Elle se revoyait couchée sur une couverture en train de lire un roman, tandis que Paul explorait les bois environnants avec son appareil photo. Ils se cherchaient ensuite une cachette et faisaient l'amour sur le sol jonché de feuilles, tout seuls sous la voûte du ciel, avec les oiseaux et les bêtes de la prairie pour uniques témoins.

Mais le bonheur s'était enfui, comme s'il n'avait jamais existé. Paul s'était une fois de plus réfugié dans son chalet, et Lisa savait que, si elle le rejoignait, elle ne serait pas la bienvenue.

Etrangement, il s'était creusé entre eux un abîme infranchissable, même si le comportement de Paul envers elle n'avait pas radicalement changé. Toujours poli et respectueux, Paul s'intéressait à ses activités et bavardait avec elle lorsqu'ils dînaient ensemble. Mais une part de lui n'était plus là, et Lisa sentait qu'elle ne reviendrait pas.

Car Paul n'avait plus confiance, tout simplement. Sans doute pensait-il que la guérison ferait de nouveau d'elle une femme froide et haineuse, et il refusait de risquer son cœur une seconde fois.

Lisa ne pouvait pas l'en blâmer. Elle frémissait d'horreur chaque fois qu'elle se remémorait cette soirée, sa propre voix hurlant des injures et, dans le miroir, l'affreux visage qui n'était plus le sien, mais la face livide et déformée d'une étrangère.

L'intensité de sa colère, lorsque Paul l'avait enlacée et avait refusé de la lâcher, l'avait vraiment sidérée. Si elle lui avait parlé avec tant de méchanceté, c'est parce qu'elle était suffoquée par la terreur et par un dégoût viscéral. Un dégoût d'une telle violence qu'elle avait failli en être malade.

Lisa secoua machinalement la tête, songeant à ses maigres souvenirs d'enfance. Qu'était-il arrivé de si terrible à cette petite fille solitaire et effrayée pour lui mettre une telle rage au cœur ?

« Que m'est-il arrivé ? rectifia-t-elle aussitôt. C'est à *moi* que c'est arrivé. »

Elle ne se rappelait rien, hormis la solitude apeurée de ses premières années. Son enfance avait été un désert privé d'amour. Pourtant, elle savait d'instinct que cela n'avait pas de rapport avec l'odieux accès de fureur qui l'avait secouée. Non, il s'agissait d'autre chose, et elle devait savoir quoi. Car si elle parvenait à comprendre la source de sa colère, elle réussirait peut-être à l'expliquer à Paul et à le ramener vers elle. Oui, la seule manière de réparer était de prouver à Paul que ses craintes n'étaient pas fondées. Si elle recouvrait totalement la mémoire et comblait toutes ces sinistres zones où ne régnaient pour l'instant que les ténèbres, alors ils auraient peut-être une chance.

Pâle, le visage empreint d'une ferme résolution, Lisa contempla l'eau scintillante, songeant à ce qui se passerait la semaine suivante. Le Dr Holcross lui avait promis de l'aider à retrouver son passé et cela seul comptait. Lisa aimait trop son mari pour imaginer que ses sentiments puissent être altérés par le retour des souvenirs de son adolescence, aussi traumatisants fussent-ils…

Elle frémit de nouveau en se rappelant les mains de Paul qui l'agrippaient et la retenaient, et la vague d'horreur et de dégoût mêlés qui l'avait suffoquée.

— Oh, Paul…, murmura-t-elle en fermant les yeux. Je suis tellement désolée, mon chéri. Je t'aime tant, je t'aime…

Mais les souvenirs maudits étaient là, à la lisière de sa conscience. Ils rôdaient dans l'air alentour, si proches qu'elle pouvait presque les atteindre.

Quand elle pensait aux mains de Paul, à sa propre terreur, elle pouvait presque…

De nouveau, une image de Paul se forma dans son esprit. Elle le voyait rire en plein soleil, grand et fort, si blond, si séduisant qu'elle en avait le cœur déchiré. Et quelque part tout près, un nuage sombre et menaçant planait au-dessus de lui. L'image à son tour s'effaça pour faire place à une scène confuse, où elle vit apparaître, comme dans un mauvais rêve, une pièce crasseuse, une bague qui jetait des feux émeraude dans une lumière crue et le visage épais d'un homme mal rasé qui lui souriait…

Lentement, ces visions s'évanouirent. Comme si cela pouvait les retenir, Lisa pressa ses doigts sur ses tempes, mais en vain. Et bientôt il ne lui resta plus qu'une sorte de pressentiment nauséeux. Par toutes les fibres de son corps, en effet, elle sentait que quelque chose de terrible était sur le point de se produire et qu'à moins de recouvrer la mémoire, elle ne pourrait pas l'empêcher.

Hélas, son esprit n'était que vide et grisaille. Il se jouait des efforts épuisants qu'elle déployait pour se rappeler un événement obscur, postérieur à sa onzième année.

Accablée, elle quitta son rocher et remonta la berge pour regagner le chemin et rentrer à la maison. Au loin, entre les arbres, elle aperçut une chevelure d'or clair, celle de Bonnie.

La jeune fille devait aller chercher les journaux dans la boîte aux lettres. Lisa faillit l'appeler et s'élancer dans la prairie pour la rejoindre, mais elle y renonça. Le soleil déclinait à l'horizon et il y avait encore une chance, même faible, que Paul revienne du chalet pour dîner avec elle. Il lui fallait donc se préparer et choisir une jolie robe…

Elle accéléra le pas et décida de couper par les bois, derrière la propriété, un itinéraire qu'elle empruntait rarement, mais connaissait suffisamment pour ne pas s'égarer.

Bonnie roula les journaux et les mit sous son bras, puis reprit la route menant à la ferme. Elle chantonnait en marchant, emplie d'un merveilleux bien-être, drapée comme une princesse dans le manteau doré du bonheur.

Elle avait enfin franchi le dernier palier, le plus frustrant : lors de la pesée de la veille, elle avait constaté avec ravissement que deux kilos supplémentaires s'étaient envolés. En tout, elle avait donc perdu près de seize kilos, et elle était dans une forme éblouissante.

Bientôt, elle pourrait arrêter son régime et attaquer son programme de maintien, manger un peu plus de fruits et de légumes, augmenter sa ration quotidienne de pain, et déterminer ce qu'elle pouvait absorber sans reprendre de poids. Elle allait beaucoup s'amuser.

Renversant la tête, elle éclata de rire, tâtant du bout des doigts son ventre plat, la courbe ferme de ses hanches et les muscles de ses cuisses.

Pour la première fois depuis des siècles, elle portait un T-shirt moulant et un short en jean effrangé qui découvrait ses jambes minces et bronzées, pareilles à celles des filles du collège. Elle se sentait comme le prisonnier d'un cachot que l'on relâche en plein soleil, comme un papillon échappé de sa chrysalide.

Et elle se trouvait vraiment jolie maintenant que son visage n'était plus empâté. Ses yeux paraissaient plus grands, ses traits mieux ciselés. Elle avait même l'air plus grande, d'une part parce qu'elle avait grandi de deux ou trois centimètres durant son régime, mais surtout parce qu'elle se tenait bien droite au lieu de se voûter pour tenter de dissimuler son corps. Elle se mouvait avec aisance et vivacité, légère et gracieuse comme un oiseau.

Cette séduction nouvelle, elle n'était pas la seule à en avoir conscience. Les autres la remarquaient aussi, surtout ses camarades. Les filles lui manifestaient un respect prudent. Quant aux garçons, ils la considéraient avec un intérêt des plus évidents.

Cette sensation de puissance qui l'habitait était presque effrayante. Mais c'était aussi absolument divin.

Bonnie eut un sourire rêveur en songeant aux vêtements neufs dont sa mère avait parlé la semaine précédente. C'était la première fois qu'Anna osait un commentaire sur la nouvelle apparence de sa fille.

— On dirait bien que tous ces bourrelets de bébé ont fondu d'un coup, n'est-ce pas ? avait-elle lancé timidement. J'ai toujours pensé que ça passerait comme ça, quand tu deviendrais une adolescente et que tu commencerais à grandir.

Bonnie avait approuvé, comprenant que sa mère refusait encore, par pure superstition, d'évoquer franchement le régime que sa fille s'était imposé.

— J'ai perdu pas mal, maman. Je me sens vraiment bien.

— Oui, mais tes habits pendent de partout, avait rétorqué Anna avec l'affection un peu bourrue qu'elle témoignait toujours à ses proches. Ils sont affreux, tu as besoin d'en acheter d'autres.

— Maman…

— Ton père et moi en avons discuté, avait coupé sa

mère, son visage tanné rosi par l'émotion. Il a vendu quelques veaux la semaine dernière, et Paul lui a remis sa part sur les balles de luzerne... Par conséquent, nous avons de quoi payer une nouvelle garde-robe à notre jolie petite fille, avait-elle ajouté, sans pouvoir, cette fois, dissimuler l'orgueil qui vibrait dans sa voix. On achètera d'abord quelques vêtements pour les vacances, et le reste à l'automne. Ça te va, ma chérie ?

Bonnie sourit de nouveau. Le moment venu, elle demanderait à Anna la permission de faire son shopping avec Lisa. Elle adorait sa mère, mais celle-ci fixerait à coup sûr son choix sur des chaussures vernies avec des boucles et sur des robes sages pourvues de discrets cols de dentelle.

Tout à coup, elle entendit le ronflement d'un moteur derrière elle, et elle se retourna pour voir la vieille camionnette de Jody Muller s'arrêter à sa hauteur.

— Salut, poupée ! Où est-ce que tu vas ?

— Je rentre chez moi, répondit-elle posément. Comme d'habitude.

Jody se mit à rouler au pas à côté de Bonnie. Ses doigts tambourinaient sur le volant. Il jetait des regards en coulisse à la jeune fille.

— Quelle belle journée, reprit-il. Il fait chaud, hein ?

Avec stupéfaction, Bonnie comprit qu'elle le rendait nerveux. Elle s'émerveilla de ce retournement de situation, songeant aux jours sombres — et si proches — où elle tremblait de peur devant lui. Un sentiment de toute-puissance l'envahit, la laissant excitée et prête à toutes les témérités.

— Alors, que fais-tu cet été, Jody ? s'enquit-elle, avec ce sourire un peu dédaigneux qu'arboraient les filles les plus populaires du lycée quand elles s'adressaient aux garçons. Tu as un travail ?

— J'espère que j'en trouverai un, rétorqua-t-il gravement. J'ai demandé à Tom, à la station-service, s'ils avaient besoin d'aide et il m'a expliqué que… Hé ! lança-t-il soudain, d'un ton qui se voulait naturel. Pourquoi se parler de loin, comme ça ? Monte, je te raccompagne.

Bonnie sourit de nouveau, car elle avait perçu une note de prière dans la voix de Jody Muller. Il était presque intimidé, pensa-t-elle avec ravissement. Tout ça parce qu'il bavardait avec elle, Bonnie McBride, et qu'elle était mince et jolie.

— Non, merci, répondit-elle d'un air pincé. Ce n'est pas loin, j'irai à pied.

— Nous pourrions prendre le chemin le plus long, rétorqua-t-il en posant un regard insistant sur son short et son T-shirt moulant. Comme ça, nous aurons l'occasion de bavarder un peu…

Bonnie hésita, un peu tendue maintenant que le jeu devenait sérieux. D'abord, elle ne trouvait plus Jody aussi attirant qu'auparavant. Il y avait un autre garçon qui lui plaisait davantage : Bryce Stebbings. Il faisait partie de l'équipe de football et, la semaine précédente, il lui avait demandé, avec un intérêt sincère, si elle avait réussi son examen de maths. Bryce n'était pas inconstant et superficiel, comme Jody. Il était réfléchi, calme, aimable ; même les professeurs l'appréciaient.

Cependant, Jody arborait cet air troublé qui l'enchantait et il semblait tenir énormément à la raccompagner. En fait, elle le tenait au creux de sa main et cette autorité nouvelle et inattendue la grisait.

— Bon, d'accord…, dit-elle, réprimant un éclat de rire en voyant la façon dont le visage de Jody s'éclairait. Mais je dois être à la maison dans une demi-heure. Il faut encore que je m'occupe des poules.

— Pas de problème ! s'exclama-t-il en lui ouvrant la portière.

Il la regarda s'installer sur le siège défoncé et lui adressa un clin d'œil. Elle lui rendit un sourire timide, étourdie par cette aventure fantastique : se promener seule avec un garçon. Le paysage défilait devant elle à toute allure, le vent ébouriffait ses cheveux, la route poudroyait, et il flottait dans l'air une odeur chaude et masculine.

— Jody, où allons-nous ? demanda-t-elle tout à coup.

La route s'étrécissait et s'enfonçait dans une sorte de tunnel entre les arbres. Le feuillage giflait le toit de la camionnette, les enveloppant d'une gangue de verdure.

— On va nulle part, on est arrivés, répondit Jody en arrêtant le moteur.

Il tendit le bras sur le dossier du siège et sourit. Bonnie le regardait, les yeux agrandis, le cœur battant très vite. Il semblait tout près, trop près, et il n'y avait pas âme qui vive alentour. Il ne restait plus au monde que ce garçon vigoureux et bronzé au milieu de cette végétation luxuriante.

Il souleva une mèche des cheveux de Bonnie, l'enroula autour de son doigt avant de la laisser retomber.

— Tu es drôlement mignonne, tu sais. Une vraie poupée…

Sa main se posa sur le genou de la jeune fille, remonta lentement sur sa cuisse.

Tout le plaisir de l'aventure se dissipa d'un coup. Bonnie n'éprouvait plus que de la peur et de la répulsion. Il était tout contre elle. Une âcre odeur de fièvre émanait de sa peau brûlante et moite de sueur.

— Jody…, balbutia-t-elle en lui agrippant la main pour tenter de la repousser. Je dois rentrer chez moi. J'ai promis à ma mère de…

— Ta maman attendra, dit-il, haletant, tandis que ses mains, sa bouche avide prenaient possession d'elle.

Elle se sentit comme envahie. Les doigts de Jody couraient sur elle, arrachaient ses vêtements, touchaient des endroits de son corps que personne n'aurait jamais dû toucher. Mais il était si fort… Elle ne pouvait pas l'empêcher ni même se débattre car il l'avait coincée contre la portière.

Rejetant la tête en arrière pour échapper à ses lèvres, elle poussa un long hurlement de terreur qui se répercuta dans l'air immobile.

— Continue à crier, chuchota-t-il à son oreille avec un petit rire. Personne ne t'entend, poupée. Braille tant que tu voudras, ça m'excite.

Bonnie hurla de nouveau puis des larmes de désespoir coulèrent sur ses joues brûlantes tandis qu'il poursuivait la brutale exploration de son jeune corps.

12

Un son étrange se répercuta dans l'air immobile. Lisa se figea, le front plissé. On eût dit un hurlement de terreur, peut-être celui d'un petit animal en difficulté. Elle frissonna, imaginant un lapin pris dans un collet, ou bien les adorables faons entrevus tout à l'heure arrêtés par d'horribles barbelés et se débattant avec l'énergie du désespoir.

Elle était là sur le sentier, hésitante, quand le son retentit de nouveau. Elle en eut la chair de poule. La créature qui poussait ces cris se trouvait non loin de là, dans les bois profonds qui s'étendaient sur sa droite.

La voix de Paul résonnait encore à son oreille.

— Surtout, ne t'aventure pas hors du sentier et ne va pas seule dans les bois, c'est trop dangereux. Entre les orties brûlantes, les serpents, les lynx et même, à l'occasion, un ours brun descendu des montagnes…

Lisa prit une inspiration, de plus en plus indécise.

Peut-être était-ce son imagination qui lui jouait des tours.

Mais un nouveau hurlement de frayeur et de souffrance s'éleva, vibra un instant dans l'air, puis mourut, laissant la place au bourdonnement des insectes et au bruissement des feuilles.

Pivotant sur ses talons, Lisa s'élança dans les taillis, haletante, bataillant de toutes ses forces contre les branchages noueux et enchevêtrés qui lui griffaient le visage et les jambes. Elle tremblait de peur, et son estomac commençait à se contracter d'inquiétante façon.

« Je vais me perdre, songea-t-elle. Mon Dieu… Mais qu'est-ce que je fais ? Je ne sais même pas où je suis… »

Mais les cris continuaient à la tirer en avant. Ils étaient de plus en plus proches, semblait-il.

Elle accéléra le pas pour refouler la peur qui l'étreignait et la nausée qui menaçait. Enfin, elle émergea des fourrés et se retrouva sur un sentier défoncé qui serpentait entre les arbres et paraissait se diriger vers la source du bruit.

Un tel soulagement l'envahit qu'elle en fut presque étourdie. Reprenant sa course folle, elle suivit le chemin qui, un peu plus loin, décrivait un coude. Là, elle s'immobilisa, les deux mains plaquées sur sa bouche.

Une vieille camionnette était arrêtée dans la clairière, les portières ouvertes ; elle était tournée de telle façon que Lisa voyait sans difficulté ce qui se passait dans la cabine. Il y avait là un garçon vigoureux en T-shirt noir, son visage aux traits un peu mous rougi par la passion. Il riait, couché sur une fille qui criait et se débattait sur le siège, ses cheveux déployés comme une cascade d'or pâle.

Bonnie...

Lisa était pétrifiée, comme enracinée dans le sol. Les jeunes gens, absorbés par leur triste combat, ne l'avaient pas aperçue.

Les souvenirs affluaient à son esprit, portés par une vague noire qui l'aveuglait et mugissait à ses oreilles. Elle aurait voulu se laisser tomber à terre, se recroqueviller pour se défendre contre la douleur lancinante, n'être plus qu'une petite boule dure, pareille à un hérisson, que personne ne toucherait jamais plus, jusqu'à la fin de ses jours.

Mais elle n'avait pas le temps de penser à elle-même. Bonnie n'était pas une sombre et vague réminiscence surgie d'un lointain passé. C'était un être de chair et de sang, une jeune fille que Lisa aimait tendrement et qui, pour l'heure, courait un terrible danger.

Elle respira profondément, s'obligeant à contrôler ses émotions et à prendre la mesure de la situation. A ce moment, le garçon releva la tête, toujours inconscient de la présence de Lisa, et éclata d'un rire gras.

— Arrête de te bagarrer, poupée ! dit-il à Bonnie qui sanglotait. Tu vas aimer… Tu vas même adorer. C'est que je suis une bonne affaire, figure-toi. Tu n'as qu'à demander à celles qui…

Jody n'eut pas le loisir de s'appesantir davantage sur ses prouesses sexuelles, car il ne pouvait plus parler. Quelque chose l'avait agrippé brutalement par les cheveux et le tirait hors de la camionnette. On l'insultait, on le rouait de coups.

Il laissa échapper un cri de douleur et de surprise, puis, quand il vit le démon qui l'empoignait, il se mit à trembler. C'était une terrifiante créature échappée de l'enfer, un monstre au masque livide et aux yeux flamboyants qui déversait sur lui une telle fureur qu'il se sentit mourir de peur.

La femme le jeta sur le sol, arrachant ses cheveux à pleines poignées, frappant avec une sauvagerie inouïe le corps du garçon qui essayait désespérément de se libérer, de se protéger.

— Salaud ! hurlait-elle. Espèce de porc ! Je te tuerai, mais la mort est encore trop douce pour toi, ordure !

Jody, à genoux près du véhicule, le visage dans les mains, les coudes serrés contre ses flancs, encaissait en gémissant les coups qui pleuvaient sur lui.

Cette femme, il n'en doutait pas, ne parlait pas à la légère. Jody l'avait enfin reconnue. C'était Lisa Temple, l'épouse du richissime Paul Temple, réputée dans la région pour son mauvais caractère et sa violence. Or, elle avait complètement perdu la tête. Elle voulait tuer Jody Muller de ses mains nues, et il était clair que rien ne l'arrêterait.

Soudain, elle s'interrompit une fraction de seconde pour reprendre son souffle ; Jody en profita aussitôt pour bondir vers la camionnette, sans même remarquer que Bonnie McBride s'en était extirpée en rampant.

Ses vêtements en désordre et déchirés pendant mollement autour d'elle, elle était assise par terre et se balançait en pleurant, comme une petite fille.

Il se hissa au volant, tira la portière qu'il verrouilla avant de mettre le contact et de démarrer sur les chapeaux de roues, priant pour que l'antique engin ne l'abandonne pas maintenant. La portière du passager se referma en claquant comme le véhicule décrivait un grand arc de cercle et bondissait dans la clairière en direction du sentier. Jody, le pied au plancher, était à moitié couché sur le volant. Il tremblait de tous ses membres.

Echevelée et haletante, Lisa regarda la camionnette disparaître au milieu des arbres. Peu à peu, la folie meurtrière qui l'avait saisie desserrait son étreinte ; elle revenait à elle, se rappelait à présent qui elle était et ce qui s'était produit.

Elle avait la tête pleine de pensées décousues, de souvenirs, d'impressions qui battaient comme une houle sous son crâne, mais ce n'était pas encore le moment de s'y engloutir.

Plus tard, se promit-elle. Plus tard, quand elle serait seule, elle essaierait de comprendre ce qui lui était arrivé, d'analyser le flot d'images qui l'envahissait.

S'agenouillant auprès de Bonnie qui sanglotait à fendre l'âme, elle l'entoura de ses bras, la berçant avec tendresse.

— Lisa, il a… il a voulu…

— Tout va bien, mon poussin. C'est fini à présent,

plus personne ne te fera de mal. Il est parti, tout va bien…

Lisa continua ainsi, murmurant sans se lasser des paroles de réconfort, repoussant les mèches blondes collées au visage de Bonnie, caressant son dos et ses épaules noués.

Peu à peu, les sanglots de Bonnie s'apaisèrent et, toujours tremblante, la jeune fille s'efforça de remettre un peu d'ordre dans sa tenue, remontant son short sur ses hanches et tirant sur son T-shirt en loques.

Lisa lui tendit un mouchoir de papier et la regarda se moucher et essuyer ses larmes. La pauvre petite déployait des efforts considérables pour se ressaisir.

— Et… et s'il revient ? balbutia-t-elle, tournant vers Lisa des yeux emplis de terreur.

— Je ne pense pas qu'il osera, répondit celle-ci calmement.

— J'ai cru… j'ai vraiment cru…

— Quoi donc ?

— Que vous alliez le tuer, acheva Bonnie d'une voix étouffée, enfouissant sa figure dans ses mains.

— C'est vrai… S'il ne s'était pas enfui, et si j'avais eu une arme dans les mains, je l'aurais tué.

— Oh, Lisa, c'était tellement affreux... ce qu'il m'a fait. J'ai eu si peur... si peur...

— Oui, mon poussin, murmura Lisa. Je sais ce que tu as ressenti.

Et elle se rendit compte avec un choc que ce n'étaient pas simplement des mots de réconfort. De fait, elle savait vraiment ce qu'avait éprouvé sa jeune amie. Elle le savait depuis des années, mais, jusqu'ici, elle l'avait occulté.

— Pourquoi m'a-t-il fait ça ? gémit Bonnie qui pleurait de nouveau. On aurait dit qu'il me détestait, qu'il cherchait à me blesser. Pourquoi ? Je n'ai pourtant jamais été méchante avec lui.

— Il est faible et égocentrique, ma chérie. Il a certains besoins à cause de son âge, mais il n'essaie même pas de les contrôler comme il le devrait. Ça n'a rien à voir avec toi, ce n'est pas ta faute. Je ne veux pas que tu te sentes responsable de ce qui s'est passé, tu m'entends ?

— Mais si vous n'étiez pas venue, il aurait... Quelques minutes plus tard, et il aurait...

— Je sais..., dit tristement Lisa.

« Lui aussi m'a fait subir ça, criait en elle une voix désespérée. Il m'a prise encore et encore, il y a si longtemps, et il n'y avait personne pour l'arrêter. Personne ne l'a jamais arrêté. Et moi, je croyais que j'étais coupable, que j'avais commis quelque atrocité pour qu'il se conduise de cette façon. Et puis, à force, je me suis sentie tellement sale et honteuse que j'ai commencé à me haïr et à détester tous les humains… »

Bonnie la considérait d'un air implorant.

— Est-ce que tous les garçons sont comme ça ? murmura-t-elle. Ils sont tous aussi abominables ?

Lisa songea à Paul, si doux et respectueux, si fort et si tendre, si maître de lui.

— Non, ma chérie, répondit-elle en refoulant ses larmes. Ils ne sont pas tous comme ça, la plupart sont très gentils. Malheureusement, c'est à nous, les filles, de distinguer entre ceux-là et les autres. Il faut être très prudente.

Hochant la tête, Bonnie se redressa avec difficulté, s'appuyant contre son amie car ses jambes flageolaient encore.

— Vous… vous m'aimez toujours, Lisa ? demanda-t-elle avec une pitoyable expression d'enfant blessée.

Cette fois, Lisa ne put contenir ses pleurs.

— Oh, Bonnie chérie…, balbutia-t-elle en la serrant dans ses bras. Bien sûr que je t'aime. Tu es une fille merveilleuse et nous t'aimons tous. Tes parents, Allie,

Paul et moi… nous t'aimerons toujours. Ce que t'a fait ce garçon, mon poussin, c'est un peu comme si un chien enragé t'avait attaquée. Ce n'était pas ta faute. C'était seulement… un accident.

Tout en prononçant ces mots, Lisa s'aperçut avec une sorte d'émerveillement qu'ils étaient d'une justesse absolue. Elle se sentit aussitôt étrangement libérée, si légère qu'elle en eut presque peur, comme si le fardeau d'un passé refoulé qui l'avait si longtemps clouée au sol quittait brusquement ses épaules. Elle s'élevait, tel un ballon dont on a coupé la ficelle, dérivant et planant au-dessus des nuages, dans l'immensité de la voûte céleste…

— S'il vous plaît, Lisa, dit Bonnie d'un ton pressant. N'en parlez pas à mes parents, je ne supporterais pas qu'ils sachent…

— Je ne dirai rien, mais je pense que, quand tu en auras la force, tu devrais leur raconter.

— Pourquoi ?

— Parce qu'il est important de s'exprimer. D'abord, pour empêcher ce garçon de s'en prendre à d'autres filles. Ensuite, il faut parler de cette expérience avec les gens qui te sont proches, leur donner une chance de te montrer que ça ne compte pas, que rien n'a changé et qu'ils t'aiment comme avant.

Bonnie médita un instant ces paroles, puis hocha la tête.

— Très bien… Je leur dirai, mais pas tout de suite. Peut-être dans deux ou trois semaines, quand les cours seront terminés et que je n'aurai plus à le voir…

Lisa lui sourit.

— Quand tu voudras, ma chérie. Et maintenant, on rentre à la maison.

— D'accord, murmura Bonnie avec gratitude.

Glissant sa main dans celle de Lisa, elle posa la tête sur son épaule. Enlacées, les deux amies reprirent à pas lents le chemin du domaine.

Les ombres s'allongeaient, et, au-dessus des montagnes, des traînées grisâtres salissaient la palette éclatante du couchant. Lisa, pelotonnée dans un fauteuil près des fenêtres de la chambre, contemplait sans le voir le paysage.

Un peu plus tôt dans la soirée, Heinz était venu frapper à sa porte pour demander si elle souhaitait dîner. Il était accompagné d'Allie qui avait proposé de rendre visite aux chatons. Lisa avait à peine eu conscience de leur présence. Elle ne se rappelait pas ce qu'elle avait dit ni ce qu'ils avaient répondu, et n'avait même pas remarqué qu'ils repartaient sur la pointe des pieds.

Son esprit débordait d'images du passé, de réminiscences si claires, si aiguës qu'elles en étaient douloureuses. Les souvenirs avaient commencé à affluer au moment précis où elle avait aperçu ce garçon qui agressait Bonnie, comme si cette scène était la clé du réduit soigneusement calfeutré où se dissimulait son passé.

Sa vie entière lui apparaissait à présent, se déroulant devant ses yeux comme un film en Technicolor. Les foyers successifs où on l'avait placée, les désillusions, la cruauté et l'indifférence, et puis cet adolescent brutal qui avait abusé d'elle alors qu'elle n'avait même pas l'âge de Bonnie…

Elle gémit faiblement et, posant la tête sur ses genoux, serrant de toutes ses forces ses jambes repliées, elle se berça. La souffrance la fouaillait, comme un flot de lave brûlante.

Pourtant, il y avait dans sa douleur quelque chose de particulier. Celle-ci, en effet, était déchirante, lancinante, mais elle était aussi purifiante. Les souvenirs plantaient leurs griffes dans son esprit, ils la brûlaient puis refluaient en laissant derrière eux une plaie nette et saine.

Lisa remontait le fil du temps, explorait son passé et l'offrait au feu ardent de la mémoire, jusqu'à ce que les images, enfin consumées et réduites en cendres, s'envolent, impalpables, dans la lumière chimérique du crépuscule.

Elle revit Allan tel qu'il était alors, jeune, plein d'énergie et de cruelle insouciance. La haine jaillit en elle, la mordant à la gorge, la mettant au bord de la nausée.

Peu à peu, cependant, cette haine s'apaisa, cédant la place à une sorte de pitié. Elle se demanda ce qui était arrivé à Allan, où il se trouvait à présent, et comment il parvenait à vivre avec la conscience de ce qu'il avait fait. Avait-il continué, et violé d'autres filles ? La vie l'avait-elle châtié aussi durement qu'elle avait puni Lisa durant toutes ces années ?

Dans le fond, elle s'en moquait. Le monde se chargerait d'Allan et veillerait à ce que justice soit rendue. Paul disait souvent que chacun recevait un jour ou l'autre ce qu'il méritait, et sans doute avait-il raison.

— Il faut seulement s'occuper de soi-même, disait-il aussi. On doit se prendre en main et faire ce qu'on peut, voilà tout.

Lisa ferma les yeux, pénétrée par un sentiment d'absolue vérité. Elle n'avait effectivement pas à se soucier de justice ou de châtiment, à tenter d'influer sur le comportement d'autrui. Elle avait seulement à discipliner son esprit, à se réjouir de ce miracle qui lui advenait : sa mémoire enfin retrouvée. Et elle devait apprendre à vivre avec ce don du ciel.

Redressant les épaules, elle inspira profondément et tourna un regard aveugle vers la fenêtre.

Stupéfaite, elle voyait la Lisa d'autrefois, une enfant survivant dans des conditions inouïes de misère et de danger. Elle essayait d'imaginer Bonnie ou Allie dans certains des endroits où elle avait passé son adolescence, faisant ce qu'elle avait été forcée de faire, frayant avec les gens qu'elle avait connus.

Elle était maintenant capable de ranger toutes ces images dans un ordre strictement chronologique, et même de distinguer les souvenirs neufs et ceux qu'elle possédait déjà avant l'accident.

Cette capacité lui procurait un étrange sentiment de puissance ; elle avait toute sa vie devant elle, à sa disposition, elle pouvait la parcourir à sa guise, du début à la fin, ou bien choisir un moment précis et retrouver aussitôt les événements qui s'y rattachaient.

Elle se revit à l'approche de ses vingt ans, une fille des rues à la langue bien pendue, qui en savait plus sur la vie que la plupart des gens n'en apprendraient jamais au cours d'une existence entière. Avec un frisson de détresse, elle revécut l'agression brutale qui l'avait laissée à demi morte dans un appartement miteux, à la suite d'un trafic de drogue qui avait mal tourné. Elle se revit gisant sur le sol, pliée en deux par la douleur, et décidant, dans un élan, de changer de vie.

Elle avait alors quitté l'est du Canada, avait mis le cap à l'ouest, sur Calgary où elle avait tenté de tout reconstruire. Ayant décroché un emploi, tout à fait légal, de serveuse dans un bar, elle s'était échinée à émerger des bas-fonds pour acquérir une certaine respectabilité.

Et, un soir, elle avait fait la connaissance de Paul Temple.

Son visage s'adoucit en se rappelant leur rencontre dans ce bar du centre-ville où les clients se bousculaient. Elle comprenait à présent qu'elle l'avait aimé dès le premier regard, même si elle ne se l'était jamais avoué, fût-ce dans le secret de son cœur. A l'époque, Lisa était si dure et méfiante, elle se protégeait si bien.

L'amour n'était pas un sentiment dont elle souhaitait s'embarrasser.

Elle s'était seulement autorisée à se laisser attirer par Paul Temple, manifestement fortuné et sûr de lui, et qui pouvait être son sésame pour une meilleure existence. Quand il était devenu évident que leur histoire ne représentait pas pour lui une simple passade, Lisa avait joué son va-tout : elle l'avait charmé, sexuellement envoûté, puis l'avait tenu à distance jusqu'à ce qu'il soit pantelant de désir et brûle de la posséder.

Après leur mariage cependant, elle s'était découverte incapable d'endurer les réalités de la vie avec un homme. Les traumatismes de sa prime jeunesse étaient trop profonds pour qu'elle pût les dominer. La terreur et le dégoût que lui inspirait la sexualité se transformaient en une pulsion terriblement destructrice.

Regardant en arrière avec cette nouvelle clairvoyance qui l'habitait, elle saisissait sans peine la vérité de leur union. Paul et elle avaient bataillé pour se tracer une route et maintenir leur cap vaille que vaille, mais les odieux souvenirs que Lisa refoulait avec tant d'énergie ne les quittaient pas ; ils se cachaient sous la surface de l'eau, tels des récifs prêts à déchiqueter la coque de leur navire.

A certains moments, pourtant, Lisa avait sincèrement essayé d'être une bonne épouse. Cette volonté lui venait en général quand elle avait commis quelque mauvaise action et s'était fait prendre la main dans le sac ; coupable et effarée, elle décidait alors de s'amender. Mais bientôt la souffrance familière la reprenait, la roulait dans ses flots d'amertume et de rancœur qu'elle n'analysait pas et contrôlait encore moins.

Et toujours il y avait cette colère aveugle et suffocante qu'elle retournait contre son mari chaque fois que ses pulsions prenaient le dessus. Lisa comprenait mieux à présent cet abîme de rage et de mépris où elle s'était engloutie.

Mais Paul… Comment aurait-il pu comprendre ?

Elle enfouit son visage dans ses mains, songeant à la patience de Paul, à sa gentillesse durant ces années misérables, à son désespoir et sa solitude, aux larmes qu'il avait versées, tant l'attitude de sa femme le stupéfiait et le blessait.

— Oh, mon chéri, je regrette tellement…, murmura-t-elle. Je ne savais pas ce que je faisais…

Et puis, au fil du temps, sa fureur et son hostilité s'étaient lentement muées en haine. Elle s'apercevait à présent qu'elle avait commencé à mépriser vraiment son époux lorsqu'il s'était détourné d'elle sexuellement et s'était mis à évoquer un éventuel divorce.

Le mystère humain était insondable…

Elle avait tout fait pour le pousser à la rejeter et, lorsqu'il avait réagi comme tout homme normal eût réagi, elle l'avait détesté de toutes ses forces.

Soudain, les souvenirs se précipitaient, plus sombres et plus tumultueux. Lisa eut un frisson d'angoisse et elle dut se forcer au calme, à reprendre pas à pas le cours de son existence jusqu'à un passé plus proche.

Le dégoût qu'elle avait développé envers son mari était devenu une véritable obsession, et elle se répétait à longueur de journée qu'elle voulait le voir mort pour qu'il ne puisse plus la blesser. Peu à peu, elle s'était accrochée à cette idée comme à la seule issue possible. Il lui semblait qu'en anéantissant cette présence muette mais accusatrice à son côté, elle se délivrerait de tous ses mauvais démons et connaîtrait enfin la paix.

Lisa tremblait à présent de façon incontrôlable, pressentant ce qui suivait et redoutant d'explorer cette part de sa vie.

Mais, pour le salut de Paul, elle devait aller jusqu'au bout.

Elle se revit en train de mener de discrètes enquêtes,

d'interroger ses peu recommandables amis, de prendre des contacts. Enfin, le cœur empli d'effroi, elle se souvint de ce soir où, pleine de détermination et de haine, elle était entrée dans un restaurant, une émeraude dans son sac, pour aller rejoindre un homme au sourire de loup.

— Le nettoyeur de moquettes, murmura-t-elle. Oh, mon Dieu…

Ainsi, son subconscient l'avait-il prévenue à plusieurs reprises, l'obligeant, avant qu'il ne soit trop tard, à déterrer ces images terribles.

Elle assistait à la scène du restaurant comme elle eût regardé un film d'horreur. Elle se revoyait exposant toute l'affaire à cet homme, lui donnant tranquillement ses instructions et discutant les modalités de paiement. Puis elle se souvenait du contact glacial de l'émeraude lorsqu'elle l'avait prise dans son sac pour la laisser tomber dans la paume crasseuse du nettoyeur de moquettes.

La bague était la cause de l'agression dont elle avait été victime. Un peu plus tôt dans la journée, elle s'était rendue chez des prêteurs sur gages pour avoir une estimation approximative du bijou. Il devait y avoir là deux petits voyous qui guettaient. Ils avaient aperçu l'émeraude et filé Lisa, attendant l'occasion de lui sauter dessus. Elle se rappelait clairement leurs visages, et leur rage quand elle leur avait dit que le bijou n'était plus en sa possession. Ils s'étaient mis à la frapper, à l'injurier, à lui donner des coups de pied.

Ensuite, tout s'embrouillait. Elle avait mal, affreusement mal, elle entendait des cris, des pas pressés qui s'éloignaient, le mugissement lointain d'une sirène de police.

L'instant d'après — ou ce qui lui semblait tel — elle s'éveillait à l'hôpital et contemplait sa main sans parvenir à la nommer.

Ce moment avait marqué le commencement de la partie la plus heureuse de sa vie. Mais elle ne devait pas s'autoriser à y penser.

« Concentre-toi sur ce qui s'est passé juste avant… au restaurant. »

En fait, elle avait engagé un homme pour tuer son mari. Elle lui avait remis sa bague de fiançailles en guise d'acompte et avait même accepté de jouer son rôle dans le contrat en amenant Paul à la portée de son assassin.

Les yeux de Lisa s'écarquillèrent d'effroi. Elle se souvenait de la dernière visite du nettoyeur de moquettes, de ses questions prudentes sur le « travail ». Il lui avait demandé si elle était toujours d'accord, et si elle était décidée à le rétribuer comme convenu.

— Oh, non ! gémit-elle. Il a dû penser… Il pense que je désire toujours la mort de Paul !

« Vous vous arrangerez pour qu'il monte au chalet, lui avait-il déclaré lors de leur rencontre au restaurant, et je me charge du reste. Je tiens à ce que ça se passe le dernier week-end de juin, parce que je pars pour Mexico début juillet. Disons, le samedi soir, comme ça on sera sûrs qu'il est là-haut. Je m'occuperai de lui le dimanche matin à la première heure, et on ne retrouvera pas son corps avant le lendemain au plus tôt. A ce moment-là, je serai déjà loin… »

La voix de l'homme, âpre et grasseyante, s'estompa. Lisa s'agita sur son siège, avançant en tâtonnant parmi ses souvenirs, essayant de les intégrer à la réalité.

« Le dernier week-end de juin… Samedi soir. »

Se redressant, elle se précipita vers son bureau et alluma la lampe pour consulter le petit calendrier dans son cadre doré. Soudain, elle chancela, le sang battant à ses tempes, prise de vertige.

On était aujourd'hui samedi, et le dernier week-end de juin.

Avec un petit cri, elle s'effondra sur le sol.

Quand elle rouvrit les yeux et tenta de s'asseoir, le monde alentour était plongé dans la pénombre. Elle avait tout le corps endolori et sa tête l'élançait douloureusement à l'endroit où elle s'était cognée, contre le pied du bureau. Mais elle avait les idées claires.

Samedi soir…

Le plan était simple : l'assassin profiterait de l'obscurité pour monter dans les bois quelques heures avant l'aube. Il prendrait position non loin de la porte du chalet. Dès que Paul sortirait, il l'abattrait.

Ensuite, il s'enfuirait à bord d'une camionnette qu'un complice aurait garée pour lui un peu plus bas sur le sentier. Il téléphonerait à Lisa quelques jours plus tard, et lui expliquerait comment lui faire parvenir la dernière partie du paiement.

L'esprit de Lisa se mit soudain à tourner au ralenti, paralysé par la panique. Elle pressa ses doigts sur son front. Ce n'était pas le moment de flancher. La vie de Paul dépendait de sa capacité à rester calme et à réfléchir au moyen d'en finir avec ce cauchemar.

Mais elle ne pouvait penser qu'aux yeux si beaux de son mari, à son rire clair, à sa tendresse, à ce sourire juvénile qui lui venait parfois lorsqu'ils étaient seuls…

Et aux multiples occasions, durant leur mariage, où elle l'avait blessé et déçu…

Elle secoua la tête, se mordant les lèvres jusqu'au sang.

L'heure était mal choisie pour s'abîmer dans les regrets. L'important, maintenant, n'était pas de se flageller ou de se répéter qu'elle était un monstre, ni même de tenter de comprendre ce qui l'avait rendue ainsi. Tout cela pouvait attendre. Ce qu'il fallait, à présent, c'était agir.

Elle se releva péniblement et, le dos raide, s'approcha de la fenêtre pour regarder en direction du chalet.

Si elle n'accomplissait rien d'autre de toute sa vie, elle devait au moins réussir cela. Elle devait sauver Paul, puisque c'était elle qui l'avait mis en danger.

Un instant, elle envisagea de monter dans les bois, de chercher le tueur et de lui annoncer qu'elle avait changé d'avis. Puis elle se rappela ce qu'il lui avait déclaré, ce soir-là, au restaurant :

« Débrouillez-vous pour que personne vienne rôder par là-haut après la tombée de la nuit, ma jolie. Quand je serai prêt, je risque d'avoir la détente facile.

Je descendrai quiconque se trouvera dans un rayon de cinq cents mètres et je poserai des questions après. Et quand ce sera fini, je vous garantis que je traînerai pas dans les parages. »

Non, aller discuter avec lui n'était pas une solution. Il fallait imaginer autre chose pour déjouer son sinistre plan.

Mais quoi ? Si elle se faufilait dans les bois pour avertir Paul, ou prévenait la police, Joe prendrait peur, mais il reviendrait tôt ou tard. Car il voulait l'argent qu'elle lui avait promis.

D'ailleurs, songea Lisa avec désespoir, alerter Paul ou la police marquerait la fin de son histoire d'amour, quoi qu'il advienne. Car Paul saurait alors ce qu'elle avait fait.

« Je préférerais mourir plutôt que de continuer à vivre en pensant que Paul connaît la vérité. Je préférerais mourir… »

Dès que cette pensée se fut formée dans son esprit, Lisa n'eut plus aucun doute sur ce qui lui restait à faire. Le plan était si simple, si parfait, qu'il semblait presque prévu d'avance.

Elle alluma la lumière, enfila à la hâte un jean, une

veste de sport et les robustes chaussures de marche que Paul lui avait offertes. Puis elle prit une lampe torche dans le placard du hall et se glissa dans la chaude nuit d'été…

13

Paul referma son livre et se carra dans son fauteuil, tout en observant d'un œil mélancolique un papillon de nuit qui voletait éperdument dans la flaque de lumière répandue par la lampe à pétrole.

Avec un soupir, il se redressa et s'approcha du petit évier d'émail pour se passer les mains et le visage à l'eau fraîche. Puis il sortit sous la véranda et regarda le ciel. La nuit était noire et tranquille, les étoiles si étincelantes qu'il lui semblait n'avoir qu'à tendre la main pour les toucher. Un profond sentiment de solitude le submergea, une déchirante nostalgie qui était presque insupportable.

Paul voulait sa femme. Il avait faim de la tendresse, des rires et du bonheur qu'ils avaient partagés durant ces derniers temps.

Cependant, il savait désormais que cet intermède n'avait été qu'une illusion. La créature joyeuse et enfantine qui avait trouvé refuge sous son toit et s'était emparée de son âme n'était pas celle dont il rêvait. Ces semaines de bien-être et de confiance ne représentaient qu'une phase, une fugitive aberration dans l'existence d'un être froid et égoïste.

Paul frissonna, les yeux toujours levés vers la voûte étoilée. Il se rappelait le masque haineux et méprisant de cette étrangère dans le miroir, de cette femme au regard de gorgone qui lui avait hurlé des insultes.

Pourquoi un homme risquerait-il d'être blessé dans ses émotions les plus profondes pour une femme pareille ? Elle n'était pas seulement imprévisible, elle était dangereuse. Il revoyait encore la flamme hideuse qui brûlait dans ses prunelles, et cette vision l'effrayait.

En réalité, ce schéma s'était très souvent reproduit depuis le début de leur mariage. Ils avaient de temps à autre connu de brefs répits, durant lesquels Lisa s'efforçait d'être gentille ; malgré toute sa volonté, il était alors séduit, attiré comme par un aimant. Et puis quelque chose en elle se détraquait, et elle redevenait un monstre vindicatif et vociférant, comme le soir du dîner.

Paul s'appuya contre un pilier de la véranda, contemplant sans les voir les bois obscurs. La lune nimbait sa haute silhouette d'un halo diffus.

Ken Holcross l'avait pourtant mis en garde… Il avait même tenté, avec une brutalité qui ne lui était pas coutumière, de lui faire comprendre que l'état de Lisa ne serait pas durable, que sa nouvelle personnalité ne résisterait pas à la guérison.

Mais Paul avait refusé d'entendre, incapable de renoncer à cet amour merveilleux qui remplissait sa vie et lui réchauffait le cœur.

Ses épaules s'affaissèrent, comme sous un poids trop lourd. Accablé de tristesse, il rentra dans le chalet, saisit la lampe à pétrole et la monta avec précaution dans la mezzanine. Il la posa sur une petite table près du lit, ôta ses vêtements et se glissa hâtivement sous les couvertures.

Le lit, qu'il avait fabriqué lui-même, était formé d'un sommier de bois, garni de rameaux de pin, que recouvrait un épais matelas de coton. Les rameaux bruissaient sous le poids du dormeur et exhalaient un parfum piquant et pénétrant que Paul adorait. Il se redressa sur un coude pour souffler la lampe, puis se recoucha, les mains croisées sous la nuque, contemplant le ciel nocturne qui se découpait dans la petite fenêtre.

Outre la solitude, il lui fallait combattre l'amertume qui l'envahissait, le sentiment de s'être fait piéger, la rancune qu'il éprouvait contre sa femme pour l'avoir mis dans cette situation. En avril, avant l'accident de Lisa, il commençait juste à se sentir de nouveau maître de son destin. Il avait consulté son avocat, entamé une procédure de divorce, entrepris de régler les encombrantes questions financières.

Et maintenant, que pouvait-il faire ?

Lisa se rétablissait peu à peu, mais elle n'était pas encore guérie, loin de là. Elle n'était pas capable de se débrouiller seule, et il n'aurait certainement pas la cruauté de la jeter dehors dans ces conditions. Mais plus elle demeurait sous son toit, et plus il souffrait du mauvais tour que lui avait joué le destin. Quand il songeait à ce qu'aurait pu être sa vie, si Lisa avait été différente…

Physiquement, elle était tout ce dont il avait toujours rêvé. Aucune autre femme n'avait le pouvoir d'éveiller en lui un désir aussi violent, de l'emporter jusqu'à de tels sommets de passion, de lui donner tant de plaisir et d'apaisement. Lisa était unique, si belle qu'il lui suffisait de penser à elle pour s'embraser.

Mais il était assez intelligent pour savoir que l'attraction qu'elle exerçait sur lui n'était pas seulement physique. Il existait d'autres femmes plus ravissantes et plus désirables que Lisa. Pourtant il leur manquait ce petit quelque chose, cette essence mystérieuse, indéfinissable, qui le subjuguait.

Hélas, le corps adorable de Lisa et le charme de son esprit n'étaient que la partie visible d'une personnalité gravement perturbée. Ils contribuaient à faire d'elle une créature d'une séduction infinie, mais si blessée et pervertie qu'elle était incapable de supporter une réelle intimité avec un homme.

Paul se tourna avec nervosité dans le lit, se demandant pour la millième fois jusqu'où allait sa responsabilité d'époux. Etait-il obligé de sacrifier le reste de son existence pour tenter désespérément de l'aider à guérir de ses traumatismes passés ? Quel prix était-il censé payer ?

Il avait assez d'intuition pour savoir que sa femme avait commencé à le haïr bien avant l'accident. Durant les derniers mois, elle n'était presque plus capable de dissimuler son mépris et sa fureur. Chaque fois qu'elle le regardait, elle devait lutter pour ne pas se trahir.

Ce n'était guère gratifiant, songea-t-il avec une ironie amère, de vivre avec une femme qui vous haïssait. La tension constante qui régnait entre eux le plongeait dans un profond désarroi. Il se sentait méprisé, amoindri, au point même, lui semblait-il, que l'assurance, l'autorité, qu'il manifestait habituellement dans ses affaires, en étaient affectées.

— Oh ! mon Dieu..., murmura-t-il avec lassitude, frappant le matelas de son poing fermé. Je veux que tout cela finisse. Pourquoi n'est-ce pas encore fini, bon sang ?

Soudain, un bruit attira son attention. Il se redressa dans l'obscurité, le front plissé, tendant l'oreille. Au bout d'un moment, le son se reproduisit : une sorte de frottement, sous la véranda.

Haussant les épaules, il se radossa à ses oreillers et essaya de se détendre.

Sans doute s'agissait-il d'un écureuil ou d'un raton laveur qui s'efforçait d'atteindre le sac-poubelle suspendu à un crochet. Peut-être même était-ce un ours brun, mais Paul n'avait pas lieu de s'en soucier. La lourde porte était solidement fermée et, d'ailleurs, il n'avait jamais eu d'ennuis avec les ours. Il respectait leur territoire et laissait toujours les abords de la maison méticuleusement propres pour ne pas attirer d'éventuels maraudeurs.

Le bruit retentit de nouveau, plus net cette fois : un coup sourd suivi d'un grattement.

Paul se leva, enfila son jean et descendit l'échelle. S'approchant de la fenêtre, il manqua pousser une exclamation de surprise.

La lune s'était cachée, plongeant le paysage dans une nuit si dense qu'il était difficile de voir quoi que ce soit. Néanmoins, Paul distinguait une silhouette humaine sous la véranda. L'intrus était tout près du seuil et tenait quelque chose sous son bras.

Il saisit la carabine accrochée au mur, vérifia qu'elle était chargée et l'arma. Puis, sans bruit, il déverrouilla la porte qui pivota sur ses gonds bien huilés, et se glissa par l'entrebâillement.

— Qui êtes-vous ? lança-t-il d'un ton sec. Que voulez-vous ?

— Paul ? murmura une petite voix désespérée. C'est moi, c'est Lisa. Laisse-moi entrer, je t'en prie.

Il hésita un instant, prenant conscience avec effarement qu'il avait peur de sa femme. En pleine nuit, loin de tout, il n'avait pas très envie de lui ouvrir sa maison, du moins tant qu'il ne saurait pas ce qu'elle cachait sous son bras.

— Lisa ? dit-il pour gagner du temps. Que veux-tu ? Que fais-tu là ?

Elle s'avança et Paul aperçut la lampe torche. Le soulagement le submergea, aussitôt relayé par un poignant chagrin. Quelle parodie de mariage ! Un homme qui redoutait son épouse… Mais il avait à plusieurs reprises vu passer des éclairs meurtriers dans les beaux yeux mordorés.

Il s'écarta, cependant, pour la laisser entrer et la regarda pénétrer à tâtons dans la pièce obscure. Lui se dirigeait d'instinct dans cet environnement familier. Il trouva les allumettes dans le petit renfoncement au-dessus de l'évier, alluma la deuxième lampe et se tourna vers Lisa.

Blême, pétrifiée, elle tremblait de froid et de terreur. Sans mot dire, il fixa sur elle un regard interrogateur.

— J'ai eu si peur, dit-elle dans un souffle. Pendant tout le chemin, j'ai entendu des bêtes qui grognaient et bougeaient dans les taillis, des brindilles qui craquaient dans mon dos. C'était affreux, Paul… J'étais terrorisée.

Comme toujours, il dut combattre l'envie de la serrer dans ses bras et la rassurer. Il s'obligea à ne pas bouger, à observer avec détachement le visage malheureux de sa femme. Il se méfiait encore, perturbé par cette visite inattendue.

— Pourquoi es-tu venue jusqu'ici, Lisa ? s'enquit-il avec un calme qu'il était loin de ressentir. Quelle mouche t'a piquée ? Monter dans ces bois au milieu de la nuit…

Elle hésita, la tête levée vers lui. Ses yeux, immenses, lui mangeaient la figure.

— J'étais si… si seule, murmura-t-elle. Et je voulais te dire quelque chose. Je voulais… Oh, Paul, j'ai eu si peur…

Cette fois, c'était plus qu'il n'en pouvait supporter. Il s'élança et la prit contre lui, l'embrassant tendrement, caressant ses cheveux et ses épaules crispées.

— Tout va bien, Lisa, tout va bien. Tu es ici maintenant, la porte est bien fermée, nous sommes en sécurité. Tu n'as plus rien à craindre. Et alors… qu'avais-tu à me dire ? Qu'y a-t-il ?

Elle hésita de nouveau, le front plissé.

— J'ai froid, murmura-t-elle en frissonnant. Tellement froid…

Il la considéra longuement, la mine sombre, luttant contre lui-même. Puis, d'un coup, il abdiqua.

— Viens, Lisa. Viens te coucher près de moi, je vais te réchauffer…

Lisa s'étira langoureusement contre son mari. Elle se sentait chaude et lourde, comblée.

« Je suis si heureuse, songea-t-elle dans un fugitif élan de joie où vibrait déjà la note sombre du désespoir. Si heureuse d'être venue ici, d'avoir fait l'amour avec lui une dernière fois. »

Elle tourna la tête sur l'oreiller pour contempler le profil de Paul. Il était si proche qu'elle distinguait, malgré l'obscurité, la ligne pure de son nez, le battement léger de ses cils, les fines griffures du rire au coin de son œil.

— Je t'aime, murmura-t-elle avec émotion. Je t'aime tant. J'espère que… que tu n'oublieras jamais cela, quoi qu'il advienne.

Elle le sentit tressaillir.

— Que veux-tu dire, Lisa, par « quoi qu'il advienne » ? Que va-t-il advenir ?

Elle eut l'impression que les doigts glacés de la peur couraient le long de son dos. Ses lèvres se mirent à trembler, mais elle se força à sourire et se nicha tout contre lui.

— Rien… Sinon, ajouta-t-elle en lui mordillant l'oreille, que tu me feras peut-être encore l'amour avant la fin de la nuit.

Paul eut un petit rire rauque. Sa main se posa sur la cuisse de Lisa, si longue, si fine.

— Hélas, chuchota-t-il, ton pauvre mari est anéanti. Endors-toi, ma sirène…

Lisa soupira et ferma les yeux. Il y avait en elle tant d'amour qu'elle se rappelait à peine pourquoi elle était montée au chalet et ce qui devait arriver avant que le soleil du matin se lève au-dessus des arbres.

— Lisa ? dit-il d'une voix ensommeillée.

— Mmm ?

— Tout à l'heure, tu m'as déclaré que tu avais à me parler. Qu'avais-tu à me dire ?

Elle hésita, ne sachant que répondre. Elle comprenait soudain, avec stupeur, que ce serait sa dernière conversation avec Paul. Elle avait tant de choses à lui confier, et plus jamais elle n'aurait l'occasion de les lui dire.

— Lisa ?

— Je… Aujourd'hui, il s'est produit quelque chose qui m'a bouleversée.

Alarmé, Paul resserra son étreinte.

— Que s'est-il passé, ma chérie ?

Elle lui raconta sa promenade dans la campagne, les cris de Bonnie, sa course folle dans les bois, la scène odieuse découverte dans la clairière.

— Seigneur…, dit-il lorsqu'elle eut terminé son récit. Heureusement que c'est toi qui as trouvé ce sale individu. A ta place, je crois que je l'aurais tué.

— J'ai bien failli l'achever, rétorqua-t-elle avec un rire tremblant. Je t'assure que je m'en suis donné à cœur joie. S'il n'avait pas réussi à se libérer pendant que je reprenais mon souffle, je serais en prison à l'heure qu'il est.

Paul lui caressa les cheveux, baisant son front et ses paupières.

— Cela paraît difficile à imaginer…

— Pas si l'on tient compte de tout le reste…

— Quoi donc ? Qu'est-il arrivé ? Explique-moi, Lisa…

D'une voix hachée, cherchant ses mots, elle lui relata la révélation qui l'avait frappée comme la foudre, le flot brûlant de souvenirs qui avait déferlé dans son esprit lorsqu'elle avait vu Bonnie aux prises avec Jody Muller.

Quand elle se tut, Paul demeura si longtemps silencieux qu'elle s'agita contre lui, incapable de supporter cette tension.

— Paul ? murmura-t-elle d'un ton anxieux. Ça va ?

— Oh, Lisa…, répondit-il avec une infinie douceur. Lisa, ma chérie… C'est donc cela qui te hantait durant toutes ces années ? Ce garçon… Voilà pourquoi il y avait toujours en toi tant de colère ? Voilà pourquoi tu te méfiais de moi ; tu avais peur de… d'être avec moi ?

— Sans doute… C'est probablement ce que Ken Holcross essayait de me dire : il fallait que je retrouve ce moment de mon passé et que j'apprenne à vivre avec.

— Lisa…, murmura-t-il en la berçant comme une enfant. Ma toute douce, je te demande pardon…

— Tu me demandes pardon ? répéta-t-elle, surprise. Mais de quoi ?

— D'avoir douté de toi, de m'être montré si impatient.

— Ce n'est pas à toi de t'excuser, rétorqua-t-elle, luttant contre le désespoir. Je t'ai fait tant de mal, encore et encore…

— Mon amour, ne…

— Et je veux, coupa-t-elle en affermissant sa voix, que tu saches combien je regrette. Je veux que tu te rappelles toujours que je t'ai aimé et que je regrette tout ce qui s'est passé entre nous.

— Lisa, arrête, tu m'effraies ! Pourquoi parles-tu ainsi au passé ? Nous n'allons pas nous séparer. Pas maintenant que nous avons parcouru tout ce chemin ensemble.

Elle posa la tête au creux de son épaule, s'efforçant désespérément de ne pas fondre en larmes.

— Non… Nous n'allons pas nous séparer…

Paul eut un soupir heureux. Le sommeil l'engourdissait, et sa voix dans l'ombre fut soudain celle d'un petit garçon plein d'espoir.

— Ce sera différent maintenant, n'est-ce pas ? Nous préviendrons Ken Holcross de ce qui s'est produit, il t'aidera à surmonter définitivement ton passé. Nous laisserons tout cela derrière nous, et nous commencerons une autre vie.

Lisa se mordit plus fort les lèvres.

« Non, Paul, répondit-elle en silence, baisant avec tendresse ses paupières closes. Nous ne commencerons pas une autre vie. Il n'y a plus d'espoir pour nous, mon pauvre amour, tout simplement parce qu'il est trop tard. Si c'était arrivé quelques années plus tôt, peut-être, mais tout a si mal tourné… »

Cependant, il était vain d'égrener des « si ». Cela ne servait qu'à accroître encore son désespoir.

Immobile, Lisa écoutait la respiration paisible de son mari. Elle attendait que les premières lueurs de l'aube se glissent dans le chalet. Et puis elle ferait ce qu'elle avait à faire.

Il n'y avait pas d'autre issue. Des mois auparavant, elle avait pris une décision qui avait enclenché une succession de terribles événements. Ceux-ci aboutissaient inéluctablement à leur conclusion logique.

Peu importait que Paul fût pour l'instant heureux et plein d'optimisme. Lisa savait à quel point la méfiance était ancrée en lui ; il suffirait du plus infime changement d'attitude pour que s'éveillent de nouveau les soupçons qu'il nourrissait à l'égard de sa femme.

Elle frémit en se rappelant l'expression de son visage lorsqu'il l'avait découverte sur le seuil du chalet.

Manifestement, il pensait qu'elle tenait une arme à la main. Elle avait perçu son soulagement lorsqu'il s'était rendu compte qu'il s'agissait tout bêtement d'une lampe torche. Bien sûr, il se souvenait de la violence qu'elle avait manifestée l'autre soir, et il avait vaguement redouté qu'elle eût de mauvaises intentions.

Le pire, c'est qu'il avait raison. Son épouse avait

bel et bien projeté de le tuer, de sang-froid ; quelque part, dans les profondeurs de son inconscient, il avait pressenti le danger.

A présent, elle avait pris la bonne décision. Car lorsque cette monstrueuse réalité viendrait au grand jour, quand Paul comprendrait, tout à fait clairement cette fois, qu'elle avait résolu et organisé avec méthode son exécution, il saurait que rien entre eux n'était possible. Quel homme pourrait vivre avec une femme capable de telles monstruosités ?

Lisa se blottit plus étroitement contre le corps de Paul, abandonné au sommeil. Son mari... Il n'y avait maintenant plus que lui au monde : ces heures ultimes partagées avec lui, ses bras refermés autour d'elle, et cette sensation d'absolue sécurité quand elle se lovait dans sa chaleur.

Rien d'autre n'avait d'importance. Tout ce pour quoi les hommes se battaient et se déchiraient avec tant de rage — l'argent, le pouvoir, la position sociale... —, tout cela n'avait aucun sens. Seul comptait l'amour.

L'amour effaçait la peine, apaisait les souvenirs amers, et guérissait les blessures de l'âme. Eternel, il brûlait encore quand le feu des passions humaines était depuis longtemps éteint.

Les heures s'écoulaient. Le velours noir de la nuit, derrière la fenêtre, commençait à pâlir, à se teinter d'argent. Lisa regardait le jour venir, envahie par la peur et l'appréhension. Avec d'infinies précautions, pour ne pas réveiller Paul, elle se leva et contempla tristement le visage endormi de celui qu'elle aimait.

Il paraissait jeune et infiniment vulnérable dans la lumière de l'aube, si beau et si doux qu'elle en eut le cœur brisé. Se penchant, elle effleura l'oreiller d'un baiser, tout près de sa joue.

— Adieu, Paul… Je t'aime.

Puis, sans bruit, elle rassembla ses vêtements et descendit l'échelle.

En bas, dans la pièce froide, elle s'habilla avec soin, lentement, s'immobilisant à tout instant pour tendre l'oreille et vérifier que rien ne bougeait là-haut, sur la mezzanine. Elle prit la veste rouge de Paul, accrochée au portemanteau, l'enfila par-dessus son sweater et remonta la fermeture à glissière jusqu'au menton.

Après quoi, elle saisit la casquette de tissu orange fluorescent qu'il portait pour être vu par les chasseurs, l'enfonça sur sa tête pour camoufler ses cheveux et abaissa la visière sur ses yeux. Il ne lui restait plus qu'à mettre les grosses chaussures de son mari et à nouer les lacets.

La main sur la poignée de la porte entrouverte, elle s'attarda encore un moment pour contempler la pièce silencieuse et baignée d'une lumière grisâtre, la table et les chaises que Paul avait fabriquées, les livres et les provisions rangés sur les étagères. Une dernière fois, elle respira l'air du matin où se mêlaient les senteurs du feu de bois et des pommes de pin.

Enfin, elle sortit et referma la porte derrière elle.

Sans faire de bruit, elle s'avança sous la véranda, se redressant pour paraître la plus grande possible. Mais, elle le savait, sa silhouette n'était encore qu'une vague tache de couleur. Parvenue en haut des marches du perron, elle s'arrêta et regarda en direction des bois.

« Allez, je suis là. Ne me fais pas attendre, dépêche-toi... »

Ces mots n'étaient pas plus tôt formés dans son esprit qu'elle entendit un son étouffé qui se répercuta d'une étrange manière dans l'atmosphère, comme à travers de la ouate.

« Il doit utiliser un silencieux », songea-t-elle avec une sorte de détachement.

Tout à coup, le son retentit de nouveau et elle se sentit

projetée en arrière. Quelque chose lui avait heurté la poitrine avec une force inouïe. Elle tournoya sur elle-même, puis plongea la tête la première dans l'escalier et s'effondra sur le sol recouvert d'une moelleuse couche d'aiguilles de pin.

Curieusement, elle n'éprouvait aucune douleur, seulement un profond engourdissement, suivi d'une tourbillonnante sensation de paix. Avec gratitude, elle s'abandonna à la vague noire qui la soulevait. Puis, heureuse et calme, elle se laissa glisser vers l'abîme, emportant dans son cœur l'image de Paul.

14

Tim Connor, tapi à son poste de guet, observait le petit chalet d'un air maussade lorsqu'il entendit la porte s'ouvrir et se refermer, puis un léger bruit de pas sous la véranda.

Il retint son souffle, se demandant si Joe avait vu leur homme apparaître sous le porche. En fait, Tim était beaucoup plus près de la cible que Joe, même si c'était ce dernier qui devait tirer, car il se trouvait dans les branches d'un grand pin qui s'élevait juste derrière la maison, à quatre mètres de hauteur. Cette position, toutefois, lui permettait seulement d'observer le bas de l'escalier et la cour sur le devant, puisque la véranda était couverte.

C'était Joe qui avait choisi ce perchoir, car, de là, Tim pouvait surveiller la route en contrebas, où était garée la camionnette, ainsi que le chemin menant à la clairière. L'endroit idéal, donc, pour signaler un éventuel danger.

Joe, quant à lui, s'était dissimulé quelque cent mètres plus loin, dans le bois, sur une butte rocheuse face au chalet. De là, et malgré la distance, il avait vue sur la porte. Son arme étant équipée d'une lunette très puissante, il ferait mouche sans difficulté.

Tim était dans son arbre depuis près de deux heures et il commençait à avoir des crampes dans tout le corps. Son esprit aussi se mettait à lui jouer des tours ; à mesure que le ciel pâlissait à l'est, des doutes de plus en plus terribles le tourmentaient.

Il se posait des questions sur Lisa Temple et son mari qui semblaient si heureux ensemble, sur Lisa surtout qui était si gentille quand elle parlait à Tim… S'agissait-il vraiment d'une comédie, comme l'affirmait Joe, ou bien toute cette histoire n'était-elle qu'un affreux malentendu ?

Joe et lui pouvaient-ils espérer s'en tirer sans encombre ? Pouvaient-ils tuer un homme comme Paul Temple, en plein jour, et échapper au châtiment ?

Tim frémit en songeant à la stature de Paul, à son regard si droit, à la force qui émanait de sa voix et de sa personne.

« Oh, bon Dieu, je voudrais tellement que tout cela soit fini ! songea-t-il, tendant l'oreille pour écouter le bruit de pas sous la véranda. Je voudrais être ailleurs, à des milliers de kilomètres d'ici… »

L'espace d'un instant, il fut tenté de descendre de son perchoir, d'alerter l'homme qui avançait vers l'escalier. La bouche sèche, il jeta un regard en direction du bosquet où Joe se cachait avec son fusil.

Mais s'il reculait à présent, il le savait, Joe l'abattrait sans une hésitation. Il mourrait lui aussi, exactement comme Paul Temple, ce qui ne servirait à rien. Et puis, d'ailleurs, il y avait tout cet argent à la clé, l'espoir d'une vie meilleure, la chance d'en finir avec la médiocrité et la misère…

Soudain, il entendit la première détonation. Les yeux écarquillés, il pencha le buste pour mieux apercevoir l'escalier. Une deuxième détonation retentit, sourde et comme ouatée, et une silhouette vêtue de couleurs vives lui apparut, dévala les marches et s'effondra de tout son long au pied de la véranda. Une casquette orange roula sur le sol.

Un violent frisson secoua Tim qui refoula à grand-peine une amère nausée. Les mains tremblantes, il saisit les jumelles que Joe lui avait données.

— Assure-toi qu'il est bien mort, lui avait recommandé Joe. Ce sera à toi de me le dire. Et surtout, ne crie pas comme un imbécile. S'il faut lui envoyer un autre pruneau, tu agites ce drapeau rouge. Sinon, s'il est bien refroidi, tu lèves le jaune, et on se retrouve à la camionnette.

— Comment je saurai qu'il est… mort ?

— Tu le regardes, d'accord ? avait rétorqué Joe, sarcastique. S'il bouge pas, c'est qu'il est mort. C'est pas trop difficile pour toi, t'es sûr ?

Tim frémit de nouveau. Ses mains tremblaient tellement qu'il dut coincer les jumelles sur une branche pour voir quelque chose.

Il les ajusta sur leur cible et faillit pousser une exclamation de stupéfaction ; un sentiment d'horreur le submergea. La personne étendue sur le sol portait bien les vêtements de Paul Temple, sa veste familière, la casquette et les grosses chaussures qu'ils avaient repérées lors d'une précédente reconnaissance. Mais ce n'était pas Paul Temple qui gisait là, dans une flaque de sang qui s'élargissait de seconde en seconde.

C'était son épouse.

L'esprit de Tim était comme engourdi soudain. Hébété,

il contemplait le corps svelte, les cheveux blonds, le visage au teint délicat…

Bon sang ! Frénétique, il essaya de réfléchir à ce qu'il devait faire. S'il levait le drapeau rouge, Joe se remettrait à tirer. S'il montrait le signal jaune, Joe quitterait sa cachette et s'élancerait dans les bois pour rejoindre la camionnette.

« Mais il faut aider cette femme, songeait Tim avec désespoir. Il faut l'emmener à l'hôpital, faire quelque chose… Elle n'est peut-être pas morte. »

Tout à coup, c'était pour lui d'une importance capitale. Lisa Temple était-elle morte ? Si elle était morte, il ne le supporterait pas. Il pensait à son sourire timide, à ses beaux yeux mordorés, à sa joie quand elle s'amusait avec les chatons, dans les écuries. La fureur flamba dans son cœur et le consuma ; soudain, il haïssait Joe.

Sans réfléchir davantage à ce qu'il faisait ni aux conséquences de son acte, il descendit précipitamment de son arbre et courut jusqu'à Lisa. Il s'agenouilla près d'elle et la toucha d'une main tremblante.

Un juron étouffé lui parvint, puis il vit Joe qui arrivait à toutes jambes.

— Bon sang de bonsoir, qu'est-ce que tu fabriques ?

chuchota-t-il d'une voix sifflante. Il est mort ou quoi ? Pousse-toi de là que je...

Tim le regardait, le visage ruisselant de larmes, les mains couvertes de sang.

— Espèce de salaud ! gémit-il. Imbécile ! C'est elle, Joe. Regarde, c'est elle que tu as tuée !

Joe considéra froidement la femme étendue sur le sol, puis son jeune complice. Une expression cauteleuse s'inscrivit sur ses traits et il fit volte-face, se mettant en position, le fusil pointé vers la porte du chalet.

— Mais qu'est-ce que tu fais ? dit Tim, le regardant sans comprendre. Il faut l'emmener à l'hôpital, il est peut-être encore temps de...

— La ferme, idiot ! Boucle-la et éloigne-toi d'elle, tu me gênes.

Tim le dévisageait, ahuri.

— Bougre d'idiot ! répéta Joe, les dents serrées. Elle est pas venue ici toute seule. Si elle est là, Temple y est aussi, et il tardera pas à sortir pour voir ce qui se passe !

Et Tim comprit qu'après la femme, Joe était prêt à abattre le mari. Il abandonnerait tranquillement les deux cadavres derrière lui. Il les laisserait dormir sous le soleil du matin : Lisa et Paul Temple.

Ce n'était pas possible, pas possible…

Ce fut à ce moment que Paul ouvrit la porte du chalet. Joe aussitôt se figea, le mit en joue.

Brusquement, Tim en eut assez de tout. Il ne supportait plus que le sang coule encore, que l'horreur recommence. Dans un élan, il se jeta sur Joe et le plaqua au sol, agrippant le fusil.

Le gros homme, avec un juron de surprise, se mit à se débattre comme un forcené, ruant et donnant des coups de poing. Tim, qui suait et haletait, réussit à saisir l'arme par le canon et à l'arracher à son complice. Avec une force décuplée par le désespoir, il l'éleva au-dessus de sa tête et l'abattit violemment sur le crâne de Joe.

Le visage de ce dernier se crispa sous le choc, dans une expression de stupéfaction presque comique. Ses mains se portèrent à sa poitrine, ses yeux s'arrondirent ; lentement, il tomba à genoux puis s'affala de tout son long près de l'escalier.

Le tout n'avait pas duré une seconde. Sous la véranda, Paul, encore mal réveillé, fixait l'homme couché sur le sol, puis Tim qui se redressait et faisait lentement un pas de côté.

C'est alors que Paul vit la forme menue et comme

désarticulée sur le sol, les cheveux soyeux dans l'herbe humide de rosée, la flaque de sang.

Poussant un cri étranglé, il dévala les marches et se laissa tomber à genoux auprès de Lisa. Doucement, il souleva le corps sans vie et le tourna, exposant le trou qu'avait fait la balle dans la veste rouge.

Une telle souffrance s'inscrivit sur ses traits que Tim en frémit tout entier.

— On a… il y a une camionnette un peu plus bas sur la route, monsieur Temple, dit-il gauchement. Si on la transportait jusque-là, vous et moi, on pourrait peut-être l'emmener à l'hôpital et…

Paul n'avait pas besoin d'explications supplémentaires.

— Enlevez la porte de ses gonds, ordonna-t-il d'un ton bref, tout en essayant de trouver le pouls de Lisa. Apportez-la ici et donnez-moi ces vieilles bottes, là, sous le porche.

Tim se précipita, soulagé d'avoir une tâche à accomplir, de sentir que, maintenant, la situation était dans les mains d'une personne plus forte que lui, d'un être meilleur. A présent, il n'avait plus à réfléchir.

— Et lui ? demanda-t-il craintivement, montrant le corps de Joe étendu face contre terre.

Il avait une large plaie à la tête qui saignait abondamment, et de sérieux hématomes bleuissaient déjà sur sa joue et sa mâchoire.

— Même s'il reprend conscience, il n'ira pas loin, répondit Paul.

Il aida le jeune homme à poser la lourde porte sur le sol, puis enfila ses bottes.

— C'est lui qui a tiré ?

Tim opina, l'air affolé.

— Oui… Vous comprenez, on était…

— Peu importe, coupa Paul en allongeant Lisa sur la civière improvisée. Conduisons-la à l'hôpital, et ensuite vous me raconterez votre histoire. Passez devant, puisque vous savez où est la camionnette.

Tim acquiesça de nouveau, humblement. Puis les deux hommes soulevèrent leur précieux fardeau et se dirigèrent vers le bois.

Le ciel d'été, d'un rose de coquillage, semblait infini. Il en émanait un éclat si pur que Lisa en sourit de plaisir. Elle se sentait bien au chaud, lovée au creux de nuages cotonneux qui la préservaient du danger et de la douleur.

Bien sûr, elle n'était pas complètement libérée de la

souffrance. Il y avait dans sa poitrine une boule de feu, d'où jaillissaient des flammes aiguës qui irradiaient en elle comme une comète tournoyant dans l'espace à une vitesse folle.

« Mais c'est parce que je suis morte, songea-t-elle sereinement. Une balle m'a troué le cœur et, maintenant, je suis morte. »

Cette pensée lui causa une certaine surprise et de la satisfaction. Elle se demanda ce qui allait suivre. Quelles visions merveilleuses allait-elle découvrir lorsqu'elle ouvrirait les yeux et que cette brume nacrée se dissiperait ?

Elle soupira, bougea la tête avec précaution sur son coussin moelleux de nuages.

Ce qui l'attendait n'avait pas d'importance. Tout était enfin terminé, et cela seul comptait. Ce jour d'horreur était venu, il s'était achevé, et Paul était sauvé.

L'homme qu'elle aimait vivait toujours. Il descendait toujours le chemin menant au ruisseau de son grand pas élastique, et la lumière lui faisait plisser les yeux, creusant au coin de ses paupières le petit éventail de rides que Lisa aimait tant. Paul était vivant.

Elle eut un nouveau soupir, puis soudain se crispa.

Etait-ce bien vrai ? Paul était-il vraiment sain et sauf ?

Elle avait du mal à se remémorer l'ordre des événements qui s'étaient déroulés là-haut, devant le chalet. Elle se rappelait la première détonation assourdie, la seconde qui avait explosé dans sa poitrine. Ensuite, il y avait eu des mains qui l'agrippaient, des gens qui couraient, des visages, des cris, une lutte. Et Paul était là quelque part…

« Oh, mon Dieu, l'ont-ils blessé ? Paul, où es-tu ? Je ne peux pas partir sans savoir que tu vas bien. Je t'aime, Paul. Je t'aime tant… Où es-tu ? »

— Allons, arrêtez de gémir comme un jeune chiot ! ordonna une voix chaleureuse toute proche. Arrêtez tout de suite, Lisa. Tout va bien, vous n'avez rien à redouter. Vous n'avez plus qu'à ouvrir les yeux et vous vous sentirez de nouveau guillerette. Vous m'entendez ? Réveillez-vous !

Cette voix tellement inattendue perça le cocon de brume irisée avec tant de vigueur que Lisa tressaillit, puis grimaça de douleur.

Elle battit des paupières, chassant du même coup le brouillard rosé, pour découvrir un grand soleil noir qui occupait tout le ciel.

Ce soleil avait un sourire étincelant ; il était aussi auréolé de cheveux crépus. Il se penchait et lui baisait le front. Lisa poussa une faible exclamation, craignant que ce contact la brûle. Mais ces lèvres sur sa peau étaient simplement chaudes et fermes, les bras qui la soutenaient semblaient amicaux.

— Doris ? murmura-t-elle, incrédule et complètement désorientée. Vous êtes là, vous aussi ? Mais comment… ?

— Je suis arrivée au volant de la plus antique Volvo qui roule encore en ce bas monde, mon chou, comme tous les matins. Et qu'est-ce que j'ai trouvé en prenant mon service ? Ma petite Lisa, replongée dans le malheur. Je vous le dis, mon cœur, vous me ferez mourir. C'est plus que sûr…

Tout en monologuant allègrement, Doris vaquait avec sa vivacité coutumière à toutes sortes de tâches, vérifiant les pansements, secouant le thermomètre, gribouillant des chiffres sur le tableau, et s'interrompant à tout instant pour faire de mystérieux ajustements qui mettaient le corps de Lisa dans une position plus confortable, et calmaient en partie la douleur qui lui oppressait la poitrine.

Lisa contemplait bouche bée la grosse femme noire, essayant de comprendre.

— Je ne suis pas morte ? finit-elle par demander.

Doris éclata de rire.

— Il ne manquerait plus que ça ! Si vous étiez morte, Lisa Temple, nous serions tous furieux contre vous. Vous le regretteriez, c'est moi qui vous le dis.

— Mais je… Il m'a tiré dessus, non ? J'ai senti la balle…

— Oh ça oui, il vous a tiré dessus, petite bécasse ! Cette maudite balle est entrée par là, expliqua Doris en posant un doigt léger sur la poitrine bandée de Lisa. Elle a fracassé une partie de la clavicule et s'est logée contre l'omoplate.

L'esprit de Lisa, encore engourdi, peinait à assimiler toutes ces informations.

— Elle n'a pas touché le cœur ? J'ai cru qu'il explosait.

— Je n'en doute pas, mon chou, rétorqua Doris d'un ton soudain apitoyé. Vous avez dû avoir atrocement mal. Mais, en fait, c'est votre clavicule qui a volé en éclats. Les chirurgiens ont accompli un sacré travail, hier, pour recoller les morceaux. Et il a fallu qu'ils extraient la balle de votre omoplate, ce qui n'a pas été non plus une partie de plaisir. Vous en souffrirez un moment, j'en ai peur.

Lisa hocha faiblement la tête.

— Heureusement que vous n'êtes pas plus grande, poursuivit tranquillement Doris. Quinze centimètres de plus, et cette balle de malheur vous aurait traversé le cœur.

Paul la dépassait d'une bonne quinzaine de centimètres, songea Lisa avec désespoir. Mon Dieu, Paul…

Elle braqua son regard sur le visage de l'infirmière.

— Doris… est-ce que Paul va bien ?

— Oui, très bien.

Lisa se détendit, soulagée, puis détourna les yeux, redoutant soudain de poser d'autres questions.

— Et voilà ! reprit Doris avec entrain. Nous sommes lundi, il est 7 heures, l'heure du petit déjeuner. Vous avez encore trop mal pour manger, mon petit ? Vous voulez que je vous aide ?

— J'ai mal au cœur… Je ne crois pas pouvoir avaler quoi que ce soit.

— Ah, ça, c'est autre chose…, rétorqua Doris d'un ton énigmatique.

Alertée, Lisa la dévisagea.

— Quoi ? Qu'y a-t-il ?

Une expression d'embarras se peignit sur les traits de l'infirmière.

— Eh bien, cette nausée… Vous voyez, ils vous ont administré de fortes doses d'anesthésiant pendant votre opération. Ils ont préféré ne pas vous faire d'anesthésie générale, vous comprenez, alors c'est normal que vous ayez l'estomac à l'envers… Détendez-vous, mon petit, ça passera…

Le discours embrouillé de Doris accrut encore, si possible, l'angoisse de Lisa.

— Pourquoi ne m'a-t-on pas fait d'anesthésie générale ? Qu'y a-t-il ? Est-ce que Paul va vraiment bien ? Vous me cachez quelque chose, dit-elle en se redressant contre ses oreillers, ouvrant la bouche sur un cri muet lorsqu'une lame brûlante s'enfonça dans son épaule blessée.

Doris, avec des gestes précautionneux et doux, l'obligea à se recoucher.

Ce fut à ce moment que Ken Holcross pénétra dans la chambre, au grand soulagement de l'infirmière. Il portait sa blouse blanche et tenait son carnet à la main.

— Bonjour, mesdames, dit-il avec un sourire bienveillant. Eh bien, que se passe-t-il ici ?

— Notre malade n'est pas sage, docteur, répondit

Doris. Elle n'arrête pas de poser des questions… Elle veut savoir pourquoi on ne l'a pas endormie complètement, insiste pour se lever et refuse de manger son petit déjeuner.

— Oh, je crois qu'elle finira par le manger, rétorqua-t-il gaiement. Donnez-nous quelques petites minutes, Doris. Je me charge de notre rebelle.

Doris poussa un grand soupir, puis, en passant près de sa patiente, lui tapota la joue pour lui montrer qu'elle plaisantait. Lisa et le psychiatre la regardèrent sortir de la chambre, légère et gracieuse malgré sa corpulence, et refermer la porte derrière elle.

Le silence s'installa alors dans la pièce que baignait la lumière dorée du matin. Ken Holcross se carra dans un fauteuil, près du lit, et attendit paisiblement que Lisa tourne la tête vers lui.

Ce qu'elle fit, quelques instants plus tard, les traits empreints d'une infinie tristesse.

— Il y a quelques semaines, Paul m'a expliqué en quoi consistait la sensation de déjà-vu. Aujourd'hui, je l'éprouve au plus haut point. Tout cela nous est déjà arrivé, n'est-ce pas, Ken ?

— Eh bien, si vous vous rappelez ce que Paul vous

a dit, c'est que vous avez conservé la mémoire de la période de fugue. Voilà qui est parfait.

— Je me souviens de tout, répliqua-t-elle avec une pointe d'amertume. De chaque détail sordide de ma vie depuis l'âge de quatre ans jusqu'à hier matin, sur le perron du chalet.

Ken Holcross se pencha, les yeux brillant d'un intérêt passionné, et ouvrit son carnet à une page blanche.

— Vraiment tout, Lisa ? Il n'y a pas de lacunes, de zones d'ombre ?

— Aucune... Mes souvenirs sont extrêmement vivaces. C'est affreux, Ken. Quand le passé a commencé à me revenir, j'ai à peine pu le supporter.

Le psychiatre acquiesça d'un air compatissant.

— Y a-t-il eu un élément déclencheur ? Quelque chose qui a brusquement libéré les souvenirs que vous aviez occultés ?

Elle lui raconta comment elle avait trouvé Bonnie et Jody, et le flot de fureur meurtrière qui avait inondé son esprit.

— Je pense que je l'aurais tué de mes mains nues, dit-elle avec simplicité, pour conclure.

— Quinze ou vingt ans de rage soigneusement refoulée... Quand la bonde est lâchée, cela représente une force considérable. Qu'éprouvez-vous à présent envers ce garçon, Lisa ?

— Lequel ? Allan ou celui qui a agressé Bonnie ?

— Y a-t-il une différence ? rétorqua-t-il avec douceur.

Elle se tut, réfléchissant.

— Je saisis le sens de votre question..., dit-elle enfin. Je crois que je n'ai plus de colère. Si je ressens quelque chose maintenant, c'est sans doute plus proche du... dégoût. Peut-être même de la pitié.

Le Dr Holcross exprima son approbation d'un geste de la main.

— C'est très bien, Lisa. Très bien... Nous pouvons donc avancer dans le temps. Avez-vous pleinement retrouvé tous vos souvenirs d'adolescence ?

— Il me semble. Ken..., ajouta-t-elle avec une subite curiosité.

— Oui ?

— Vous connaissiez déjà toute cette histoire, n'est-ce pas ? Vous saviez comment j'avais vécu et survécu, ce que j'avais fait, les gens que je fréquentais ?

— En grande partie... Au début, vous avez traversé une période de résistance, mais ensuite, sous hypnose, vous vous livriez assez volontiers.

— Cependant, vous ne m'avez jamais ordonné de me rappeler ce que je vous disais. Je me souvenais à peine de ma vie avant mon mariage avec Paul, avant que j'arrive dans l'Ouest et que je devienne serveuse dans ce bar… Tout cela était perdu dans une sorte de brouillard.

— J'avais la conviction que le flou de vos souvenirs servait à dissimuler un événement terriblement traumatisant de votre enfance. J'espérais qu'il referait surface de façon naturelle, et non sous suggestion hypnotique. Et je crois que cela s'est finalement produit.

Lisa demeura silencieuse un moment. Les mains crispées sur le drap, elle regarda le visage rond et bienveillant du médecin.

— Ken…

— Oui, ma chère enfant.

— Nous ne pouvons pas tourner plus longtemps autour du pot, n'est-ce pas ? Il faut parler de ce qui s'est passé.

— Que s'est-il passé, Lisa ?

— Vous savez bien… Ce que j'ai fait, pourquoi, et comment Paul a presque…

Une lueur indéfinissable vacilla dans les yeux du psychiatre. Lisa tressaillit.

— Paul… est-il sain et sauf ? Dites-moi la vérité, Ken, je vous en conjure. Dites-moi !

— Paul va très bien. Il est en bas, dans la salle d'attente. Il a demandé à vous voir.

— Que… que sait-il au juste ? balbutia-t-elle, pâle d'effroi. Est-il au courant pour… pour cet homme ? Il sait ce que j'ai fait ?

— Aucun d'entre nous ne possède encore de véritables informations. Le jeune Tim a bredouillé une vague histoire complètement décousue, et quand il s'est rendu compte qu'il risquait de se compromettre, il s'est enfermé dans le mutisme. A l'évidence, il se sent responsable de votre blessure, mais nous n'avons pas établi son degré de complicité avec l'assassin et nous ignorons si vous avez été abattue de sang-froid. Nous en sommes aux hypothèses et aux spéculations.

Lisa détourna la tête, contemplant le carré de ciel bleu qui se découpait dans la fenêtre. Puis elle prit une profonde inspiration et se mit à parler. Elle raconta à Ken Holcross comment, quelques mois plus tôt, sa haine envers Paul avait enflé de façon démesurée, redoublant à chaque critique, chaque mot de rejet, pour prendre une telle ampleur qu'elle n'était plus contrôlable. Elle lui relata ainsi les nombreuses démarches qu'elle avait entreprises afin de se procurer le nom du tueur à gages.

Le psychiatre, impassible, griffonnait des notes dans son carnet.

— Alors..., murmura-t-elle d'une voix rauque. Que pensez-vous de moi à présent ?

— Qu'entendez-vous par là, Lisa ?

— Mais exactement ce que je dis... Quelle opinion avez-vous d'une femme qui a cherché à faire assassiner son mari, lequel s'est toujours montré courtois et prévenant avec elle ? Quel genre de femme ferait une chose pareille ?

Le Dr Holcross demeura silencieux, soutenant sans ciller le regard brûlant de Lisa.

— Répondez-moi, Ken ! Dites ce que vous pensez de moi.

— Vous n'avez pas achevé votre histoire, rétorqua-t-il d'un ton apaisant. Vous ne m'avez pas expliqué ce qui s'était produit après que vous avez obtenu le nom que vous vouliez.

Elle soupira, changea de position pour soulager son épaule en feu.

— On m'avait effectivement parlé d'un certain Joe, poursuivit-elle dans un souffle. Je me suis arrangée pour le rencontrer dans un restaurant et je lui ai remis mon émeraude en guise d'acompte. Ce soir-là, nous avons tout organisé. Mais quand je suis partie, j'ai été attaquée par deux hommes qui avaient aperçu la bague, un peu plus tôt, alors que je la faisais estimer chez un prêteur sur gages. Quand je leur ai dit que je ne l'avais plus, ils m'ont molestée. Ensuite, je me suis réveillée ici, dans cet hôpital, complètement amnésique. Voilà… C'est toute l'histoire.

— Mais non, Lisa.

Elle lui lança un bref regard interrogateur.

— Cela n'explique pas ce qui s'est passé hier, poursuivit-il. Pourquoi étiez-vous au chalet ? Pourquoi portiez-vous les vêtements de Paul ?

Lisa détourna de nouveau la tête, fixant le vide devant elle.

— Je me souvenais de tout…, murmura-t-elle d'un ton douloureux. Quand j'ai vu Bonnie avec ce garçon, tout m'est revenu. Je savais ce que j'avais fait, ce qui allait se produire. Il était trop tard pour l'empêcher. Vous étiez absent, je ne pouvais pas vous appeler à l'aide. Je ne pouvais prévenir personne, pas même Paul, car il aurait alors tout compris et il m'aurait détestée. Or, je ne voulais pas continuer à vivre si Paul me haïssait. Je suis montée au chalet et je suis restée avec lui jusqu'à l'aube pour… pour lui dire adieu.

Elle ferma un instant les yeux, refoulant ses larmes, avant de continuer :

— Puis, le matin venu, je me suis levée, j'ai enfilé ses vêtements et je suis sortie sous la véranda. J'étais certaine qu'ils me prendraient pour Paul.

— Vous souhaitiez mourir ?

Elle fronça les sourcils, méditant sur la question du médecin.

— Quelqu'un devait mourir… Je ne supportais pas que ce fût Paul.

— Vous l'aimez à ce point ?

— Je l'aime plus que tout au monde…

Le Dr Holcross referma son carnet et se massa les paupières.

— Lisa, désirez-vous parler à Paul ?

Les yeux de la jeune femme s'écarquillèrent de terreur.

— Non ! murmura-t-elle avec violence. Je vous en prie, Ken, ne le laissez pas entrer ici.

— Mais vous avez dit…

— Vous êtes sûr que Paul ne sait pas ce que j'ai fait ?

Le psychiatre secoua la tête.

— Cependant, Tim est interrogé par la police en ce moment, et j'imagine qu'il leur racontera tout. Je suppose qu'il est impliqué dans l'histoire ?

— Je l'ignore. Cet homme… le dénommé Joe, précisa-t-elle avec un frisson de dégoût, il m'avait prévenue qu'il aurait un complice… Peut-être s'agit-il de Tim.

— Il a aidé Paul à vous sauver. Sans lui, vous seriez sans doute morte.

— J'espère qu'ils ne seront pas trop sévères avec lui. Ce n'est qu'un gamin.

— Je présume qu'on lui accordera des circonstances atténuantes, compte tenu de son attitude et du fait qu'il n'y a plus personne pour témoigner contre lui.

— Mais… et Joe ?

— Il est mort… Apparemment, ils se sont battus, et Tim l'a frappé avec la crosse du fusil pour l'empêcher de tirer sur Paul. Il a eu une crise cardiaque pendant la bagarre.

— Sinon, il aurait abattu Paul, n'est-ce pas ?

Le Dr Holcross acquiesça.

— Oh, mon Dieu…, gémit Lisa en cachant son visage dans ses mains.

Le médecin observait la jeune femme en silence, attendant qu'elle se ressaisisse.

— Et… Paul ne connaît pas encore la vérité ?

— Non, Lisa. Il pense que le fameux Joe était un braconnier qui chassait dans les bois. Il est persuadé qu'on a tiré sur vous par accident et que Tim cherchait seulement à empêcher l'autre homme de s'enfuir.

Les paupières de Lisa battirent comme des papillons affolés. Un long moment, elle s'abîma dans ses pensées, le regard fixé au plafond, les traits tendus par l'émotion. Puis elle revint à la réalité et au médecin assis à son chevet.

— Je veux que vous disiez tout à Paul, Ken. Je veux que vous descendiez, maintenant, et que vous lui racontiez toute l'histoire.

— Lisa, il n'est pas nécessaire de…

— Si ! coupa-t-elle, et elle mit tant de force dans ce mot que la douleur la poignarda et s'épanouit dans sa poitrine comme une fleur éclatante. Il doit savoir, Ken… Il y a eu assez de mensonges, de faux-fuyants, d'horreurs cachées. A partir d'aujourd'hui, si cela m'est possible, je ne mentirai plus jamais à quiconque. Et si Paul me hait, eh bien ce sera le prix qu'il me faudra payer. Je veux que vous lui parliez.

— Lisa…

Le Dr Holcross s'interrompit, l'air troublé et incertain.

Lisa fixait sur lui un regard résolu. Sa détermination la portait encore, pourtant une lourde vague de tristesse, de résignation commençait à gronder de façon sinistre au plus profond d'elle-même.

Paul… Plus jamais elle ne serait près de lui, plus jamais elle ne le toucherait et l'embrasserait, plus jamais elle ne se perdrait dans ses yeux si beaux, pareils à des pierres précieuses. Oh, Paul…

— Avant de prendre votre décision, Lisa, dit alors le médecin, il y a quelque chose que vous devez savoir.

— Quoi donc ?

— Lisa… vous êtes enceinte.

— Quoi ?

— Oui, mon petit. Je m'en suis douté lors de votre dernière visite et, dès que Paul m'a prévenu que vous étiez blessée, j'ai demandé qu'on pratique un test de contrôle avant l'opération. Voilà pourquoi ils ont été si prudents lors de l'anesthésie. D'après le gynécologue, vous êtes enceinte d'environ six semaines.

Lisa se passa une main sur le front.

— Mais alors… les nausées…

— Oui, il ne s'agissait pas d'une mystérieuse maladie, mais de banales nausées matinales, rétorqua-t-il en souriant.

Lisa le dévisageait, s'efforçant d'assimiler ce qu'il lui disait.

— Le bébé…, balbutia-t-elle, soudain, affolée. Est-ce que l'opération, tout cela… N'a-t-il pas souffert ?

— Apparemment non. On a pris les plus grandes précautions. Vous avez été examinée et on vous a fait une échographie. Tout va bien.

Lisa se tut. Elle n'y croyait pas, c'était un miracle…

— Vu les circonstances, poursuivit le Dr Holcross, et ce que sera vraisemblablement la réaction de Paul quand il connaîtra la vérité, ne pensez-vous pas qu'il serait…

— Il n'est donc pas au courant pour le bébé ?

— Pas encore. Les médecins m'ont laissé le soin de vous informer, vous et votre mari. Il m'a paru plus sage de vous en parler d'abord.

— Ne le lui dites pas, déclara Lisa d'un ton abrupt, les rouages de son esprit recommençant à fonctionner à toute allure. Je ne le veux pas.

Son expression était si sombre, si déterminée, que le psychiatre la considéra d'un air étonné.

— Mais, Lisa…

— Ne le lui dites pas, répéta-t-elle avec fermeté. Paul a un tel sens des responsabilités… S'il apprend que je suis enceinte, il voudra me garder près de lui, quoi qu'il pense de moi. Or, c'est la dernière chose que je souhaite. Ken, ne lui parlez pas de l'enfant.

« Un enfant, songea-t-elle avec émerveillement, tandis que ce mot résonnait sans fin dans son être. Je porte un enfant… »

Elle ne se rappelait que trop comment, durant toutes ces années de mariage, elle avait menti à Paul en lui affirmant qu'elle ne prenait pas de pilules contraceptives.

Car Paul souhaitait tellement avoir un enfant…

— Racontez-lui seulement le reste, poursuivit-elle d'une voix tendue, presque froide. Expliquez-lui que j'avais engagé un homme pour le tuer, que je regrette infiniment ce geste et que je donnerais n'importe quoi pour effacer cette partie de ma vie ; mais, hélas, je n'y peux plus rien. Ce qui est arrivé est arrivé, et nous devons y faire face.

— Lisa, vous n'êtes pas obligée d'aller jusque-là.

— Si, bien sûr que si… Dites-lui tout, Ken, et si après cela il supporte encore de m'adresser la parole, qu'il vienne. Dans le cas contraire, rassurez-le : je suis à présent parfaitement rétablie. J'ai recouvré toutes mes facultés et je suis disposée à lui accorder le divorce à ses conditions. Il n'aura même pas à me revoir.

— Lisa…, répéta le Dr Holcross.

Elle le regarda, lut la tristesse sur son visage.

— Un bon thérapeute ne montre jamais ses émotions, Ken, dit-elle gentiment en essayant de sourire. Je vous en prie, allez rejoindre Paul. Dites-lui bien quelle femme je suis. Qu'il prenne sa décision…

15

Lisa demeura longtemps sans bouger, à contempler par la fenêtre le clair matin d'été. Une aide-infirmière, portant le plateau du petit déjeuner, passa la tête dans l'entrebâillement de la porte, mais Lisa la congédia d'un geste. Plus tard, elle entendit des bruits dans le couloir, des bribes de conversation, le chuintement des chariots roulant sur le sol dallé, les femmes de ménage qui s'affairaient dans les chambres voisines.

Des nuages opalescents, ronds et floconneux, dérivaient dans un ciel de saphir. Lisa se sentait comme eux, étrangement légère et détachée de tout.

« C'est parce que j'ai tout perdu. Il ne me reste plus rien. Voilà pourquoi je suis si tranquille. »

Elle songea à Paul, tenta d'imaginer sa réaction lorsque Ken Holcross lui raconterait toute l'histoire. Déjà, il lui en avait voulu et s'était éloigné d'elle le soir où elle lui avait hurlé des insultes, après le dîner chez son collaborateur. Alors, quand il connaîtrait toute la vérité…

Elle secoua doucement la tête, repoussant cette pensée.

Paul était sorti de sa vie…

Il savait tout à présent, et il la méprisait. Elle méritait son mépris. Elle l'avait épousé pour de mauvaises raisons, ne voyant que le luxe et la sécurité qu'il lui offrait, sans se demander ce qu'elle pouvait lui donner.

Sans cesse, elle l'avait trahi. Il ne lui avait épargné ni sa gentillesse, ni sa patience, ni sa compréhension, et il n'avait reçu en retour que froideur, cruauté et mensonge. Et c'était seulement maintenant, quand il était trop tard, que Lisa comprenait pleinement la force et la profondeur de son amour pour cet homme.

Elle soupira et tourna de nouveau les yeux vers la fenêtre.

Sur les pelouses de l'hôpital, des tourniquets ronronnaient. Les gouttelettes d'eau jaillissaient dans la lumière, dessinant des arches aux couleurs d'arcs-en-ciel qui retombaient en cascade sur l'herbe tendre. Un parfum de fleurs mouillées et de gazon fraîchement tondu flottait dans l'air, les oiseaux chantaient. Cette matinée de juin était si belle que Lisa en eut le cœur serré.

Hésitante, retenant son souffle, elle posa une main sur son ventre.

Un enfant…

Une nouvelle vie avait trouvé refuge au plus profond d'elle-même. Quelque chose de Paul et d'elle-même qui survivait quand même, qui grandissait à son propre rythme, bien à l'abri au plus chaud de son corps. Et cela en dépit de tout.

— Je t'aime, murmura-t-elle à son bébé. Je t'aime… Je ne sais pas trop comment nous allons nous débrouiller, tous les deux, mais j'essaierai de veiller sur toi, de faire que tu ne sois jamais seul, que tu n'aies jamais peur…

Des larmes roulèrent sur ses joues tandis qu'elle repensait à sa propre enfance. D'une manière ou d'une autre, elle en prenait l'engagement solennel, elle donnerait à son enfant une existence meilleure.

— J'espère qu'un jour tu auras la chance de connaître ton père, poursuivit-elle, l'âme emplie de tristesse. C'est l'homme le plus merveilleux du monde. Oh, mon Dieu, pourvu que tu me pardonnes de…

Ce fut cet instant que Paul Temple choisit pour pénétrer dans la chambre. Il laissa la porte se refermer derrière lui et demeura immobile, contemplant sa femme en silence. Et elle l'observait aussi, bouleversée de le voir si grand, si fort, si blond.

— Bonjour, Lisa, dit-il doucement.

Elle essaya de répondre, mais les mots restèrent prisonniers dans sa gorge. Elle ne pouvait que le fixer, consumée à la fois d'amour et de chagrin.

Paul mit la main dans sa poche et en sortit un petit flacon de plastique qu'il lui montra. Il contenait des comprimés bleus.

— Des somnifères, dit-il, comme elle levait vers lui des yeux interrogateurs. Bonnie me les a donnés hier, pendant qu'on t'opérait.

Déconcertée et muette, Lisa regarda Paul déboucher le flacon, le vider dans le lavabo du cabinet de toilette et ouvrir le robinet, attendant que le dernier comprimé ait disparu.

— Bonnie les avait volés dans ton armoire à pharmacie, au début du printemps. Elle m'a confié qu'elle voulait se tuer.

Lisa tressaillit, effarée.

Paul jeta le flacon vide dans la corbeille et vint s'asseoir près du lit. D'un geste précautionneux, il prit la main de Lisa.

— Elle m'a expliqué que tu lui avais sauvé la vie.

Tu l'as réconciliée avec elle-même, tu lui as insufflé la volonté et l'énergie de se prendre en charge, de maigrir. Sans toi, elle serait morte, elle en est convaincue.

— Paul, mais je… j'ignorais que…

— Tu as tant fait pour nous tous, Lisa, en étant simplement toi-même, en nous aimant.

Elle le dévisageait, stupéfaite, déroutée par ses paroles et son attitude.

Elle se rappelait la haine glacée qu'elle avait lue dans ses yeux quelques mois auparavant, lorsqu'elle s'était réveillée et qu'elle l'avait découvert là, près de ce lit, pour la première fois. A présent, il n'y avait plus de haine dans son regard. Seulement de l'amour et de la tendresse, et une profonde sérénité qu'elle ne lui avait jamais vue.

— Paul…, murmura-t-elle d'une voix cassée. Ken ne t'a donc pas raconté…

— Si, mon cœur, si. Et nous n'en parlerons plus jamais, à moins que tu le désires. C'est fini, maintenant, et je t'aime. Je t'aime plus que je ne saurai jamais te le dire, quoique je compte bien passer le reste de mon existence à te le répéter.

— Mais je… j'ai engagé cet homme pour…

— Lisa, coupa-t-il d'un ton où vibrait une indicible

émotion, tu as voulu mourir pour moi. Tu n'imagines pas ce que j'ai ressenti lorsque Ken m'a appris cela. La somme d'amour et de courage qu'il t'a fallu pour…

Il s'interrompit ; les larmes l'aveuglaient.

— Oh, Paul…

— Tu avais retrouvé tous tes souvenirs, tout ce passé si douloureux, et pourtant tu n'as cherché qu'à me protéger. J'ai tellement honte, Lisa.

— Toi ? murmura-t-elle. Mais de quoi as-tu honte ?

— Je ne t'ai pas aidée, je ne t'ai pas soutenue. Je ne me suis soucié que de moi-même, de ma propre peine, et quand les choses sont devenues un peu plus difficiles, je me suis détourné de toi. Je ne recommencerai plus jamais. Désormais, nous affronterons tout ensemble, de telle sorte que plus rien, jamais, ne puisse nous séparer.

Elle le regardait, émerveillée, le cœur battant à un rythme fou. La flamme claire du bonheur éclata alors en elle et un vertige la prit. Un instant, il lui sembla flotter de nouveau dans une lumière rosée, très loin du monde.

— Paul…, dit-elle dans un souffle, caressant de ses doigts tremblants les joues humides de son mari.

Elle s'interrompit puis, brusquement revenue à elle, elle lui sourit.

— Il y a quelque chose dont nous devons parler tout de suite, mon chéri…

Paul lui baisa tendrement la main.

— Pas maintenant… Répète-moi encore que tu m'aimes, c'est tout ce que je veux entendre.

— Paul… Oh, je ne sais pas comment te dire ça.

— Quoi donc ? rétorqua-t-il, alarmé. Qu'y a-t-il ?

Elle sourit de nouveau, si heureuse à présent que les mots s'étranglaient dans sa gorge.

— Paul, je vais… je suis enceinte, mon amour. Nous allons avoir un bébé.

— Lisa ! Tu en es sûre ?

Tant d'émotions se succédaient sur le visage de son mari — stupeur, crainte, joie, ravissement — que Lisa laissa échapper un petit rire.

— Ken me l'a appris ce matin. D'après lui, je suis enceinte de six semaines environ… Cela a dû se produire lors de notre première nuit.

— Et tout va bien ? Ta blessure n'a pas mis l'enfant en danger ?

— Non… Ken est manifestement plus malin que

nous. Il se doutait que j'étais enceinte, et il a prévenu le chirurgien.

— Oh, ma chérie…, murmura-t-il d'un air ébloui. Je t'aime tant…

Lisa avait envie de lui dire qu'elle aussi l'adorait, mais la fatigue commençait à l'engourdir. Elle le lui dirait demain.

Oui, elle aurait tout le temps, demain, et durant toute sa vie, de lui dire ces choses-là, pensa-t-elle, en se laissant glisser de nouveau dans les brumes du sommeil, tandis que son mari se penchait vers elle et posait la tête sur son ventre, là où battait le cœur minuscule de leur enfant.

Le destin avait enfin achevé sa course folle, lui laissant un équilibre durement acquis, un sens aigu du bonheur, des temps et de l'éternité. Une ère nouvelle commençait. La violence et la cruauté seraient vaincues par des hommes bons et tendres comme l'homme qu'elle tenait dans ses bras. Et l'enfant qui palpitait en elle aurait une existence remplie d'amour et de tendresse, qui effacerait toutes les souffrances de sa mère.

Oui, un jour, songea-t-elle en s'endormant, les mains enfouies dans les cheveux de son mari, la vie changerait pour chacun. Le monde deviendrait un endroit merveilleux, où les hommes et les femmes se prodigueraient douceur et compassion, et où l'innocence serait préservée.

Et à partir de ce jour-là, sur la Terre, il n'y aurait plus jamais d'enfants malheureux.

DANS LA MÊME COLLECTION

Par ordre alphabétique d'auteur

JINA BACARR	*Blonde Geisha*
MARY LYNN BAXTER	*La femme secrète*
MARY LYNN BAXTER	*Un été dans le Mississippi*
JENNIFER BLAKE	*Une liaison scandaleuse*
BARBARA BRETTON	*Le lien brisé*
BENITA BROWN	*Les filles du capitaine*
MEGAN BROWNLEY	*La maison des brumes*
CANDACE CAMP	*Le bal de l'orchidée*
CANDACE CAMP	*Le manoir des secrets*
CANDACE CAMP	*Le château des ombres*
CANDACE CAMP	*La maison des masques*
MARY CANON	*L'honneur des O'Donnell*
LINDA CARDILLO	*Le tourbillon d'une vie*
ELAINE COFFMAN	*Le seigneur des Highlands*
ELAINE COFFMAN	*La dame des Hautes-Terres*
ELAINE COFFMAN	*La comtesse des Highlands*
JACKIE COLLINS	*Le voile des illusions*
JACKIE COLLINS	*Reflets trompeurs*
JACKIE COLLINS	*Le destin des Castelli*
PATRICIA COUGHLIN	*Le secret d'une vie*
MARGOT DALTON	*Une femme sans passé*
EMMA DARCY	*Souviens-toi de cet été*
CHARLES DAVIS	*L'enfant sans mémoire*
SHERRY DEBORDE	*L'héritière de Magnolia*
BARBARA DELINSKY	*La saga de Crosslyn Rise*
BARBARA DELINSKY	*L'enfant du scandale*
WINSLOW ELIOT	*L'innocence du mal*
SALLY FAIRCHILD	*L'héritière sans passé*
MARIE FERRARELLA	*Une promesse sous la neige*****
ELIZABETH FLOCK	*Moi & Emma*
CATHY GILLEN THACKER	*L'héritière secrète*
GINNA GRAY	*Le voile du secret*
GINNA GRAY	*La Fortune des Stanton*

... / ...

DANS LA MÊME COLLECTION

Par ordre alphabétique d'auteur

JILLIAN HART	*L'enfant des moissons*
METSY HINGLE	*Une vie volée*
FIONA HOOD-STEWART	*Les années volées*
FIONA HOOD-STEWART	*A l'ombre des magnolias*
FIONA HOOD-STEWART	*Le testament des Carstairs*
FIONA HOOD-STEWART	*L'héritière des Highlands*
LISA JACKSON	*Noël à deux***
RONA JAFFE	*Le destin de Rose Smith Carson*
PENNY JORDAN	*Silver*
PENNY JORDAN	*L'amour blessé*
PENNY JORDAN	*L'honneur des Crighton*
PENNY JORDAN	*L'héritage*
PENNY JORDAN	*Le choix d'une vie*
PENNY JORDAN	*Maintenant ou jamais*
PENNY JORDAN	*Les secrets de Brighton House*
PENNY JORDAN	*La femme bafouée*
PENNY JORDAN	*De mémoire de femme*
BRENDA JOYCE	*L'héritière de Rosewood*
MARGARET KAINE	*Des roses pour Rebecca*
HELEN KIRKMAN	*Esclave et prince*
ELAINE KNIGHTON	*La citadelle des brumes*
ELIZABETH LANE	*Une passion africaine*
ELIZABETH LANE	*La fiancée du Nouveau Monde*
CATHERINE LANIGAN	*Parfum de jasmin*
RACHEL LEE	*Neige de septembre*
RACHEL LEE	*La brûlure du passé*
LYNN LESLIE	*Le choix de vivre*
MERLINE LOVELACE	*La maîtresse du capitaine*
JULIANNE MACLEAN	*La passagère du destin*
DEBBIE MACOMBER	*Rencontre en Alaska*****
DEBBIE MACOMBER	*Un printemps à Blossom Street*
DEBBIE MACOMBER	*Au fil des jours à Blossom Street*
DEBBIE MACOMBER	*Retour à Blossom Street*
DEBBIE MACOMBER	*La baie des promesses*

... / ...

DANS LA MÊME COLLECTION

Par ordre alphabétique d'auteur

MARGO MAGUIRE	*Seigneur et maître*
ANN MAJOR	*La brûlure du mensonge*
ANN MAJOR	*Le prix du scandale**
KAT MARTIN	*Lady Mystère*
ANNE MATHER	*L'île aux amants****
CURTISS ANN MATLOCK	*Sur la route de Houston*
CURTISS ANN MATLOCK	*Une nouvelle vie*
CURTISS ANN MATLOCK	*Une femme entre deux rives*
MARY ALICE MONROE	*Le masque des apparences*
CAROLE MORTIMER	*L'ange du réveillon*****
DIANA PALMER	*D'amour et d'orgueil****
DIANA PALMER	*Les chemins du désir*
DIANA PALMER	*Les fiancés de l'hiver*****
DIANA PALMER	*Le seigneur des sables*
DIANA PALMER	*Une liaison interdite*
DIANA PALMER	*Le voile du passé*
PATRICIA POTTER	*Noces pourpres*
MARCIA PRESTON	*Sur les rives du destin*
MARCIA PRESTON	*La maison aux papillons*
EMILIE RICHARDS	*Mémoires de Louisiane*
EMILIE RICHARDS	*Le testament des Gerritsen*
EMILIE RICHARDS	*La promesse de Noël***
EMILIE RICHARDS	*L'écho du passé*
EMILIE RICHARDS	*L'écho de la rivière*
EMILIE RICHARDS	*Le refuge irlandais*
EMILIE RICHARDS	*Promesse d'Irlande*
EMILIE RICHARDS	*La vallée des secrets*
NORA ROBERTS	*Retour au Maryland*
NORA ROBERTS	*La saga des Stanislaski*
NORA ROBERTS	*Le destin des Stanislaski*
NORA ROBERTS	*L'héritage des Cordina*
NORA ROBERTS	*Love*
NORA ROBERTS	*La saga des MacGregor*
NORA ROBERTS	*L'orgueil des MacGregor*
NORA ROBERTS	*L'héritage des MacGregor*
NORA ROBERTS	*La vallée des promesses*
NORA ROBERTS	*Le clan des MacGregor*
NORA ROBERTS	*Le secret des émeraudes*
NORA ROBERTS	*Un homme à aimer**
NORA ROBERTS	*Sur les rives de la passion*
NORA ROBERTS	*La saga des O'Hurley*

... / ...

DANS LA MÊME COLLECTION

Par ordre alphabétique d'auteur

NORA ROBERTS	*Le destin des O'Hurley*
NORA ROBERTS	*Un cadeau très spécial***
NORA ROBERTS	*Le rivage des brumes*
NORA ROBERTS	*Les ombres du lac*
NORA ROBERTS	*Un château en Irlande*
NORA ROBERTS	*Filles d'Irlande*
NORA ROBERTS	*Pages d'amour*
NORA ROBERTS	*Rencontres*
NORA ROBERTS	*Une famille pour Noël*****
NORA ROBERTS	*Passions*
ROSEMARY ROGERS	*Le sabre et la soie*
ROSEMARY ROGERS	*Le masque et l'éventail*
JOANN ROSS	*Magnolia*
JOANN ROSS	*Cœur d'Irlande*
MALLORY RUSH	*Ce que durent les roses*
EVA RUTLAND	*Tourments d'ébène*
PATRICIA RYAN	*L'escort-girl****
DALLAS SCHULZE	*Un amour interdit*
DALLAS SCHULZE	*Les vendanges du cœur*
KATHRYN SHAY	*L'enfant de l'hiver*
JUNE FLAUM SINGER	*Une mystérieuse passagère*
ERICA SPINDLER	*L'ombre pourpre*
ERICA SPINDLER	*Le fruit défendu*
ERICA SPINDLER	*Trahison*
ERICA SPINDLER	*Parfum de Louisiane*
ERICA SPINDLER	*Un parfum de magnolia*
ERICA SPINDLER	*Les couleurs de l'aube*
LYN STONE	*La dame de Fernstowe*
CHARLOTTE VALE ALLEN	*Le destin d'une autre*
CHARLOTTE VALE ALLEN	*L'enfance volée*
CHARLOTTE VALE ALLEN	*L'enfant de l'aube*
SOPHIE WESTON	*Romance à l'orientale****
SUSAN WIGGS	*Un printemps en Virginie*
SUSAN WIGGS	*Les amants de l'été*
SUSAN WIGGS	*L'inconnu du réveillon***
SUSAN WIGGS	*La promesse d'un été*
SUSAN WIGGS	*Un été à Willow Lake*
SUSAN WIGGS	*Le pavillon d'hiver*
SUSAN WIGGS	*Retour au lac des saules*
SUSAN WIGGS	*La maison du Pacifique*
LYNNE WILDING	*L'héritière australienne*
LYNNE WILDING	*Les secrets d'Amaroo*

... / ...

DANS LA MÊME COLLECTION

Par ordre alphabétique d'auteur

JBRONWYN WILLIAMS	*L'île aux tempêtes*
REBECCA WINTERS	*Magie d'hiver***
REBECCA WINTERS	*Un baiser sous le gui*****
JOAN WOLF	*Le blason et le lys*
SHERRYL WOODS	*Refuge à Trinity*
SHERRYL WOODS	*Le testament du cœur*
LAURA VAN WORMER	*Intimes révélations*
KAREN YOUNG	*Un vœu secret***
KAREN YOUNG	*L'innocence bafouée*
KAREN YOUNG	*La mémoire blessée*

* *titres réunis dans un volume double*

** *titres réunis dans le volume intitulé* : Magie d'hiver 2007

*** *titres réunis dans le volume intitulé* : Passions d'été

**** *titres réunis dans le volume intitulé* : Magie d'hiver 2008

7 TITRES À PARAÎTRE EN DÉCEMBRE 2009